O Substituto

OBRAS DA AUTORA PUBLICADAS PELA RECORD

O amante da virgem
O bobo da rainha
A herança de Ana Bolena
A irmã de Ana Bolena
A outra rainha
A princesa leal
A rainha branca
A rainha vermelha
A senhora das águas
Terra virgem

PHILIPPA GREGORY

[ORDEM DA ESCURIDÃO]

VOLUME I

O Substituto

Tradução de
RYTA VINAGRE

1ª edição

— **Galera** —

RIO DE JANEIRO

2015

CIP-BRASIL. CATALOGAÇÃO NA FONTE
SINDICATO NACIONAL DOS EDITORES DE LIVROS, RJ

G833s
Gregory, Philippa, 1954-
O substituto / Philippa Gregory; tradução Ryta Vinagre. – 1ª ed. – Rio de Janeiro: Galera Record, 2015.
(Ordem da escuridão; 1)

Tradução de: Changeling
ISBN 978-85-01-40319-3

1. Ficção inglesa. I. Vinagre, Ryta. II. Título. III. Série.

14-18395

CDD: 823
CDU: 821.111-3

Título original em inglês:
Changeling

Copyright © 2012 Philippa Gregory

Publicado mediante acordo com Simon & Schuster UK Ltd
Gray's Inn Road, 222, 1º andar – Londres, WC1X 8HB
Uma empresa da CBS.

Todos os direitos reservados. Proibida a reprodução, no todo ou em parte, através de quaisquer meios. Os direitos morais da autora foram assegurados.

Texto revisado segundo o novo Acordo Ortográfico da Língua Portuguesa.

Design de capa: Marília Bruno Rocha e Silva

Direitos exclusivos de publicação em língua portuguesa somente para o Brasil adquiridos pela
EDITORA RECORD LTDA.
Rua Argentina, 171 – Rio de Janeiro, RJ – 20921-380 – Tel.: 2585-2000,
que se reserva a propriedade literária desta tradução.

Impresso no Brasil

ISBN 978-85-01-40319-3

Seja um leitor preferencial Record.
Cadastre-se e receba informações sobre nossos lançamentos e nossas promoções.

Atendimento e venda direta ao leitor:
mdireto@record.com.br ou (21) 2585-2002.

EDITORA AFILIADA

CASTELO SANT'ANGELO, ROMA, JUNHO DE 1453

As batidas na porta o fizeram despertar, como se uma arma disparasse a sua frente. Atrapalhado, o jovem pegou a adaga embaixo do travesseiro, os pés descalços tocando o chão de pedra gelado. Sonhara com os pais, com seu antigo lar, e cerrou os dentes tentando suprimir o doloroso desejo de recuperar tudo que havia perdido: a casa de fazenda, a mãe, a antiga vida. A batida forte soou outra vez, e ele escondeu a adaga às costas enquanto destrancava a porta e abria uma fresta, com cuidado. Uma figura encapuzada estava parada do lado de fora, flanqueada por dois homens corpulentos que carregavam archotes acesos. Um deles levantou a tocha para iluminar o jovem magro, nu da cintura para cima, vestindo apenas calções, piscando os olhos castanhos sob a franja de cabelos escuros. Aparentava ter 17 anos, o rosto doce de um menino, mas o corpo de um homem, forjado pelo trabalho árduo.

— Luca Vero?

— Sim.

— Deve vir comigo.

Eles perceberam sua hesitação.

— Não seja tolo. Nós somos três, e você é apenas um; a adaga que esconde nas costas não nos impedirá.

— É uma ordem — disse o outro homem, rispidamente. — Não um pedido. E você jurou obediência.

Luca tinha jurado obediência ao mosteiro, não a esses estranhos, mas fora expulso de lá e agora parecia que devia obediência a qualquer um que gritasse uma ordem. Ele foi até a cama e se sentou para calçar as botas, colocando a adaga numa bainha escondida dentro do couro macio. Então vestiu uma camisa de linho e jogou a esfarrapada capa de lã sobre os ombros.

— Quem são vocês? — perguntou, aproximando-se da porta, receoso.

O homem não respondeu, apenas se virou e começou a andar enquanto os dois guardas no corredor esperaram Luca sair da cela e segui-los.

— Aonde estão me levando?

Os dois guardas o acompanharam sem responder. Luca queria perguntar se estava sendo preso, se seria conduzido à execução sumária, mas não se atreveu. Apavorado com a própria pergunta, percebeu que temia a resposta. Sentia que transpirava de medo por baixo da capa de lã, embora o ar estivesse gelado e as paredes de pedra, frias e úmidas.

Percebia que os problemas eram graves, os piores que tivera em sua jovem vida. Ainda no dia anterior, quatro homens encapuzados o haviam tirado do mosteiro e levado para aquela prisão sem qualquer explicação. Ele não sabia onde estava ou quem o mantinha cativo. Não sabia que acusação enfrentaria. Não sabia qual seria a punição. Não sabia se seria espancado, torturado ou morto.

— Insisto em ver um padre, quero me confessar... — tentou.

Eles não lhe deram atenção, apenas o forçaram a seguir pela estreita galeria lajeada de pedras; estava silenciosa, as portas das celas laterais, fechadas. Luca não sabia se aquilo era uma prisão ou um mosteiro, mas era um local muito frio e tranquilo. Passava um pouco da meia-noite, e o lugar parecia imerso em escuridão e no mais absoluto silêncio. Os guias de Luca não fizeram ruído ao atravessar a galeria, descendo as escadas de pedra e passando por um salão para, logo em seguida, descer uma curta escada em espiral, adentrando uma escuridão cada vez mais negra, onde o ar era cada vez mais frio.

— Exijo saber para onde estão me levando! — insistiu Luca, embora a voz tremesse de medo.

Ninguém respondeu, mas o guarda atrás dele se aproximou um pouco.

No final da escada, Luca podia ver uma entrada em arco, fechada por uma pesada porta de madeira, que o homem da frente abriu com uma chave tirada do bolso, gesticulando para Luca passar. Quando percebeu sua hesitação, um dos guardas atrás dele apenas se aproximou até que o volume ameaçador de seu corpo impelisse Luca a avançar.

— Insisto... — sussurrou Luca.

Um forte empurrão o fez atravessar a porta, e ele ofegou ao ser atirado na beira de um cais alto e estreito. Um barco se balançava no rio lá embaixo, e a margem oposta era um borrão escuro. Luca se afastou rapidamente da beira, com uma súbita vertigem ao perceber que poderiam atirá-lo dali, para as pedras, com a mesma facilidade com que o levariam pela escada até o barco.

7

O primeiro homem desceu a escadaria úmida com passos suaves, entrou no barco e disse uma palavra ao barqueiro na proa, que sustentava a embarcação contra a corrente com movimentos habilidosos de um único remo. Depois, voltou o olhar para o belo jovem pálido.

— Venha — ordenou.

Não havia como resistir à ordem, e Luca o seguiu pela escada sebosa, entrou no barco e se sentou na proa. O barqueiro não esperou pelos guardas e levou a embarcação até o meio do rio, deixando que a correnteza os conduzisse ao redor da muralha da cidade. Luca olhou para a água escura. Se ele se jogasse do barco, seria levado pela jusante e, talvez, conseguisse nadar contra a corrente, chegar ao outro lado e escapar. Mas a água passava tão rápido que era mais provável que ele se afogasse, isso se não o seguissem com o barco e o nocauteassem com o remo.

— Meu senhor — disse, apelando à dignidade. — Agora posso saber aonde vamos?

— Você logo saberá. — Foi a resposta ríspida.

O rio parecia um largo fosso ao redor das altas muralhas de Roma. O barqueiro mantinha a pequena embarcação próxima do abrigo dos paredões, longe dos olhos das sentinelas acima. Luca viu à frente a silhueta de uma ponte de pedra se agigantar e, pouco antes dela, uma grade cobrindo um arco de pedra no muro. Quando o barco se aproximou, a grade subiu sem ruído e, com um movimento experiente do remo, eles entraram rapidamente em um porão iluminado por archotes.

Acometido por um súbito pavor, Luca desejou ter aproveitado a chance de escapar no rio. Havia meia dúzia de homens de aparência ameaçadora esperando por ele, e, enquanto o barqueiro usava uma velha argola presa à parede para estabilizar a embarcação, eles se aproximaram e retiraram Luca do barco, para então conduzi-lo por um corredor estreito. O rapaz mais sentia do que via as grossas paredes de pedra de cada lado e as tábuas de madeira sob seus pés, enquanto ouvia a própria respiração, irregular devido ao medo. Pararam diante de uma pesada porta de madeira e, depois de uma única batida, esperaram.

Uma voz de dentro da sala disse "Entre!", ao que o guarda abriu a porta e empurrou Luca para dentro. O rapaz parou, o coração aos pulos, atordoado com a súbita luminosidade produzida por dezenas de velas de cera, e ouviu a porta se fechar silenciosamente às suas costas.

Havia um homem sentado diante de uma mesa, com vários papéis espalhados a sua frente. Ele usava um suntuoso manto de veludo, de um azul tão escuro que parecia quase preto, e um capuz que escondia todo o rosto da visão de Luca, que parou diante da mesa e tentou controlar o medo. O que quer que acontecesse, decidiu, ele não iria implorar pela própria vida. De algum modo, criaria coragem para enfrentar o que viesse, impassível e forte, sem envergonhar a si mesmo ou ao pai chorando como uma menina.

— Deve estar se perguntando por que está aqui, onde está e quem sou eu — disse o homem. — E vou lhe contar. Mas, primeiro, deve responder a todas as perguntas que eu fizer. Compreendeu?

Luca assentiu com a cabeça.

— Não deve mentir para mim. Sua vida está em jogo, e você não tem como saber as respostas que eu possa preferir. Trate de dizer a verdade: seria tolice morrer por uma mentira.

Luca tentou assentir, mas percebeu que estava tremendo demais.

9

— Você é Luca Vero, noviço do mosteiro de São Xavier, no qual ingressou quando garoto, aos 11 anos? Você ficou órfão há três anos, desde que seus pais morreram, quando tinha 14 anos?

— Meus pais desapareceram — respondeu Luca. Ele pigarreou, desconfortável. — Talvez não estejam mortos. Foram capturados em uma incursão otomana, mas ninguém os viu morrer. Ninguém sabe onde estão, é bem possível que estejam vivos.

O Inquisidor fez uma rápida anotação em uma folha de papel diante dele. Luca observou a ponta da pena preta movendo-se pela página.

— Você espera — disse o homem, ríspido. — Tem esperanças de que eles estejam vivos e retornem para você. — O modo como falava deu a entender que considerava a esperança uma grande tolice.

— Espero.

— Foi criado pelos irmãos e fez juramento à ordem sagrada, mas, ainda assim, buscou seu confessor e o abade para lhes dizer que a relíquia que guardavam no mosteiro, um prego da cruz verdadeira, era falsa.

O tom de voz, uniforme, já carregava a acusação. Luca sabia que aquilo fora uma menção a sua heresia; também sabia que a única punição para a heresia era a morte.

— Não tive intenção...

— Por que disse que a relíquia era falsa?

Luca desviou o olhar para as botas, então para o piso de madeira escura, a mesa pesada e as paredes caiadas. Tentou olhar para qualquer lugar que não o rosto sombreado do interrogador de voz suave.

— Pedirei o perdão do abade e farei minhas penitências — respondeu. — Não tive intenção de cometer heresia alguma. Deus é testemunha de que não sou herege. Não quis fazer mal algum.

— Eu julgarei se foi ou não herege. Já vi homens mais jovens que você, que fizeram e disseram coisas menos graves, pedindo misericórdia sob tortura, gritando enquanto as articulações estouravam. Ouvi homens melhores implorando pela fogueira, ansiando pela morte como único alívio para a dor.

Luca sacudiu a cabeça ao pensar na Inquisição, que tinha o poder de decidir seu destino, vê-lo cumprido e atribuí-lo à glória de Deus. Não se atreveu a dizer mais nada.

— Por que disse que a relíquia era falsa?

— Não tive intenção...

— Por quê?

— É um pedaço de prego de cerca de 70 centímetros de extensão e meio centímetro de largura — respondeu Luca, a contragosto. — O senhor pode examiná-lo, embora agora esteja banhado em ouro e coberto de joias. Ainda dá para perceber seu tamanho.

O Inquisidor assentiu.

— E então?

— A abadia de São Pedro tem um cravo da verdadeira cruz, assim como a abadia de São José. Procurei na biblioteca do mosteiro para ver se havia outros pregos, e há cerca de quatrocentos só na Itália. Mais ainda na França, na Espanha e na Inglaterra.

O homem esperou, em um silêncio sem compaixão.

— Calculei o tamanho provável dos cravos — continuou Luca, parecendo infeliz. — E calculei o número de pedaços em que poderiam ter se quebrado. A conta não bate: existem relíquias demais para que todos venham de apenas uma crucificação. A Bíblia diz que havia um cravo

11

em cada palma e um atravessando os pés; são apenas três cravos. — Luca encarou o rosto sombrio de seu Inquisidor. — Não creio que seja blasfêmia dizer isso; a própria Bíblia afirma com clareza. Além do mais, se contarmos os cravos usados na construção da cruz, há mais quatro na junção central, para segurar o tronco. Então são sete cravos originais; apenas sete. Vamos dizer que cada um tenha uns 12 centímetros: são cerca de 90 centímetros de cravos usados na verdadeira cruz, mas há milhares de relíquias. Não estou afirmando que qualquer cravo ou fragmento seja genuíno ou não, não me cabe julgar. Mas não posso deixar de perceber que existem relíquias demais para que todas venham de uma mesma cruz.

O homem continuou sem dizer nada.

— São números — argumentou Luca, impotente. — Eu penso assim, em números: eles me interessam.

— Você se deu o direito de estudar isto? E também de decidir que existem cravos demais em igrejas ao redor do mundo para que todos sejam verdadeiros, para que todos venham da cruz sagrada?

Luca caiu de joelhos, reconhecendo a própria culpa.

— Não tive intenção de fazer mal — sussurrou para a figura escondida pelas sombras. — Só comecei a me perguntar, fiz os cálculos, e então o abade encontrou o papel onde eu os tinha feito e... — Ele hesitou.

— E o abade, coberto de razão, acusou-o de heresia, estudos proibidos, citar erroneamente a Bíblia para atingir os próprios objetivos, ler sem orientação, mostrar independência de raciocínio, estudar sem permissão e na hora errada, estudar livros proibidos... — O homem continuou uma longa lista. Parou e encarou Luca. — "Pensar por si mesmo." Esse é o pior, não é? Você fez juras a uma ordem com certas crenças estabelecidas e depois começou a pensar por si mesmo.

Luca assentiu.

— Peço desculpas.

— O sacerdócio não precisa de homens que pensem por si mesmos.

— Eu sei — respondeu Luca, a voz muito baixa.

— Você fez um voto de obediência, jurou não pensar por si próprio.

Luca baixou a cabeça, esperando pela sentença.

A chama das velas tremeluziu quando, ali perto, uma porta se abriu e uma corrente de vento varreu as salas.

— Sempre pensou desse jeito? Com números?

Luca assentiu.

— Teve amigos no mosteiro? Discutiu o assunto com alguém?

Ele negou com a cabeça.

— Não discuti isso.

O homem examinou as anotações.

— Você tem um associado chamado Freize?

Luca sorriu pela primeira vez.

— Ele é apenas criado da cozinha do mosteiro — respondeu. — Ele se afeiçoou a mim assim que cheguei, aos 11 anos. Ele próprio tinha apenas 12 ou 13. Convenceu-se de que eu era magro demais, disse que não sobreviveria a um inverno. Vivia trazendo comida extra para mim, mas não passa de um criado.

— Você não tem irmão ou irmã?

— Sou sozinho no mundo.

— Sente falta de seus pais?

— Sinto.

— Você se sente solitário? — O tom de sua voz deixava transparecer outra acusação.

— Creio que sim. Sinto-me muito só se é isso que quer dizer.

O homem encostou a pena preta nos lábios, pensativo.

— Seus pais... — Ele retomou a primeira pergunta do interrogatório. — Eram velhos quando você nasceu?

— Sim — respondeu Luca, surpreso. — Sim.

— Houve falatório na época, imagino. Um casal tão velho, de repente, dar à luz um filho, e ainda por cima um tão bonito, que se tornou um rapaz excepcionalmente inteligente?

— É uma aldeia pequena — respondeu Luca, na defensiva. — As pessoas não têm o que fazer além de trocar mexericos.

— Mas você é de fato bonito; e também inteligente. E, ainda assim, eles não se gabaram de você nem o exibiram. Mantiveram-no em casa, sossegado.

— Éramos próximos — respondeu Luca. — Éramos uma família pequena e muito unida. Não incomodávamos ninguém, levávamos uma vida tranquila, os três.

— Então, por que o entregaram à Igreja? Por que pensaram que você estaria mais seguro lá dentro? Tinha algum dom especial? Precisava da proteção da Igreja?

Luca, ainda de joelhos, tentou desviar da pergunta, pouco à vontade.

— Não sei. Eu era criança, tinha apenas 11 anos. Não sei o que estavam pensando.

O Inquisidor esperou.

— Eles queriam que eu tivesse a educação de um padre — completou, por fim. — Meu pai... — Hesitou ao pensar no amado pai, no cabelo grisalho e na mão firme, na ternura que tinha com o filho pequeno, estranho e desajeitado. — Meu pai ficou muito orgulhoso quando aprendi a ler, por eu ter aprendido sozinho os números. Ele não sabia ler ou escrever, e julgava que fossem grandes talentos. E depois aprendi a língua dos ciganos, quando alguns deles passaram pela aldeia.

O homem tomou nota.

— Você sabe falar outras línguas?

— As pessoas comentaram que aprendi romani em um dia. Meu pai achou que eu tivesse um dom, um dom divino. Não é tão incomum. — Tentou explicar. — Freize, o criado, é muito bom com animais, consegue o que quiser com cavalos e pode montar qualquer animal. Meu pai pensou que eu tivesse um dom parecido, mas para os estudos. Queria que eu fosse mais que um lavrador, queria que me saísse melhor.

O Inquisidor recostou-se na cadeira, como se estivesse cansado de ouvir ou já tivesse ouvido mais que suficiente.

— Pode se levantar.

Ele analisou o papel com as poucas anotações em tinta preta enquanto Luca se colocava de pé.

— Agora responderei às perguntas que você deve ter em mente. Sou o comandante espiritual de uma Ordem nomeada pelo Santo Padre, o próprio papa, e reporto nosso trabalho a ele. Você não precisa saber meu nome ou o nome da Ordem. O papa Nicolau V ordenou que explorássemos os mistérios, as heresias e os pecados, que os explicássemos, sempre que possível, e os derrotássemos, quando pudermos. Estamos mapeando os medos do mundo, viajando de Roma para os confins da cristandade a fim de descobrir o que as pessoas dizem, o que temem e contra o que lutam. Precisamos saber por onde anda o diabo neste mundo. O Santo Padre sabe que estamos nos aproximando do fim dos tempos.

— O fim dos tempos?

— Quando Cristo voltará para julgar os vivos, os mortos e os mortos-vivos. Você já deve saber que os otomanos tomaram Constantinopla, o coração do Império Bizantino, o centro da Igreja no Oriente.

Luca fez o sinal da cruz. A queda do centro oriental da Igreja para um exército invencível de hereges e infiéis era a coisa mais terrível que poderia ter acontecido, um desastre inimaginável.

— Em seguida, as forças das trevas se erguerão contra Roma, e, se Roma cair, será o fim dos tempos, o fim do mundo. Nossa tarefa é defender a cristandade, defender Roma, neste mundo e no outro, desconhecido.

— Desconhecido?

— Ele está a nossa volta — respondeu o homem, categórico. — Eu o vejo, talvez, com a mesma clareza com que você vê os números. E todo ano, a cada dia, ele se aproxima mais e mais. As pessoas me contam sobre chuvas de sangue, um cão que pode farejar a peste, bruxaria, luzes no céu e água que é vinho. O fim dos tempos se aproxima, e há centenas de manifestações do bem e do mal, milagres e heresias. Um jovem como você talvez possa me dizer quais são verdadeiros e quais são falsos, o que é obra de Deus e o que vem do Diabo. — O Inquisidor levantou da grandiosa cadeira de madeira e empurrou uma folha de papel em branco para Luca. — Vê isto?

Luca analisou as marcas no papel. Era a escrita de hereges, o estilo mouro de grafar números. Quando criança, Luca aprendera que um risco, I, significava um; dois riscos, II, indicavam dois; e assim por diante. Mas estas formas eram redondas e estranhas. Ele já as tinha visto, mas os mercadores de sua aldeia e o esmoler do mosteiro se recusavam terminantemente a usá-las, atendo-se ao estilo antigo.

— Isto significa um: 1. Já este, dois: 2. Este, três: 3 — explicou o homem, apontando as marcas com a ponta da pena preta. — Se colocar o 1 aqui nesta coluna, significa um. Mas se colocá-lo aqui, com este espaço ao lado, quer dizer dez. E, se colocá-lo aqui, com dois espaços ao lado, significa cem.

Luca ficou espantado.

— A posição do número indica seu valor?

— Exatamente. — O homem usou a pluma preta para apontar o formato do vazio, parecido com um O alongado, que enchia as colunas. Estendeu o braço para fora da manga e Luca olhou do O para a pele branca da parte interna do pulso do homem. Tatuadas em seu braço, como se tivessem sido esculpidas na pele, Luca pôde ver a cabeça e a cauda retorcida de um dragão, um desenho de um dragão enroscado em si mesmo, em tinta vermelha.

— Isto não é apenas um vazio, não é apenas um O: é o que chamam de zero. Veja a posição que ele ocupa, ela tem um significado. Mas qual é esse significado?

— Ele representa um espaço? — indagou Luca, encarando o papel outra vez. — Quero dizer: nada?

— É um número como outro qualquer — respondeu o homem. — Eles criaram um número para o nada. Assim, podem calcular o nada e ir além dele.

— Além? Além do nada?

O homem apontou para outro número: -10.

— Isto está além do nada, está dez lugares além do nada: isto quantifica a ausência — respondeu.

Luca, com a mente girando, estendeu a mão para o papel, mas o homem puxou-o de volta depressa e o cobriu com a mão larga, protegendo-o de Luca, como se fosse um prêmio que ele precisaria merecer. A manga voltou a cair sobre o pulso, escondendo a tatuagem.

17

— Sabe como chegaram a este sinal, ao número zero?
— perguntou.

Luca negou, balançando a cabeça.

— Quem chegou a ele?

— Árabes, mouros, otomanos... chame-os como quiser. Maometanos, muçulmanos, infiéis, nossos inimigos, nossos novos conquistadores... Mas sabe como chegaram a este sinal?

— Não.

— É a forma de um sulco na areia quando os contadores são retirados. É o símbolo do nada, se parece com o vazio e é isso o que simboliza. É assim que eles pensam, e é isso o que temos de aprender com eles.

— Não entendo. O que é que temos de aprender?

— A olhar, olhar e olhar. É isso que eles fazem: olham para tudo, pensam em tudo e, por isso, viram estrelas no céu que nunca conseguimos ver. É por isso que fazem remédios de plantas que jamais percebemos. — Ele puxou o capuz mais para baixo, de modo que o rosto ficou completamente oculto. — É por isso que nos derrotarão, a não ser que passemos a ver como eles veem, pensar como eles pensam e contar como eles contam. Talvez um jovem como você também consiga aprender sua língua.

Luca não conseguia tirar os olhos do papel onde o homem marcara dez espaços de contagem, indo até o zero e além.

— E então, o que acha? — perguntou o Inquisidor. — Acha que dez nadas poderiam ser criaturas do mundo invisível? Dez coisas invisíveis? Dez fantasmas? Dez anjos?

— Se pudéssemos calcular além do nada — começou Luca —, seria possível mostrar o que foi perdido. Digamos que alguém fosse mercador e contraísse uma dívida, em um país ou uma viagem, maior que sua propria fortuna. Seria possível mostrar-lhe exatamente o valor dessa dívida: pode-se mostrar o que foi perdido. Daria para mostrar quanto menos que nada ele possui, o quanto ele precisa ganhar antes de ter algo outra vez.

— Sim — respondeu o homem. — Com o zero, é possível medir o que não está ali. Os otomanos não tomaram Constantinopla e nosso império no Oriente apenas porque têm os exércitos mais fortes e os melhores comandantes, mas também porque possuem uma arma que nós não temos: um canhão tão imenso que requer sessenta bois para ser puxado. Eles sabem de coisas que não compreendemos. O motivo pelo qual mandei buscá-lo, o motivo pelo qual você foi expulso do mosteiro, em vez de ser punido pela desobediência ou torturado por heresia lá mesmo, é que quero que aprenda esses mistérios, quero que os explore, para que tomemos conhecimento deles e possamos nos defender.

— O zero é uma das coisas que devo estudar? Irei aos otomanos e aprenderei com eles? Ou aprenderei com seus estudos?

O homem riu e estendeu a folha de papel contendo os numerais arábicos para o noviço, segurando-a com um dedo.

— Deixarei que fique com isto — prometeu. — Pode ser sua recompensa quando eu estiver satisfeito com seu trabalho e sua missão estiver completa. E, sim, talvez você tenha de ir aos infiéis, viver entre eles e aprender seus métodos. Mas, por ora, precisará jurar obediência a mim e à Ordem. Você será meus olhos e ouvidos. Você irá à procura de mistérios, em busca de conhecimento. Mapeará medos, para revelar todas as formas e manifestações das trevas. Buscará compreender as coisas, será parte da nossa Ordem, que busca compreender tudo.

Ele pôde ver a face de Luca se iluminar quando o rapaz pensou em levar uma vida dedicada à pesquisa. Então, o jovem hesitou.

— Não vou saber o que fazer — confessou. — Nem por onde começar. Não entendo nada! Como vou saber aonde ir ou o que fazer?

— Eu o enviarei a um treinamento, para estudar com os mestres. Eles lhe ensinarão as leis e os poderes de que precisará para convocar um tribunal ou uma inquisição. Você aprenderá pelo que deve procurar e como conduzir um interrogatório. Compreenderá os indícios de que alguém deve ser enviado para os poderes terrenos, sejam os prefeitos das cidades ou os senhores dos solares, ou quando devem ser punidos pela Igreja. Aprenderá a discernir a hora de perdoar e a de castigar. Quando estiver pronto, quando tiver sido treinado, eu o enviarei na primeira missão.

Luca assentiu.

— Ficará alguns meses em treinamento e, em seguida, será enviado ao mundo sob minhas ordens — continuou o homem. — Irá aonde eu ordenar e estudará o que encontrar por lá, mas vai se reportar a mim. Poderá julgar e punir os pecadores que encontrar, poderá exorcizar demônios e espíritos impuros. Poderá aprender e também questionar tudo, o tempo todo, mas servirá a Deus e a mim da maneira que eu ordenar. Você prestará obediência a mim e à Ordem, caminhará no mundo invisível e verá coisas invisíveis, então as questionará.

Seguiu-se um súbito silêncio.

— Pode ir — disse o homem, por fim, como se tivesse dado instruções muito simples.

Luca saiu de seu transe silencioso e andou até a porta. Quando suas mãos tocaram a maçaneta de bronze, o homem falou:

— Mais uma coisa...

Lucas se virou para ele.

— Dizem que você foi uma criança trocada, não é mesmo? — A acusação desabou na sala como uma chuva de gelo repentina. — O povo da aldeia? Quando faziam mexericos sobre o nascimento de um menino, tão bonito e inteligente, de uma mulher estéril durante toda a vida com um homem que não sabia ler ou escrever... Diziam que você foi trocado, deixado na porta de sua mãe pelas fadas, não diziam?

Seguiu-se um silêncio apático. Nada transparecia no rosto jovem e sério de Luca.

— Nunca respondi a tal pergunta e espero jamais responder. Não sei o que diziam a nosso respeito — respondeu, áspero. — Era um povo ignorante, covarde e rural. Minha mãe dizia para não dar atenção ao que falavam. Dizia que ela era minha mãe e que me amava acima de todas as coisas, e era só isso que importava, não histórias sobre filhos das fadas.

O homem deu uma risada curta e gesticulou para que Luca fosse embora, esperando a porta se fechar às suas costas.

— Talvez esteja enviando uma criança trocada para mapear o próprio medo — disse para si mesmo, enquanto arrumava os papéis e empurrava a cadeira para trás. — Uma piada para o mundo visível e o invisível: um filho das fadas na Ordem! Um filho das fadas mapeando o medo!

CASTELO DE LUCRETILI,
JUNHO DE 1453

Enquanto Luca era interrogado, a cerca de 30 quilômetros a nordeste de Roma, no Castelo de Lucretili, uma jovem estava sentada numa cadeira suntuosa na capela da casa de sua família. Os olhos azul-escuros estavam fixos no crucifixo requintado, o cabelo claro preso numa trança descuidada sob um véu preto, o rosto tenso e pálido. A chama de uma vela amparada por uma tigela de cristal cor-de-rosa bruxuleava sobre o altar enquanto o padre movia-se nas sombras. Ela se ajoelhou com as mãos firmemente entrelaçadas, rezando com fervor pelo pai que lutava pela vida nos próprios aposentos e se recusava a vê-la.

A porta nos fundos da capela se abriu, e seu irmão entrou em silêncio. Viu-a de cabeça abaixada e foi se ajoelhar ali ao lado. Ela o olhou de soslaio. Era um jovem bonito, de cabelos pretos, sobrancelhas escuras, o rosto marcado pela tristeza.

— Ele se foi, Isolde, ele se foi. Que descanse em paz.

O rosto branco se enrugou, e a moça cobriu os olhos com as mãos.

— Ele não chamou por mim? Nem mesmo no fim da vida?

— Ele não queria que você o visse sofrendo. Queria que se lembrasse dele como foi, forte e saudável. Mas as últimas palavras foram uma bênção a você, e os últimos pensamentos foram sobre seu futuro.

Ela negou, sacudindo a cabeça.

— Não acredito que ele não tenha me dado sua bênção pessoalmente.

Giorgio afastou-se dela e foi falar com o padre, que logo correu para o fundo da capela. Isolde ouviu o grande sino entoar seu dobre: logo todos saberiam que o grande cruzado, o lorde de Lucretili, estava morto.

— Tenho de rezar por ele — disse ela em voz baixa. — O corpo virá para cá?

O rapaz assentiu.

— Farei a vigília esta noite — decidiu Isolde. — Sentarei ao lado dele agora que está morto, embora ele não o tenha permitido quando vivo. — Ela hesitou. — Ele não me deixou uma carta? Nada?

— Seu testamento — respondeu o irmão, com delicadeza. — Ele fez planos para você. Bem no fim da vida, estava pensando em você.

A moça assentiu, os olhos azul-escuros se encheram de lágrimas. Então ela entrelaçou as mãos e rezou pela alma do pai.

Isolde passou a primeira longa noite depois da morte do pai em uma vigília silenciosa ao lado do caixão, na capela da família. Quatro dos homens de armas do pai estavam ali parados, um em cada ponto cardeal, as cabeças abaixadas sobre as espadas, e a luz das velas altas fazendo cintilar a água benta espargida na tampa do caixão. Isolde, vestida de branco, passou a noite inteira ajoelhada diante do esquife, até que o padre veio, ao amanhecer, rezar a Prima, o primeiro serviço de orações do dia. Foi só então que ela se levantou e deixou que as damas de companhia a conduzissem ao quarto para dormir. Ficou ali até chegar uma mensagem do irmão pedindo para que ela se levantasse e saísse do quarto, era hora do jantar e os criados queriam ver sua senhora.

Ela não hesitou: fora criada para cumprir seu dever com a grande casa e tinha um senso de obrigação para com as pessoas que moravam nas terras dos Lucretili. O pai, ela sabia, deixara-lhe o castelo e as terras. Essas pessoas estavam sob seu comando. Queriam vê-la à cabeceira da mesa, queriam vê-la entrar no salão. Mesmo que seus olhos estivessem vermelhos por chorar a perda do amado pai, esperavam que ela jantasse com eles, o próprio pai esperaria isso dela. Isolde não os decepcionaria.

Fez-se um silêncio repentino quando ela entrou no salão onde os criados estavam sentados em mesas de armar, conversando em voz baixa e esperando o jantar ser servido. Mais de duzentos homens de armas, criados e cavalariços enchiam o salão, e a fumaça do fogo central subia em espiral preenchendo o espaço até as vigas enegrecidas do teto alto.

Assim que os homens viram Isolde, seguida por três mulheres de sua criadagem pessoal, levantaram-se e retiraram o chapéu, fazendo uma reverência em homenagem à filha do falecido lorde de Lucretili e herdeira do castelo.

Isolde vestia o azul-escuro do luto: um chapéu cônico alto coberto de renda índigo escondia o cabelo claro, um inestimável cinto de ouro árabe cingia com firmeza a cintura alta do vestido, e as chaves do castelo se penduravam numa corrente de ouro lateral. Atrás dela, vinham as damas de companhia, lideradas por Ishraq, uma amiga de infância, com uma vestimenta moura, uma longa túnica por cima de pantalonas largas e um véu comprido sobre a cabeça, cobrindo o rosto de leve, de forma que apenas os olhos escuros ficassem visíveis quando ela fitava o salão.

Outras duas mulheres a seguiam e, enquanto a criadagem murmurava bênçãos a Isolde, as mulheres tomaram seus lugares à mesa das senhoras, ao lado do tablado elevado. Isolde subiu os degraus baixos até a grande mesa e sobressaltou-se ao ver o irmão sentado na cadeira de madeira, grandiosa como um trono, que fora o lugar do pai. Sabia que devia ter previsto que ele estaria ali, assim como ele sabia que ela herdaria o castelo e assumiria aquele lugar à mesa assim que o testamento fosse lido. Mas, entorpecida pelo luto, não tinha pensado que, de agora em diante, sempre veria o irmão onde o pai deveria estar. O sentimento era tão novo que ainda não conseguira absorver o fato de que nunca mais veria o pai.

Giorgio lhe sorriu com brandura e gesticulou para que ela se sentasse a sua direita, o lado do pai em que ela costumava ficar.

— Você deve se lembrar do príncipe Roberto. — Giorgio indicou um homem sentado à sua esquerda. Era corpulento, tinha o rosto redondo e úmido de suor, e se levantou, contornando a mesa para fazer uma reverência. Isolde estendeu a mão ao príncipe e olhou para o irmão com um olhar questionador. — Ele veio em solidariedade a nossa perda.

O príncipe beijou sua mão, e Isolde tentou não se retrair com o toque molhado daqueles lábios. Ele a encarava como se quisesse sussurrar-lhe algo, como se pudessem compartilhar um segredo. Isolde retirou a mão e se curvou para falar no ouvido do irmão.

— Estou surpresa que você tenha convidado alguém para o jantar apenas um dia após o falecimento de meu pai.

— Foi gentileza dele vir tão depressa — respondeu Giorgio, acenando aos criados que andavam pelo salão carregando nos ombros bandejas cheias de carne de caça, boi e peixe, grandes fatias de pão e jarros de vinho e de cerveja.

O sacerdote do castelo entoou as graças, e os servos baixaram as bandejas de comida. Os homens retiraram as adagas dos cintos e das botas para cortar nacos de carne, e empilharam fatias grossas de pão marrom com peixe escaldado e cervo cozido.

Isolde achou difícil jantar no salão como se nada tivesse mudado enquanto o pai jazia em seu velório, guardado na capela pelos homens de armas, e seria enterrado no dia seguinte. Lágrimas a surpreenderam, borrando a visão dos servos que entravam, traziam mais comida para as mesas, serviam jarros de cerveja e levavam os melhores pratos e o melhor vinho tinto para a mesa principal, enquanto Giorgio e seu convidado, o príncipe, escolhiam primeiro e mandavam o resto para os homens que os serviram tão bem durante o dia. O príncipe e seu irmão comeram bem e pediram mais vinho. Isolde beliscava a comida e encarava a mesa das mulheres, onde o olhar de Ishraq encontrava o seu em muda solidariedade.

Quando terminaram, e as frutas cristalizadas e o marzipã já haviam sido servidos na mesa principal e levados embora, Giorgio tocou sua mão.

— Não vá para seus aposentos ainda. Quero falar com você.

Isolde acenou com a cabeça para dispensar Ishraq e as damas do jantar e mandá-las de volta aos aposentos das mulheres. Então entrou pela pequena porta atrás do tablado, para a sala privativa onde a família Lucretili ficava depois do jantar. Um fogo ardia contra a parede, e havia três poltronas voltadas para perto dele. Um jarro de vinho fora preparado para os homens, e um copo de cerveja, para Isolde. Enquanto ela se sentava, os dois homens entraram juntos.

— Quero lhe falar sobre o testamento de nosso pai — disse Giorgio, depois que todos estavam acomodados.

Isolde olhou o príncipe Roberto.

— Roberto tem relação com isto — explicou Giorgio. — Quando Papai estava moribundo, disse que sua maior esperança era saber que você estaria segura e feliz. Ele a amava muito.

Isolde apertou os lábios frios com os dedos e piscou para conter as lágrimas.

— Eu sei — disse o irmão, com gentileza. — Sei que está de luto. Mas precisa entender que Papai fez planos para você e me deu o dever sagrado de colocá-los em prática.

— Por que ele mesmo não me disse? — perguntou ela. — Por que não falou comigo? Sempre conversamos sobre tudo. Sei o que planejava para mim: ele disse que se decidisse não me casar, moraria aqui, herdaria este castelo e você teria o castelo e as terras na França. Nós concordamos com isto. Todos os três concordamos.

— Concordamos quando ele estava bem — respondeu Giorgio, paciente. — Mas quando ficou doente e temeroso, mudou de ideia. E não suportava que você o visse tão enfermo e com tanta dor. Quando pensou em você naquela hora, com a boca da morte escancarando-se diante dele, refletiu melhor sobre o plano inicial. Queria ter certeza de que você ficaria em segurança. E planejou bem, sugeriu que se casasse com o príncipe Roberto. Concordamos que deveríamos retirar mil coroas do tesouro como dote.

Era um pagamento ínfimo para uma mulher que fora criada para se considerar herdeira daquele castelo, dos pastos férteis, dos bosques densos e das altas montanhas. Isolde ficou boquiaberta.

— Por que tão pouco?

— Porque o príncipe nos honrou ao insinuar que a aceitaria exatamente como é, sem nada além de mil coroas na bolsa.

— E você poderá guardar tudo — garantiu-lhe o homem, apertando a mão que Isolde pousara no braço da cadeira. — Terá o dinheiro para gastar no que quiser. Coisas lindas para uma linda princesa.

Isolde fitou o irmão, apertando os olhos azul-escuros enquanto compreendia o significado daquilo tudo.

— Com um dote pequeno assim, ninguém mais fará propostas pela minha mão — concluiu. — Você sabe disso e, mesmo assim, não pediu mais? Não avisou a Papai que isto me deixaria sem nenhuma perspectiva? E Papai? Ele queria me obrigar a me casar com o príncipe?

O príncipe pôs a mão no peito carnudo e baixou os olhos humildemente.

— A maioria das damas não precisaria ser obrigada — observou.

— Não sei que marido poderia ser melhor para você — respondeu Giorgio, com calma. O outro homem sorriu e assentiu para ela. — E Papai também pensava desta forma. Combinamos este dote com o príncipe Roberto, e ele ficou tão satisfeito por se casar com você que não pediu que levasse uma fortuna maior que esta. Não precisa acusar ninguém de não defender seus interesses. O que poderia ser melhor para você que um casamento com um amigo da família, um príncipe e um homem rico?

Foi preciso apenas um segundo para se decidir.

— Não consigo pensar em casamento — disse Isolde, categoricamente. — Perdoe-me, príncipe Roberto. Mas a morte de meu pai é muito recente. Não consigo nem mesmo pensar nisso, quanto mais falar no assunto.

— Precisamos falar no assunto — insistiu Giorgio. — Segundo os termos do testamento de nosso pai, devemos ajeitar sua vida. Ele não permitiria nenhuma demora. Ou casa-se imediatamente com meu amigo aqui ou... — Ele hesitou.

— Ou o quê? — perguntou Isolde, subitamente temerosa.

— A abadia — respondeu ele, com simplicidade. — Papai disse que, caso você não se casasse, eu deveria nomeá-la abadessa e você viveria lá.

— Nunca! — exclamou Isolde. — Meu pai jamais faria isso comigo!

Giorgio assentiu.

— Também fiquei surpreso, mas ele disse que era o futuro que planejara para você o tempo todo. Que foi por isso que não preencheu o posto quando a última abadessa faleceu. Na época, já pensava, um ano atrás, que você precisaria ficar em segurança. Não pode ser exposta aos perigos do mundo, deixada sozinha aqui em Lucretili. Se não quiser se casar, deverá ficar na segurança da abadia.

O príncipe Roberto sorriu para ela, com malícia.

— Uma freira ou uma princesa — sugeriu. — Imagino que seja uma decisão fácil de tomar.

Isolde levantou-se de supetão.

— Não acredito que Papai tenha planejado isso para mim. Ele nunca sugeriu nada parecido e foi muito claro quando disse que dividiria as terras entre nós. Ele sabia o quanto amo este lugar, como amo estas terras e conheço essas pessoas. Disse que legaria este castelo e as terras a mim, e daria a você as terras na França.

Giorgio balançou a cabeça, como se lamentasse um pouco.

— Não, ele mudou de ideia. Como o filho mais velho e único filho homem, o único herdeiro verdadeiro, ficarei com tudo: tanto na França como aqui. E você, como mulher, deverá partir.

— Giorgio, meu irmão, não pode me expulsar de casa!

Ele levantou as mãos espalmadas voltadas para cima, como quem diz que não pode fazer nada para ajudar.

— Não há nada que eu possa fazer. É o último desejo de nosso pai e o tenho por escrito, assinado por ele. Ou você se casará, e sei que ninguém vai querê-la além do príncipe Roberto, ou irá para a abadia. Foi bondade dele dar-lhe o direito de escolha, muitos pais apenas deixariam ordens.

— Com licença — disse Isolde, com a voz trêmula, lutando para controlar a raiva. — Deixarei os dois e irei para meus aposentos meditar sobre o assunto.

— Não demore demais! — disse o príncipe Roberto, exibindo um sorriso íntimo. — Não esperarei muito tempo.

— Vou lhe dar uma resposta amanhã. — Ela parou na soleira da porta e encarou o irmão. — Posso ver a carta de meu pai?

Giorgio assentiu e a tirou de dentro do colete.

— Pode ficar com ela. É uma cópia, a original está no cofre. Não há dúvidas quanto a seus desejos. Você não precisa pensar se obedecerá a ele, mas sim em como obedecerá. E ele sabia que você obedeceria.

— Eu sei. Sou a filha dele. É claro que vou obedecê-lo. — Ela saiu da sala sem olhar para o príncipe, embora ele tenha se levantado e feito uma mesura exagerada, depois piscado para Giorgio como se pensasse que o problema estava resolvido.

Isolde acordou durante a noite ao ouvir uma leve batida na porta. O travesseiro estava molhado sob o rosto. Ela havia chorado enquanto dormia. Por um momento, se perguntou por que sentia tanta dor, como se estivesse de coração partido — então se lembrou do caixão na capela e dos cavaleiros silenciosos na vigília. Fez o sinal da cruz.

— Deus o abençoe e salve sua alma — sussurrou. — Deus me reconforte na tristeza. Não sei se posso suportar.

A batida leve voltou, e ela levantou as cobertas com bordados opulentos e foi até a porta com a chave na mão.

— Quem é?

— É o príncipe Roberto. Preciso falar com você.

— Não posso abrir a porta, falarei com você amanhã.

— Preciso falar com você esta noite. É sobre o testamento, sobre os desejos de seu pai.

Ela hesitou.

— Amanhã...

— Creio que há uma saída para você. Compreendo como se sente e acho que posso ajudar.

— Que saída?

— Não posso gritar pela porta. Abra uma fresta para que eu possa sussurrar.

— Só uma fresta — respondeu, e girou a chave, mantendo o pé contra a base da porta para garantir que ela se abriria apenas um pouco.

Assim que ouviu a chave girar, o príncipe empurrou a porta com tamanha força que ela bateu na cabeça de Isolde e a fez cambalear pelo quarto. Ele bateu a porta ao entrar e girou a chave, trancando os dois ali.

— Pensou que poderia me rejeitar? — perguntou, furioso, enquanto ela tentava se levantar. — Você, quase sem um tostão, pensou que poderia me rejeitar? Pensou que eu iria implorar para falar com você por uma porta fechada?

— Como se atreve a forçar sua entrada? — Isolde exigiu saber, lívida e furiosa. — Meu irmão vai matá-lo...

— Seu irmão consentiu. — O príncipe riu. — Seu irmão aprova nosso casamento, ele mesmo sugeriu que eu a procurasse. Agora vá para a cama.

— Meu irmão? — Ela sentiu o choque se transformar em horror ao perceber que fora traída pelo próprio irmão. E agora esse estranho avançava para ela, o rosto gordo exibindo um sorriso confiante.

— Ele disse que tanto faz eu tê-la agora ou depois. Pode lutar se quiser. Não fará diferença para mim, gosto de uma briga. Gosto de mulheres de espírito, ficam mais obedientes depois.

— Você é louco — afirmou, categórica.

— Como quiser. Mas eu a considero minha prometida, e consumaremos nosso noivado agora mesmo, para que você não cometa erros amanhã.

— Você está bêbado — exclamou ela, sentindo o cheiro acre de vinho no hálito do homem.

— Sim, graças a Deus. E pode se acostumar com isso também.

Ele investiu contra Isolde, arrancando o casaco dos ombros gordos. Ela se retraiu até sentir a coluna alta de madeira da cama de dossel às costas, bloqueando sua fuga. Pôs as mãos nas costas, para que ele não as agarrasse, e sentiu o veludo da coberta. Por baixo dele, estava o cabo da caçarola de bronze cheia de brasas quentes que fora colocada ali para aquecer os lençóis frios.

— Por favor — disse. — Isso é ridículo. É uma ofensa a nossa hospitalidade. Você é nosso convidado, e o corpo de meu pai jaz na capela. Estou indefesa, e você está embriagado de nosso vinho. Por favor, vá para seu quarto e trocaremos cortesias pela manhã.

— Não. — Ele a olhou de soslaio. — Acho que não. Acho que passaremos a noite aqui, em sua cama, e tenho certeza absoluta de que conversaremos com cortesia pela manhã.

Em suas costas, os dedos de Isolde apertaram o cabo da caçarola. Quando Roberto parou para desamarrar a frente dos calções, ela teve um vislumbre nauseante de sua roupa de baixo cinza. Ele tentou agarrar-lhe o braço.

— Não preciso machucá-la — disse. — Talvez você até goste...

Girando o braço que segurava a caçarola, ela acertou um golpe na lateral da cabeça do homem. Brasas e cinzas caíram em seu rosto e no chão. Ele soltou um uivo de dor enquanto ela se desvencilhava e o golpeava outra vez com força; ele caiu como um boi gordo no abatedouro.

Isolde pegou um jarro, despejou água no carvão em brasa no tapete debaixo do homem e, com cautela, cutucou-o com o pé calçado com chinelo. Ele não se mexeu: estava inconsciente. Ela entrou em uma saleta e destrancou a porta, chamando em voz baixa:

— Ishraq!

Quando a menina apareceu, esfregando os olhos para se livrar do sono, Isolde lhe mostrou o homem caído no chão.

— Está morto? — perguntou a garota, com calma.

— Não, acho que não. Me ajude a tirá-lo daqui.

As duas puxaram o tapete com o corpo flácido do príncipe Roberto pelo chão, deixando para trás uma trilha viscosa de água e cinzas. Levaram-no para a galeria na frente do quarto e pararam.

— Imagino que seu irmão tenha permitido que ele a procurasse?

Isolde assentiu, e Ishraq virou a cabeça e cuspiu na cara branca do príncipe com desdém.

— Por que você abriu a porta?

— Pensei que ele me ajudaria. Ele disse que tinha uma ideia para minha situação e depois entrou à força.

— Ele a machucou? — Os olhos negros da menina percorreram o rosto da amiga. — O que houve com sua testa?

— A porta bateu em mim quando ele a empurrou.

— Ele ia violá-la?

Isolde assentiu.

— Então, ele que fique aqui — decidiu Ishraq. — Pode recobrar a consciência no chão, como o cão que é, e se arrastar até o quarto. Se ainda estiver aqui pela manhã, os criados o encontrarão e ele será motivo de chacota. —

Ela se abaixou e tentou sentir a pulsação dele no pescoço, nos pulsos e sob o cós volumoso dos calções. — Ele vai viver — afirmou, com convicção. — Mas sua falta não seria sentida se cortássemos sua garganta na surdina.

— É claro que não podemos fazer isso — respondeu Isolde, trêmula.

Elas o deixaram ali, deitado de costas como uma baleia encalhada e com os calções ainda desamarrados.

— Espere aqui.

Ishraq foi ao próprio quarto e voltou depressa com uma caixinha na mão. Com delicadeza, usando apenas as pontas dos dedos e fazendo uma careta de nojo, mexeu nos calções do príncipe, deixando-os abertos. Então ergueu a camisa de linho, para que sua nudez flácida ficasse bem visível, tirou a tampa da caixa e jogou a especiaria na pele nua.

— O que está fazendo? — sussurrou Isolde.

— É pimenta seca, muito forte. Ele vai se coçar como se tivesse varíola e ficará com bolhas de assadura. Vai se arrepender muito desta noite. Vai ficar se coçando, arranhando e sangrando por um mês, e não incomodará mulher nenhuma por um bom tempo.

Isolde riu, estendeu a mão para a amiga, como o pai teria feito, e as duas mulheres juntaram os braços com as mãos nos cotovelos, como fazem os cavalheiros. Ishraq sorriu, e elas se viraram e voltaram ao quarto, fechando e trancando a porta diante do príncipe humilhado.

Pela manhã, quando Isolde foi à capela, o caixão do pai estava fechado e pronto para ser sepultado na cripta da família — e o príncipe fora embora.

35

— Ele retirou a proposta por sua mão — disse o irmão, com frieza, ao assumir seu posto, ajoelhando-se ao lado dela nos degraus da capela-mor. — Imagino que tenha acontecido alguma coisa entre os dois?

— Ele é um patife — respondeu Isolde. — E se você o mandou à minha porta, como ele alegou, então você me traiu.

Ele baixou a cabeça.

— Claro que não fiz isso. Lamento, fiquei bêbado como um idiota e disse a ele que poderia ir defender a própria causa. Por que abriu a porta?

— Porque acreditei que seu amigo era um homem honrado, assim como você.

— Agiu muito mal ao destrancar a porta — repreendeu o irmão. — Abrir a porta de seus aposentos a um homem, a um bêbado! Você não sabe se cuidar. Meu pai tinha razão, temos de colocá-la num lugar seguro.

— Eu estava segura! Estava em meu próprio quarto, em meu próprio castelo, conversando com o amigo de meu irmão. Não deveria haver riscos — respondeu ela, zangada. — Você não devia ter trazido um homem desses a nossa mesa de jantar. Papai nunca deveria ter acreditado que ele seria um bom marido para mim.

Ela se levantou e foi à nave central, seguida pelo irmão.

— Mas, afinal, o que você disse que o aborreceu tanto?

Isolde conteve um sorriso ao pensar na caçarola se chocando contra a cabeça gorda do príncipe.

— Deixei meus sentimentos bem claros. E nunca mais me encontrarei com ele.

— Ora, isso vai ser fácil — disse Giorgio asperamente —, já que você nunca será capaz de se encontrar com homem algum. Se não se casar com o príncipe Roberto, terá de ir para a abadia. O testamento de nosso pai não lhe deixa alternativa.

Isolde parou para absorver as palavras dele e, hesitante, pôs a mão em seu braço, perguntando-se como poderia convencê-lo a deixá-la livre.

— Não adianta ficar assim — disse ele, de forma rude. — Os termos do testamento são claros, eu lhe disse ontem à noite. Era o príncipe ou o convento. Agora é só o convento.

— Partirei em peregrinação — propôs. — Vou para longe daqui.

— Não partirá. Como sobreviveria, para começar? Não consegue se manter segura nem dentro da própria casa!

— Ficarei com alguns amigos de papai, qualquer um. Posso procurar o filho de meu padrinho, o conde da Valáquia, ou posso ir atrás do duque de Bradour...

Ele estava sério.

— Não pode. Sabe que não pode. Deve fazer o que Papai ordenou. Não tenho escolha, Isolde. Deus sabe que eu faria qualquer coisa por você, mas o testamento é claro e tenho de obedecer a meu pai, assim como você.

— Irmão... não me obrigue a isso.

Ele se virou para a parede em arco da capela e encostou a testa na pedra fria, como se estivesse com dor de cabeça.

— Irmã, nada posso fazer. O príncipe Roberto era sua única chance de escapar da abadia. É o testamento de nosso pai. Jurei sobre sua espada, sobre sua própria espada, que cuidaria para que fosse cumprido. Minha irmã... não há nada que eu possa fazer, nem você.

— Ele prometeu que deixaria sua espada para mim.

— É minha agora, como todo o resto.

Ela pôs a mão no ombro do irmão, gentilmente.

37

— Se eu fizer um juramento de celibato, não posso ficar aqui com você? Não me casarei com ninguém. O castelo é seu, bem vejo. No fim, ele fez como todos os homens e favoreceu o filho em detrimento da filha. No fim, fez como todos os grandes homens e excluiu a mulher da riqueza e do poder. Mas, se eu morar aqui, pobre e sem poder, sem jamais ver um homem, obediente a você... não posso ficar?

Ele negou com a cabeça.

— Não é minha vontade, mas a dele. E é assim, como você mesma admite, que o mundo funciona. Ele a criou quase como se você tivesse nascido menino, com riqueza e liberdade demais. Mas, agora, você deve viver como uma nobre. Deveria ficar feliz, pelo menos, com a proximidade da abadia, assim não precisará se afastar muito das terras que sei que ama. Você não foi mandada ao exílio, ele podia tê-la enviado a qualquer lugar. Em vez disso, ficará em nossa propriedade: na abadia. Vou vê-la de vez em quando. Levarei as novidades. Talvez depois você possa cavalgar comigo.

— Ishraq poderá ir comigo?

— Pode levar Ishraq, pode levar todas as suas damas, se desejar e se elas estiverem dispostas a ir. Mas esperam por você na abadia amanhã. Terá de ir, Isolde. Terá de fazer seus votos de freira e tornar-se abadessa. Não tem alternativa.

Ele a encarou novamente e viu que tremia como uma jovem égua forçada aos arreios pela primeira vez.

— É como ser aprisionada — sussurrou. — E não fiz nada de errado.

Ele também tinha lágrimas nos olhos.

— É como perder uma irmã. Estou sepultando um pai e perdendo uma irmã. Não sei como será sem você por aqui.

ABADIA DE LUCRETILI, OUTUBRO DE 1453

Alguns meses depois, Luca estava na estrada de Roma cavalgando para o leste. Vestia um manto simples e uma capa marrom-avermelhada, e cavalgava sua mais nova aquisição.

Estava acompanhado pelo criado, Freize, um jovem de ombros largos e cara quadrada, que recobrara a coragem quando Luca saiu do mosteiro e se voluntariara para trabalhar para o jovem, seguindo-o aonde a missão o levasse. O abade teve suas dúvidas, mas Freize o convenceu de que era um péssimo cozinheiro e de que seu amor pela aventura era tão forte que serviria melhor a Deus se acompanhasse um senhor extraordinário em uma busca secreta ordenada pelo próprio papa, em vez de queimar o bacon dos monges resignados. O abade, secretamente feliz em se desfazer do noviço trocado pelas fadas, considerou que a perda de um criado propenso a acidentes era um preço pequeno a pagar.

Freize montava um cavalo forte de pernas curtas e guiava um burro carregado com os pertences. Na retaguarda da procissão, ia um adendo surpresa à parceria: um clérigo, o irmão Peter, que, em cima da hora, recebeu ordem de viajar com eles e manter um registro do trabalho.

— Um espião — murmurou Freize pelo canto da boca.

— Um espião, se é que já vi um. Pálido, de mãos macias, com olhos castanhos e crédulos. Tem a cabeça raspada de um monge, mas os trajes de um cavalheiro. Um espião, sem dúvida.

"E está me espionando? Não... nada faço e nada sei. Está espionando quem, então? Deve ser o jovem senhor, meu pardalzinho. Pois não há ninguém além dos cavalos, e eles não são hereges ou pagãos: são os únicos animais honestos aqui.

— Ele está aqui como meu copista — respondeu Luca, irritado. — E terá de ficar, precise eu de um copista ou não. Então modere sua língua.

— Eu preciso de um copista? — perguntou Freize, falando sozinho enquanto puxava as rédeas do cavalo. — Não. Pois nada faço e nada sei e, se eu fizesse, não escreveria a respeito... Não confiaria as palavras a uma página. Além disso, provavelmente não saber ler nem escrever fosse um impedimento.

— Tolo... — disse o copista Peter, ao passar em seu cavalo.

— "Tolo", diz ele — murmurou Freize, dirigindo-se ao cavalo e à estrada que se inclinava suavemente diante deles. — É fácil falar: difícil é provar. De qualquer modo, já me chamaram de coisa pior.

Cavalgaram o dia todo em uma trilha, não muito maior que um caminho estreito para cabras, que subia sinuosa para além do vale fértil, junto aos platôs suaves onde cresciam oliveiras e vinhedos, e ia ainda mais alto, adentrando o bosque onde as imensas faias se coloriam de ouro e bronze. Quando veio o poente e o firmamento arqueado sobre eles ficou rosado, o copista retirou um papel do bolso interno do casaco.

— Ordenaram-me que lhe entregasse isto ao pôr do sol — falou. — Perdoe-me se forem más notícias, não sei o que diz.

— Quem lhe deu? — perguntou Luca.

O selo no verso da carta dobrada era brilhante e liso, sem timbre algum.

— O mestre que me contratou, o mesmo que o comanda — respondeu Peter. — É assim que suas ordens chegarão: ele me diz o dia e a hora ou, às vezes, um destino, e lhe entrego as ordens quando chegar.

— Ficarão escondidas no seu bolso o tempo todo? — perguntou Freize.

O copista assentiu, imponente.

— Podemos sempre virá-lo de pernas para o ar e sacudi-lo — comentou Freize, em voz baixa, com seu senhor.

— Faremos como nos foi ordenado — respondeu Luca, jogando as rédeas do cavalo pelo ombro para deixar as mãos livres e romper o lacre, abrindo o papel dobrado. — É uma instrução para ir à abadia de Lucretili — disse. — A abadia fica entre duas casas, um convento e um mosteiro. Devo investigar o convento. Estão nos esperando. — Ele dobrou a carta e a devolveu a Peter.

— Aí diz como chegar lá? — perguntou Freize, rabugento. — Caso contrário, passaremos os dias em camas sob as árvores e sem nada além de pão frio para a ceia. Castanhas de faia, suponho. Todas as castanhas que conseguirmos comer. Podemos comê-las até enlouquecer. Talvez eu tenha a sorte de encontrar um cogumelo para nós.

41

— A estrada fica bem à frente — interrompeu Peter.
— A abadia é perto do castelo, creio que podemos pedir abrigo no mosteiro ou no convento.

— Iremos ao convento — decidiu Luca. — A carta diz que esperam por nós.

Não parecia que o convento estivesse esperando por alguém. Estava escurecendo, mas não havia luzes calorosas e acolhedoras, e nenhuma porta aberta. As cortinas estavam fechadas em todas as janelas da parede externa, e apenas feixes estreitos da luz de velas bruxuleavam pelas frestas. No escuro, não era possível avaliar o tamanho do prédio, tinham apenas uma ideia dos grandes muros de cada lado do largo e arqueado vão de entrada. Uma fraca lanterna de chifre estava pendurada na portinhola do enorme portão de madeira, lançando uma luz amarela e fraca para baixo. Quando Freize desmontou e bateu no portão de madeira com o punho da adaga, eles puderam ouvir alguém lá dentro reclamando do barulho e abrindo uma pequena vigia na porta para espiar o grupo.

— Meu nome é Luca Vero, trago dois criados — gritou Luca. — Esperam por mim. Deixe-nos entrar.

A vigia se fechou com um estrondo, e eles ouviram o portão ser destrancado lentamente, e as travas de madeira, erguidas. Por fim, um lado do portão se abriu em uma fresta, um pouco relutante. Freize levou seu cavalo e o burro. Luca e Peter cavalgaram pelo pátio calçado de pedras enquanto uma serviçal robusta fechava o portão às costas deles. Os homens desmontaram e olharam em volta enquanto uma velha ressequida, usando hábito de lã cinza e trazendo um tabardo da mesma cor amarrado

42

na cintura por uma corda, ergueu o archote que carregava para examinar os três.

— Você é o homem que enviaram para a inquisição? Pois se não for e quiser apenas nossa hospitalidade, é melhor ir ao mosteiro, nossa casa irmã — disse a Peter, olhando para ele e para seu belo cavalo. — Esta casa vive tempos difíceis, não queremos hóspedes.

— Não, estou aqui para escrever o relatório. Sou o copista da inquisição. Este é Luca Vero, ele está aqui para investigar.

— Um menino! — exclamou a velha, com desdém. — Um menino imberbe?

Luca corou, irritado, então passou a perna sobre o pescoço do cavalo e saltou no chão, atirando as rédeas a Freize.

— Não importa quantos anos tenho, se tenho barba ou não. Fui nomeado para presidir uma inquisição aqui e farei isso amanhã. Nesse meio-tempo, estamos cansados e famintos, e você deveria me mostrar o refeitório e os aposentos de hóspedes. Por favor, informe à abadessa que estou aqui e que a verei amanhã, após a Prima.

— Sem riqueza alguma — observou a velha, erguendo o archote para olhar outra vez o rosto jovem e bonito de Luca, corado sob a franja escura e com os olhos castanhos faiscando de raiva.

— Sem riqueza alguma, é? — Freize se dirigiu ao cavalo enquanto o levava aos estábulos à frente. — Uma virgem tão velha que parece uma noz azeda... e tem coragem de chamar o pequeno lorde de menino sem barba? Ele, que é um gênio e talvez até uma criança trocada?

— Você, leve os cavalos ao estábulo e aquela irmã leiga o levará à cozinha — vociferou a velha, com súbita energia. — Pode comer e dormir no celeiro. Você — ela

43

analisou Peter, o copista, e o julgou superior a Freize, mas ainda sem poderes. — Pode jantar na cozinha. Encontrará o caminho por esta porta. Lá, lhe mostrarão onde dormir na casa de hóspedes. Você! — Ela se virou para Luca. — Você, o inquisidor, eu lhe mostrarei o refeitório e seu quarto. Disseram que era um padre?

— Ainda não fiz meus votos — respondeu. — Estou a serviço da Igreja, mas não fui ordenado.

— Bonito demais para o sacerdócio e já com essa tonsura — resmungou consigo mesma. Para Luca, falou: — Pode dormir nos aposentos dos padres visitantes, de qualquer modo. Pela manhã direi a minha abadessa que está aqui.

Ela mostrava o caminho para o refeitório quando uma mulher passou pelo arco do claustro mais próximo. Seu hábito era da lã mais descorada e macia, e a touca na cabeça estava puxada para trás, mostrando um rosto claro e adorável, com alegres olhos cinzentos. Seu cinto era feito do couro mais refinado e usava sandálias de couro, não os grosseiros tamancos de madeira que as trabalhadoras usavam para não sujar os sapatos de lama.

— Vim receber o inquisidor — disse ela, erguendo o castiçal com velas de cera.

Luca avançou um passo.

— Eu sou o inquisidor — respondeu.

Ela sorriu, analisando sua altura, boa aparência e juventude em um único e rápido olhar.

— Levarei você ao jantar, deve estar cansado. A irmã Anna cuidará para que seus cavalos sejam tratados e seus homens fiquem confortáveis.

Ele fez uma mesura, e ela se virou, indicando que a seguisse pelo arco de pedra e por uma galeria pavimentada que se abria para o refeitório de teto abobadado. Na extremidade, perto do fogo armado para a noite, um lugar fora posto para uma pessoa: tinha vinho no copo, pão no prato, uma faca e uma colher de cada lado de uma tigela. Luca suspirou de prazer e se sentou na cadeira enquanto uma criada entrava com um vaso e tigela para lavar as mãos, e um bom pano de linho para secá-las. Atrás dela, veio uma serviçal da cozinha com uma tigela de ensopado de galinha e legumes.

— Tem tudo de que precisa? — perguntou a dama.

— Obrigado — respondeu Luca, sem jeito. Não ficava à vontade em sua presença. Não falara com mulheres, além da mãe, desde que fizera o juramento ao mosteiro, aos 11 anos. — E a senhorita é...?

Ela sorriu, e ele percebeu, pelo brilho de seu sorriso, que era linda.

— Sou a irmã Ursula, a madre esmoler, responsável pela administração da abadia. Fico feliz que tenha vindo, estava muito angustiada. Espero que possa nos dizer o que está acontecendo e nos salve...

— Salvá-las?

— Este é um convento antigo e belo — disse a irmã Ursula, com seriedade. — Entrei aqui quando era apenas uma garotinha. Servi a Deus e a minhas irmãs a vida toda, estou aqui há mais de vinte anos. Não suporto a ideia de que Satã tenha invadido.

Luca mergulhou o pão no molho grosso e suculento e se concentrou na comida, tentando esconder o choque.

— Satã?

Ela fez o sinal da cruz, um gesto rápido e involuntário de devoção.

— Em certos dias, acho que a situação está bem ruim. Em outros, penso que pareço uma menina tola, assustada com as sombras. — Ela lhe abriu um sorriso tímido, desculpando-se. — O senhor poderá julgar por si mesmo.

Descobrirá a verdade em tudo isso. Mas, se não nos livrarmos do falatório, estaremos arruinadas: nenhuma família enviará suas filhas... e os agricultores começam a se recusar a negociar conosco. É meu dever garantir que a abadia ganhe o próprio sustento, que os produtos e a colheita sejam vendidos para comprarmos o que precisamos. Não posso fazer isto se as esposas dos agricultores se recusam a falar conosco quando envio as irmãs leigas ao mercado com nossos produtos. Não podemos negociar se as pessoas não vendem nem compram de nós. — Ela meneou a cabeça. — Bem, vou deixá-lo comer. A cozinheira lhe mostrará seu quarto na casa de hóspedes quando tiver terminado. Deus o abençoe, irmão.

Luca de repente percebeu que tinha se esquecido de dizer as graças: ela pensaria que era um monge herege ignorante e sem maneiras. Ele a encarara como um tolo e gaguejou quando falou com ela. Comportou-se como um jovem que nunca vira uma mulher bonita na vida, não como um homem de certa importância, liderando uma inquisição papal. O que ela deveria pensar dele?

— Deus a abençoe, madre esmoler — respondeu, sem jeito.

Ela se curvou, escondendo um leve sorriso pela confusão dele, e saiu lentamente da sala. Ele ficou olhando o balanço da bainha de seu hábito enquanto ela andava.

Na ala leste da abadia fechada, uma fresta das cortinas da janela do térreo estava aberta. Dois pares de olhos observavam a vela da madre esmoler iluminar sua silhueta clara enquanto ela andava, graciosa, pelo pátio e desaparecia em sua casa.

— Ela o recebeu, mas não lhe disse nada — cochichou Isolde.

— Ele nada descobrirá se ninguém o ajudar — concordou Ishraq.

As duas saíram da janela e fecharam a cortina em silêncio.

— Queria saber o que fazer — disse Isolde. — Queria saber o que fazer. Queria ter alguém para me aconselhar.

— O que seu pai faria?

Isolde riu rispidamente.

— Meu pai nunca seria obrigado a vir para cá. Daria cabo da própria vida antes de consentir que alguém o aprisionasse. Ou, se capturado, morreria tentando escapar. Não ficaria sentado aqui, como uma boneca, como uma menina covarde, chorando, sentindo falta do pai, sem saber o que fazer.

Ela se virou e esfregou os olhos com força. Ishraq pôs a mão em seu ombro, com delicadeza.

— Não se culpe — disse ela. — Não havia nada que pudéssemos fazer quando chegamos aqui. E agora que toda a abadia está desmoronando a nossa volta, não podemos fazer nada até compreendermos o que está acontecendo. Tudo está mudando, mesmo enquanto esperamos, impotentes. Mesmo que nada façamos, algo acontecerá. Essa é nossa chance. Talvez esse seja o momento em que a porta se abre. Estaremos prontas quando chegar a hora.

Isolde segurou a mão que estava em seu ombro e a levou ao rosto.

— Pelo menos tenho você.

— Sempre.

* * *

Luca caiu em um sono profundo. Nem mesmo o sino da igreja, anunciando a hora na torre acima de sua cabeça, conseguiu despertá-lo. Mas, justo quando a noite era mais escura, antes das três da manhã, um grito agudo atravessou seu sono. Ele acordou e ouviu alguém correndo.

Despertou e pulou da cama num instante, com a adaga que ficava sob o travesseiro na mão, olhando pela janela para o pátio às escuras. O luar brilhava nas pedras do calçamento e mostrava uma mulher de branco que corria pelo largo até as vigas de trava do pesado portão de madeira para arranhá-las. Três outras mulheres a perseguiam, e a velha de antes saiu às pressas da portaria. Agarrou as mãos da primeira mulher enquanto esta unhava a madeira como um gato.

As outras foram rápidas e seguraram a menina por trás. Luca ouviu seu gemido agudo de desespero enquanto ela era agarrada, e viu seus joelhos vergarem quando ela arriou sob o peso das outras três mulheres. Ele vestiu os calções e calçou as botas, jogou uma capa sobre os ombros nus e saiu correndo do quarto em direção ao pátio enquanto enfiava a adaga na bainha da bota, escondendo-a de vista. Parou na sombra do prédio, certo de que não fora notado, determinado a ver os rostos sob a fraca luz da lua, para que pudesse reconhecê-las quando as reencontrasse.

A porteira ergueu o archote enquanto as mulheres levantavam a menina, duas segurando-a pelos ombros, e a terceira escorando suas pernas. Quando passaram por ele, Luca se encolheu na escuridão da soleira. Estavam tão perto que podia ouvir-lhes a respiração ofegante. Uma delas chorava baixinho.

Foi uma visão muito estranha. A mão da menina caíra quando a levantaram. Agora ela estava inconsciente.

Parecia ter desmaiado quando a tiraram da trava do portão. Sua cabeça tombou para trás, os pequenos cordões da touca roçavam o chão enquanto a carregavam, e a longa camisola se arrastava na terra. Mas aquilo não era um desmaio comum: ela estava flácida como um cadáver, tinha os olhos fechados e a expressão no rosto jovem era serena. Então Luca soltou um silvo de horror: a mão oscilante tinha um furo na palma, e a ferida vertia sangue. As mulheres colocaram a outra mão sobre seu corpo magro, e Luca pôde ver uma mancha de sangue na camisola. A menina tinha as mãos de um crucificado. Luca ficou petrificado, obrigando-se a continuar oculto nas sombras, incapaz de desviar os olhos das estranhas e terríveis feridas. E, então, ele viu algo ainda pior.

As três mulheres que carregavam a menina adormecida tinham uma expressão serena e extasiada. Enquanto se deslocavam com o fardo flácido e ensanguentado, as três exibiam um sorriso leve, estavam radiantes, como se partilhassem uma alegria íntima e secreta.

E os olhos estavam fechados, como os da menina.

Luca esperou até que as sonâmbulas passassem por ele, firmes como quem carrega um caixão, depois voltou ao aposento de hóspedes e se ajoelhou ao lado da cama. Rezou com fervor em busca de orientação, pedindo para, de algum modo, encontrar a sabedoria, apesar das dúvidas. Pediu para descobrir o que havia de tão errado naquele lugar sagrado e corrigi-lo.

Ele ainda estava de joelhos, orando, quando Freize abriu a porta de supetão. Trazia um jarro de água quente para as abluções, pouco antes do amanhecer.

— Pensei que gostaria de ir à Prima.

— Sim.

Luca se levantou, rígido, persignou-se e beijou a cruz que sempre levava no pescoço, um presente de sua mãe no décimo quarto aniversário, a última vez em que a vira.

— Coisas ruins estão acontecendo por aqui — comentou Freize, solene, derramando a água numa bacia e colocando um pano de linho limpo ao lado dela.

Luca lavou o rosto e as mãos com a água.

— Eu sei. Deus sabe, vi parte do que se passa. O que você ouviu?

— Sonambulismo, visões, as freiras jejuando em dias de festim, definhando e desmaiando de fome na capela. Algumas veem luzes no céu, como a estrela dos Reis Magos, e algumas querem partir para Belém e precisam ser contidas. O povo na aldeia e os criados do castelo dizem que estão todas enlouquecendo. Dizem que toda a abadia foi tocada pela loucura e as mulheres estão perdendo o juízo.

Luca meneou a cabeça.

— Só os santos sabem o que está havendo aqui. Ouviu os gritos à noite?

— Deus me livre, não. Dormi na cozinha e só ouvi roncos. Mas todas as cozinheiras dizem que o papa deveria mandar um bispo para investigar. Dizem que Satã anda por aqui. O papa deveria determinar uma inquisição.

— Ele o fez! E sou eu! — vociferou Luca. — Eu farei a inquisição. Serei o juiz.

— Claro que sim — encorajou Freize. — Sua idade não importa.

— De fato, minha idade *não importa*. O que importa é que fui nomeado para investigar.

50

— É melhor começar pela nova abadessa, então.

— Por quê?

— Porque tudo começou quando ela veio para cá.

— Não darei ouvidos aos mexericos da cozinha — declarou Luca, com arrogância, esfregando o rosto. Depois jogou o pano para Freize. — Farei uma inquisição adequada, com testemunhas e pessoas fornecendo provas sob juramento. Pois sou o inquisidor, nomeado pelo papa, e seria melhor se todos se lembrassem disso. Especialmente as pessoas que deveriam estar a meu serviço, que deveriam apoiar minha reputação.

— Claro que sirvo! Claro que o senhor é! Claro que fará! O senhor é o mestre, e nunca me esqueço disso, embora ainda um chefe novo.

Freize sacudiu a camisa de linho de Luca e lhe entregou o manto de noviço, que ele usava com cinto alto para não atrapalhar as longas passadas. Luca prendeu a espada curta no cinto e o fechou na cintura, deixando o manto cair sobre a espada, escondendo-a.

— Fala comigo como se eu fosse uma criança — resmungou Luca, irritado. — Mas você mesmo não tem muita idade.

— É afeto — disse Freize, com firmeza. — É assim que demonstro afeto. E respeito. Para mim, sempre será o "Pardal", o noviço magricela.

— "Ganso", o criado da cozinha — replicou Luca, com um sorriso.

— Pegou a adaga? — checou Freize.

Luca deu um tapinha no cano da bota, onde a adaga estava guardada na bainha.

— Todos dizem que a nova abadessa não tem vocação e que não foi criada para essa vida — ofereceu Freize,

51

ignorando a proibição de Luca de fofocar. — O testamento do pai a mandou para cá, ela fez os votos e nunca mais sairá. Foi a única herança deixada pelo pai, todo o restante foi para o irmão. É tão ruim quanto ser emparedada. E, desde que ela chegou, as freiras começaram a ver coisas e gritar. Metade da aldeia diz que Satã entrou com a nova abadessa, porque ela veio de má vontade.

— E o que dizem sobre o irmão? — perguntou Luca, tentado a fofocar, apesar de sua resolução.

— Nada além de coisas boas. É um bom senhor, generoso com a abadia. O avô a construiu com um convento ao lado de um mosteiro para os monges. As freiras e os monges dividem os serviços na abadia. O pai dele manteve as duas casas. Entregou os bosques e o pasto elevado às freiras e doou algumas fazendas e campos ao mosteiro. São administrados como casas independentes, trabalhando juntas pela glória de Deus e ajudando os pobres. Agora, o novo senhor os apoia. Seu pai era um cruzado, notoriamente corajoso, de fé muito ardorosa. O novo senhor parece mais sossegado, fica em casa, quer um pouco de paz. Quer muito que a operação seja discreta, que o senhor instaure sua inquisição, tome sua decisão, denuncie os culpados, exorcize o que está havendo e tudo volte ao normal.

Acima de suas cabeças, o sino anunciou a Prima, a oração do amanhecer.

— Venha — disse Luca, saindo dos aposentos para padres visitantes, em direção aos claustros e à linda igreja.

Podiam ouvir a música ao atravessarem o pátio, o caminho iluminado por uma procissão de freiras em hábitos brancos, carregando archotes e cantando. Pareciam um coro de anjos deslizando pela luz perolada da manhã.

Luca esperou que elas passassem, e até Freize se calou com a beleza das vozes que se elevavam, impecáveis, ao céu do alvorecer. E, então, os dois homens, mais o irmão Peter, seguiram o coro para a igreja e tomaram seus lugares em um nicho no fundo. Duzentas freiras cobertas com véus brancos encheram os bancos do coro dos dois lados da grade do altar, postando-se em filas de frente para ele.

O serviço era uma missa cantada. O padre que celebrava a cerimônia do altar entoava as palavras sagradas em latim num barítono firme, e as doces vozes agudas das mulheres replicavam. Luca olhou para o teto abobadado, as belas colunas entalhadas com frutas e flores de pedra e, acima delas, estrelas e luas, também de pedra, pintadas de prata. Ele ouvia a pureza das réplicas e se perguntava o que poderia estar atormentando essas mulheres sagradas todas as noites, como elas conseguiam acordar, a cada amanhecer, e cantar para Deus daquela maneira.

No final da cerimônia, os três visitantes continuaram sentados no banco de pedra nos fundos da capela enquanto as freiras passavam em fila por eles, os olhos baixos e recatados. Luca analisou seus rostos, procurando pela menina que vira em frenesi na noite anterior, mas cada rosto jovem e pálido velado de branco era idêntico ao outro. Ele tentou ver-lhes as palmas das mãos, procurando sinais reveladores de feridas, mas todas tinham as mãos entrelaçadas, escondidas em suas mangas longas. Enquanto saíam, suas sandálias batiam suavemente no piso de pedra. O padre as seguiu, parando diante dos jovens para lhes falar, com simpatia.

— Interromperei meu jejum com vocês, mas depois terei de voltar a meu lado da abadia.

— Não é um sacerdote residente? — perguntou Luca, primeiro apertando a mão do homem e depois ajoelhando para receber sua bênção.

— Temos um mosteiro do outro lado da sede — explicou o padre. — O primeiro senhor de Lucretili decidiu fundar duas casas religiosas: uma para os homens e outra para as mulheres. Nós, os padres, ministramos diariamente os serviços. Aliás, esta casa é da ordem das freiras agostinianas. Nós, homens, somos da ordem dominicana. — Ele se inclinou para Luca. — Como deve entender, creio que seria melhor para todos se o convento fosse colocado sob a disciplina dos dominicanos. Elas podem ser supervisionadas de nosso mosteiro e desfrutar da disciplina de nossa ordem. Sob a ordem agostiniana, essas mulheres têm permissão para fazer o que lhes aprouver. E, agora, veja o que acontece.

— Elas assistem aos serviços — protestou Luca. — Não se rebelam.

— Apenas porque preferem assim. Se quiserem parar ou mudar, poderão fazê-lo. Não têm regras. Ao contrário de nós, dominicanos, para quem tudo é determinado. Na ordem agostiniana, cada casa pode viver como lhes aprouver. Servem a Deus como julgam melhor e, como resultado...

Ele parou quando a madre esmoler se aproximou, andando em silêncio pelo belo piso de mármore da igreja.

— Bem, aqui está a madre esmoler para nos oferecer o desjejum, decerto.

— Podem fazer o desjejum em minha sala de estar — disse ela. — Há um fogo aceso ali. Por favor, padre, mostre o caminho a nossos hóspedes.

— Sim, eu o farei — disse ele, em um tom agradável. Enquanto ela os deixava, voltou-se para Luca: — Ela mantém este lugar funcionando. Uma mulher extraordinária. Administra as lavouras, cuida dos prédios, compra o necessário e vende a produção. Poderia ter sido senhora de qualquer castelo da Itália, é uma Magistra natural: uma mestra, líder, uma dama nata de qualquer grande casa. — Ele estava radiante. — E, devo dizer, sua sala de estar é a mais confortável deste lugar, e sua cozinheira não tem igual.

Ele saiu da igreja, levando-os pelo claustro e pelo pátio de entrada até a casa que ocupava a ala leste. A porta de madeira estava aberta, e eles entraram na sala de estar, onde havia uma mesa posta para os três. Luca e Peter assumiram seus lugares. Freize se colocou à soleira para servir aos homens, enquanto uma das cozinheiras leigas lhe passava pratos a serem levados à mesa. Havia três tipos de carne assada: presunto, cordeiro e boi; e dois tipos de pão: branco e de centeio. Havia queijos locais, geleias, um cesto de ovos cozidos e uma tigela de ameixas com um sabor tão forte que Luca as colocou na fatia de pão de trigo para comer como geleia doce.

— A madre esmoler sempre tem refeições privadas, em vez de comer com as irmãs no refeitório? — perguntou Luca, curioso.

— E você comeria se tivesse uma cozinheira dessas? — perguntou o padre. — Nos dias santos e de gala, não duvido que ela se sente com as irmãs. Mas prefere as coisas bem-feitas, e um dos privilégios de seu posto é que tem tudo como lhe agrada em sua própria casa. Não dorme em um alojamento nem come no refeitório. A abadessa faz o mesmo em sua própria casa, que é vizinha desta.

"Agora — continuou ele, com um sorriso largo. — Tenho um pouco de conhaque em meu alforje. Servirei uma dose para nós. Acalma a barriga depois de um bom desjejum.

Ele saiu da sala, e Peter se levantou, vendo, pela janela, o pátio de entrada, onde estava a mula do padre.

Indolente, Luca examinou a sala enquanto Freize retirava os pratos. A parede da chaminé era coberta de madeira polida com belos entalhes. Quando Luca era um garotinho, seu avô, carpinteiro, fizera uma parede de chaminé idêntica para o hall da casa de fazenda. Na época, era uma inovação e foi alvo de inveja na aldeia. Atrás de um dos trabalhos, havia um armário secreto, onde o pai guardava ameixas cristalizadas que dava a Luca nos domingos se ele tivesse se comportado durante a semana. Sem aviso, Luca empurrou as cinco almofadas da frente da parede entalhada, uma depois da outra. Uma delas cedeu, e, para sua surpresa, abriu-se uma porta secreta idêntica à de sua infância. Atrás dela havia um jarro de vidro que não continha ameixas cristalizadas, mas uma especiaria: sementes pretas secas. Logo ao lado havia uma sovela de sapateiro, uma pequena ferramenta destinada a abrir orifícios para cadarços em couro.

Luca fechou a porta do armário.

— Meu pai sempre escondia ameixas cristalizadas no armário da chaminé — comentou.

— Não tínhamos nada parecido — respondeu Peter, o copista. — Todos vivíamos na cozinha, e minha mãe virava os assados no espeto da lareira e defumava os presuntos na chaminé. De manhã, quando o fogo estava apagado e nós, as crianças, estávamos famintos, colocávamos a cabeça na fuligem e mordiscávamos as bordas gordurosas dos presuntos. Ela dizia a meu pai que eram camundongos, Deus a abençoe.

— Como conseguiu se dedicar aos estudos, num lar tão pobre? — perguntou Luca.

Peter deu de ombros.

— O padre viu que eu era um menino inteligente, então meus pais me enviaram a um mosteiro.

— E depois?

— Milorde perguntou-me se eu serviria a ele, se serviria à ordem. Como pode ver, eu disse sim.

A porta se abriu, e o padre voltou com uma pequena garrafa escondida na manga do manto.

— Só uma dose, para me ajudar a seguir o dia — disse.

Luca aceitou algumas gotas do líquido forte em seu copo de cerâmica, Peter declinou, e o padre tomou um bom gole do gargalo. Freize olhava desejoso da soleira, mas decidiu não se manifestar.

— Agora os levarei à abadessa — falou o padre, fechando a garrafa com cuidado. — E tenham em mente que, se ela pedir conselhos, diga que coloque este convento aos cuidados do mosteiro dos irmãos, nós o administraremos para ela, e todos os problemas serão resolvidos.

— Eu me lembrarei disso — disse Luca, sem se comprometer nem com uma opinião nem com outra.

A casa da abadessa ficava ao lado daquela onde estavam, e fora construída na parede mais externa do convento. O lado de dentro dava para o claustro; o de fora, para a floresta e as altas montanhas além dela. As janelas voltadas para o mundo exterior eram chumbadas e protegidas por grossas grades de ferro.

— Este lugar é como uma praça dentro de outra — comentou o padre. — A praça interna abrange a igreja, com o claustro e as celas das freiras ao redor. Esta casa vai do claustro ao pátio externo. Metade da casa da madre esmoler dá para o pátio e o portão principal, assim ela pode ver todas as chegadas e partidas. Do outro lado, na parede sul, fica o hospital para os pobres.

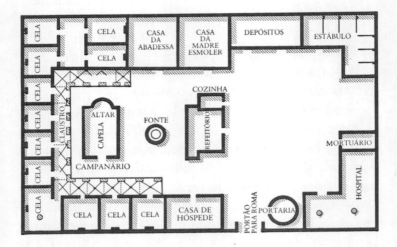

O padre gesticulou para a porta.
— A abadessa disse que vocês podem entrar.
Ele deu um passo para trás, e Luca e Peter entraram, seguidos por Freize. Viram-se em uma pequena sala mobiliada com dois bancos de madeira e duas cadeiras muito simples. Uma grade de ferro batido na parede em frente bloqueava a entrada para a sala seguinte, velada por uma cortina de lã branca. Enquanto esperavam, a cortina foi puxada sem ruídos e, do outro lado, puderam distinguir apenas um hábito branco, uma touca com véu e um rosto pálido surgindo pela trama indefinida do metal.
— Deus vos abençoe e vos guarde — disse uma voz muito pura. — Bem-vindos a esta abadia. Sou a abadessa.
— Sou Luca Vero.
Luca aproximou-se da grade, mas podia ver apenas a silhueta de uma mulher através do rico trabalho de ferro

batido em cachos de uva, frutas, folhas e flores. Havia um leve perfume, como água de rosas. Atrás da dama, ele pôde distinguir o contorno do corpo de outra mulher, de manto escuro.

— Estes são meu copista, o irmão Peter, e meu criado, Freize. Fui enviado a esta abadia para fazer uma inquisição.

— Eu sei — respondeu a mulher, em voz baixa.

— Não sabia que vivia enclausurada — comentou Luca, tentando não soar ofensivo.

— A tradição manda que os visitantes falem com as senhoras de nossa ordem através de uma grade.

— Mas precisarei falar com elas durante a inquisição. Precisarei que se reportem a mim.

Ele pôde perceber a relutância da abadessa, mesmo através das barras.

— Muito bem — falou ela. — Já que concordamos com a inquisição.

Luca sabia muito bem que a fria abadessa não concordara com a inquisição: apenas não tivera alternativa. Ele fora enviado àquela casa pelo mestre da Ordem e interrogaria as irmãs com ou sem o consentimento dela.

— Precisarei de uma sala para uso privativo, e as freiras deverão se apresentar a mim e contar, sob juramento, o que está acontecendo aqui — continuou Luca, mais confiante.

A seu lado, o padre assentiu em aprovação.

— Ordenei que preparassem a sala vizinha a esta para os senhores — respondeu a abadessa. — Creio que seja melhor ouvir as evidências em minha casa, na casa da abadessa. Elas saberão que estou cooperando com sua inquisição, que virão aqui falar com você sob minha bênção.

59

— Seria melhor um lugar inteiramente diferente — disse o padre em voz baixa, apenas para Luca. — Deveria ir ao mosteiro e pedir a elas que venham a nossa casa, fiquem sob nossa supervisão. A lei dos homens, sabe bem... A lógica dos homens... sempre é algo poderoso de invocar. Isso requer a mente de um homem, não o capricho fugaz de uma mulher.

— Agradeço, mas me reunirei com elas aqui — respondeu Luca. À abadessa, falou: — Obrigado pela assistência. Fico feliz em reunir-me com as freiras em sua casa.

— Mas me pergunto por quê. — sugeriu Freize, à meia-voz, a uma abelha gorda que se batia no vidro chumbado da janelinha.

— Mas me pergunto por quê. — repetiu Luca em voz alta.

Freize abriu a janelinha e soltou a abelha ao sol.

— Houve muitos boatos escandalosos, parte deles contra mim — disse a abadessa, com franqueza. — Fui pessoalmente acusada. É melhor que a casa veja que a inquisição está sob meu controle, sob minhas bênçãos. Espero que o senhor limpe meu nome, além de descobrir qualquer transgressão e eliminar sua raiz.

— Teremos de entrevistá-la, assim como todas as integrantes da ordem — observou Luca.

Ele pôde ver, pela grade, a figura de branco se mexer, e percebeu que ela baixara a cabeça, como se ele a envergonhasse.

— Roma me ordenou ajudá-la a descobrir a verdade — insistiu.

Ela não respondeu, apenas virou a cabeça para o lado e falou com alguém fora do campo de visão de Luca.

60

A porta da sala se abriu, e a feira idosa, irmã Anna, a porteira que os recebera na primeira noite, anunciou, de repente:

— A abadessa disse que devo mostrar a sala para a inquisição ao senhor.

Parecia que a entrevista com a abadessa estava encerrada, e eles nem sequer viram seu rosto.

Era uma sala simples, dava para o bosque atrás da abadia, nos fundos, de onde não era possível ver o claustro, as celas das freiras ou as idas e vindas pelo pátio na frente da igreja. Mas, em contrapartida, a comunidade não poderia ver quem vinha fornecer evidências.

— Discreta — observou Peter, o copista.

— Dissimulada — corrigiu Freize, animado. — Fico ali fora para que ninguém interrompa nem fique entreouvindo?

— Sim. — Luca levou uma cadeira até a mesa vazia e aguardou enquanto o irmão Peter pegava papéis, uma pena preta e um pote de tinta, para então sentar-se à cabeceira e olhar para Luca, à espera. Os três pararam. Luca, sentindo-se subjugado pela tarefa diante de si, olhou vagamente de um para outro. Freize sorriu e fez um gesto de estímulo, como alguém agitando uma bandeira.

— Adiante! — exclamou. — As coisas são tão ruins por aqui que não podem ficar piores!

Luca reprimiu um riso infantil.

— Creio que sim. — Ele se sentou e se virou para o irmão Peter. — Começaremos pela madre esmoler. — O jovem tentou dar um tom decisivo à voz. — Enfim saberemos seu nome.

Freize assentiu e foi para a porta.

— Busque a madre esmoler — pediu à irmã Anna.

Ela veio depressa e se sentou de frente para Luca. Ele tentou não ver a beleza serena de seu rosto ou dos olhos cinzentos astuciosos, que pareciam sorrir para ele como se ela soubesse de algum segredo.

Como formalidade, perguntou o nome, a idade — 24 anos —, o nome dos pais e a duração de sua estada na abadia. Ela estava entre aqueles muros havia vinte anos, desde a primeira infância.

— O que pensa estar acontecendo aqui? — perguntou Luca, encorajado por sua posição de inquisidor, por um sentimento de autoimportância e por seus subordinados: Freize, na porta, e o irmão Peter, com sua pena preta.

Ela baixou os olhos para a mesa de madeira.

— Não sei. São ocorrências estranhas, e minhas irmãs estão muito perturbadas.

— Que tipo de ocorrências?

— Algumas irmãs começaram a ter visões, e duas delas estão se levantando durante o sono. Saem da cama e andam, embora estejam de olhos fechados. Uma não consegue comer nada que é servido no refeitório, está definhando, e não é possível convencê-la a comer. E há outras coisas, outras manifestações.

— Quando começou? — perguntou Luca.

Ela balançou a cabeça, cansada, como se esperasse por uma pergunta dessas.

— Cerca de três meses atrás.

— Foi quando chegou a abadessa?

Ela suspirou.

— Sim. Mas estou convencida de que ela nada tem a ver com isso. Eu não gostaria de dar a uma inquisição evidências que fossem usadas contra ela. Nossos problemas começaram na época, mas é preciso lembrar que ela não tem autoridade com as freiras, sendo tão nova, tão inexperiente e tendo se declarado contra a vontade. Um convento precisa de uma liderança forte, de supervisão, de uma mulher que ame a vida aqui. A nova abadessa tinha uma vida muito protegida antes de vir a nós, era a filha favorita de um grande senhor de terras, a filha mimada de uma grande casa. Não está acostumada a dirigir uma casa religiosa. Não foi criada aqui. Não é de se surpreender que não saiba comandar.

— Pode-se ordenar as freiras que parem com as visões? Isso está dentro do que ela pode decidir? Ela falhou, por ser incapaz de comandar?

Peter, o copista, tomou nota da pergunta.

A madre esmoler sorriu.

— Não se forem visões verdadeiras, vindas de Deus — respondeu, tranquila. — Se forem visões verdadeiras, nada as impediria. Mas, se forem erros e tolices, se vêm de mulheres apavoradas consigo mesmas, permitindo que seus temores as governem... Se forem mulheres sonhando e inventando histórias... Perdoe-me por ser tão franca, irmão Luca, mas vivo nessa comunidade há vinte anos e sei que duzentas mulheres vivendo juntas podem criar uma tempestade por nada se tiverem permissão para tanto.

Luca ergueu as sobrancelhas.

— Elas podem invocar o sonambulismo? Podem invocar a correria noturna, as tentativas de escapar pelos portões?

Ela suspirou.

— O senhor viu?

— Na noite passada — confirmou.

63

— Estou certa de que há uma ou duas que são, de fato, sonâmbulas. Estou certa de que uma, talvez duas, tenham tido visões reais. Mas agora há dezenas de jovens que ouvem anjos e veem o movimento das estrelas, que andam pela noite e gritam de dor. Tente entender, irmão, que nem todas as nossas noviças estão aqui por vocação. Muitas nos são enviadas por famílias com filhos demais, ou porque a menina é erudita, perdeu seu prometido ou não pode se casar por outra razão. Às vezes, nos enviam meninas desobedientes, e, é claro, estas trazem suas perturbações para cá, no início. Nem todas têm vocação, nem todas querem estar aqui. E, uma vez que uma jovem deixa sua cela à noite, contrariando as regras, e corre pelos claustros, sempre haverá quem se junte a ela. — Ela fez uma pausa. — E depois outra, e mais outra.

— E os estigmas? O sinal da cruz nas palmas das mãos?

Ele percebeu o choque em seu rosto.

— Quem lhe falou disso?

— Vi a menina, na noite passada, e as outras mulheres que a acudiram.

Ela baixou a cabeça e uniu as mãos; por um momento, Luca pensou que ela rezava em busca de orientação sobre o que dizer a seguir.

— Talvez seja um milagre — disse ela em voz baixa. — Os estigmas. Não podemos ter certeza. Talvez não. Talvez, que Nossa Senhora nos proteja do mal, seja algo pior.

Luca curvou-se sobre a mesa para ouvi-la melhor.

— Pior? O que quer dizer?

— Às vezes, uma jovem devota marca a si mesma com as cinco chagas de Cristo. Faz isso como sinal de devoção. Às vezes, as jovens vão longe demais. — Ela suspirou, nervosa e trêmula. — É por isso que a casa precisa de disciplina forte. As freiras precisam sentir que alguém cuida delas, como uma filha sente que tem os cuidados do pai. Elas precisam saber que existem limites estritos de comportamento, precisam ser atentamente controladas.

— A senhora teme que essas mulheres estejam ferindo a si próprias? — perguntou Luca, chocado.

— São jovens — repetiu a madre esmoler. — E não têm liderança. Ficam passionais, agitadas... Não é incomum que elas se cortem, ou umas às outras.

O irmão Peter e Luca trocaram um olhar apavorado, e o copista baixou a cabeça e tomou nota.

— A abadia é abastada — observou Luca, falando ao acaso, para se distrair do choque.

Ela meneou a cabeça.

— Não, fizemos um voto de pobreza, cada uma de nós. Pobreza, obediência e castidade. Não podemos ter nada, não podemos seguir nossas vontades e não podemos amar um homem. Todas fizemos esses votos. Não há como escapar. Todas os fizemos, todas consentimos de boa vontade.

— Exceto a abadessa — acrescentou Luca. — Soube que ela protestou. Não queria vir, foi ordenada a ingressar na abadia. Ela não decidiu ser obediente, pobre e não amar um homem.

— Isso o senhor terá de perguntar a ela — respondeu a madre esmoler, com calma dignidade. — Ela passou pelos rituais, abriu mão dos ricos vestidos que trouxe em grandes arcas de roupa. Em respeito a sua posição no mundo, teve permissão de vestir o hábito em um local privado. A própria criada raspou sua cabeça e a ajudou a vestir o linho vulgar e o manto de lã de nossa ordem, com uma touca cingindo a cabeça, coberta por um véu. Quando estava pronta, entrou na capela e se deitou sozinha no chão de pedra diante do altar, de braços abertos, com o rosto colado ao chão frio, e se entregou a Deus. Apenas ela pode dizer se fez os votos de coração: sua mente é oculta a nós, suas irmãs.

Ela hesitou.

— Mas a criada claramente não fez os votos. Vive entre nós como uma forasteira. A criada, até onde sei, não segue regra alguma. Nem mesmo sei se obedece à abadessa ou se a relação das duas é mais...

— Mais o quê? — perguntou Luca, horrorizado.

— Mais incomum — respondeu a mulher.

— A criada? Ela é uma irmã leiga?

— Não sei bem como defini-la. Era a criada pessoal da abadessa desde a infância e se juntou a nós na ocasião da chegada da abadessa. Ela a acompanha como um cão segue seu dono. Mora na sua casa. Costumava dormir no depósito ao lado do quarto de sua senhora, em um quarto anexo, pois não quis ocupar as celas das freiras. Mais tarde, passou a dormir na soleira do quarto, como uma escrava. E agora dorme na cama com ela. — A mulher fez uma pausa. — Como quem partilha a cama. — Hesitou. — Não estou sugerindo nada.

A pena do irmão Peter ficou suspensa; e ele, boquiaberto. Mas nada disse.

— Ela vai à igreja, segue a abadessa como uma sombra, mas não diz as orações, se confessa ou segue a Missa. Imagino que seja infiel, mas, de fato, não sei. Ela é uma exceção a nossa regra, não a chamamos de irmã: chamamos de Ishraq.

— Ishraq? — Luca repetiu o estranho nome.

— Nasceu otomana — explicou a madre esmoler, com a voz controlada. — Vai vê-la pela abadia. Ela usa um manto escuro, como uma moura, e, às vezes, cobre o rosto com um véu. Sua pele é da cor de açúcar caramelado, é toda da mesma cor. Despida, é dourada, como se fosse de caramelo. O finado lorde a trouxe ainda bebê de Jerusalém, quando voltou das cruzadas. Talvez a possuísse como um troféu, talvez como bicho de estimação. Ele não mudou seu nome nem a forçou ao batismo, mas a criou com sua filha, como sua escrava pessoal.

— Acha que ela pode ter algo a ver com as perturbações, já que começaram quando ela entrou na abadia? Já que ela veio com a abadessa, ao mesmo tempo?

A madre esmoler deu de ombros.

— Algumas freiras tiveram medo dela quando a viram pela primeira vez. Ela é uma herege, é claro, com um ar ameaçador, e sempre fica à sombra da abadessa. Elas a consideram... — Ela fez uma pausa. — Perturbadora — concluiu, depois assentiu, concordando com a palavra que escolhera. — Ela é perturbadora. Todas diríamos isto: perturbadora.

— O que ela faz?

— Nada faz por Deus — disse a madre esmoler, com uma paixão repentina. — E, decerto, nada faz pela abadia. Aonde quer que a abadessa vá, ela vai também: nunca sai do seu lado.

— Mas ela sai, não é? Não está enclausurada?

— Nunca sai do lado da abadessa — negou a mulher —, e a abadessa nunca sai. A escrava assombra o lugar. Anda nas sombras, fica nos cantos escuros, observa tudo e não fala com nenhuma de nós. É como se tivéssemos aprisionado um animal estranho. Para mim, é como se eu mantivesse uma leoa morena engaiolada.

— A senhora tem medo dela? — perguntou Luca, com franqueza.

Ela ergueu a cabeça e o fitou com os olhos cinzentos.

— Confio que Deus me protegerá de todo mal — respondeu. — Mas, se não tivesse certeza de que estou sob a mão de Deus, ela me deixaria apavorada.

Fez-se silêncio na salinha, como se um sussurro maligno tivesse passado entre eles. Luca sentiu os pelos da nuca se eriçarem, e, por baixo da mesa, o irmão Peter levou a mão ao crucifixo que usava no cinto.

— Com qual das freiras devo falar primeiro? — perguntou Luca, interrompendo o silêncio. — Escreva os nomes daquelas que estiveram andando durante o sono, mostrando estigmas, tendo visões, jejuando.

Ele colocou papel e pena na frente dela, e, sem pressa ou hesitação, ela escreveu seis nomes e devolveu o papel.

— E a senhora? — perguntou Luca. — Teve visões ou caminhou dormindo?

O sorriso que ela dirigiu ao jovem era quase sedutor.

— Acordo à noite para os serviços da igreja e faço minhas orações — respondeu. — Não me verá longe do calor de minha cama.

Enquanto Luca piscava para tirar aquela visão da cabeça, ela se levantou da mesa e saiu da sala.

— Uma mulher impressionante — murmurou Peter, enquanto a porta se fechava. — E pensar que entrou para o convento aos 4 anos! Se estivesse no mundo, o que não poderia ter feito?

— Usava anáguas de seda — observou Freize, a cabeça larga aparecendo na porta. — Incomum.

— O quê? O quê? — perguntou Luca, sentindo uma fúria sem motivos, com o coração martelando ao pensar na madre esmoler dormindo em seu leito casto.

— Incomum ver uma freira de anáguas de seda. Camisas de silício, sim, um pouco radicais, mas é a tradição. Anáguas de seda, não.

— Como diabos sabe que ela veste anáguas de seda? — perguntou Peter, irritado. — E como se atreve a falar assim de tal senhora?

— Eu as vi secando na lavanderia e perguntei a quem pertenciam. Pareceu uma estranha peça de vestuário para um convento com votos de pobreza. Então comecei a ouvir... Pareço tolo, mas sei ouvir. E a ouvi sussurrar quando passou por mim. Ela não sabe que eu estava ouvindo, passou como se eu fosse uma pedra ou uma árvore. A seda solta um *sss sss sss*. — Ele balançou a cabeça, presunçoso, para Peter. — Há mais de um jeito de fazer inquirições: não é preciso saber escrever para saber pensar. Às vezes, basta apenas ouvir.

O irmão Peter ignorou-o completamente.

— Quem é a próxima? — perguntou a Luca.

— A abadessa — determinou Luca. — Depois, sua criada, Ishraq.

— Por que não vemos Ishraq primeiro, depois a mantemos na sala ao lado enquanto a abadessa fala — sugeriu Peter. — Assim podemos ter certeza de que elas não se conluiam.

— Conluiar-se-iam no quê? — exigiu Luca, impaciente.

— É esse o problema — disse Peter. — Não sabemos o que elas estão fazendo.

— Conluiar-se-iam. — Freize repetiu atentamente a estranha palavra. — Con-lui-ar-se-iam. Engraçado como algumas palavras já parecem culpadas.

— Vá buscar a escrava — ordenou Luca. — Você não é o inquisidor, devia estar servindo a mim, seu senhor. E cuide para que ela não fale com ninguém enquanto vem a nós.

Freize deu a volta pela porta da cozinha da abadessa e perguntou pela criada, Ishraq. Ela apareceu velada como uma habitante do deserto, de túnica e pantalonas pretas, um xale cobrindo a cabeça e fixo ao rosto, escondendo a boca. Tudo que ele podia ver dela eram seus pés castanhos e descalços, com um anel de prata em um dos dedões, e os olhos negros e inescrutáveis acima do véu. Freize deu um sorriso tranquilizador, mas ela não ofereceu resposta, e eles seguiram em silêncio até a sala. Ela se sentou diante de Luca e do irmão Peter sem pronunciar uma só palavra.

— Seu nome é Ishraq? — perguntou Luca.

— Não falo italiano — disse ela, num italiano perfeito.

— Está falando agora.

Ela sacudiu a cabeça e repetiu.

— Não falo italiano.

— Seu nome é Ishraq? — Ele tentou outra vez, em francês.

— Não falo francês — respondeu, num francês de pronúncia perfeita.

— Seu nome é Ishraq — perguntou ele, em latim.

— Sim — concordou ela, em latim. — Mas não falo latim.

— Que língua fala?

— Eu não falo.

Luca percebeu o impasse e se curvou para a frente, invocando a maior autoridade que conseguiu.

— Escute, mulher: fui ordenado pelo Santo Padre em pessoa para investigar os eventos neste convento e enviar meu relatório. É melhor que me responda, ou enfrentará não só meu desprazer, mas também o dele.

Ela deu de ombros.

— Eu sou muda — respondeu, em latim. — E, é claro, ele pode ser seu Santo Padre, mas não é o meu.

— Claramente você fala — interveio o irmão Peter. — E sabe falar várias línguas.

O olhar insolente da jovem se voltou para o copista, e ela balançou a cabeça.

— Você fala com a abadessa.

Silêncio.

— Temos poderes para obrigá-la a falar — alertou o irmão Peter.

Em resposta, ela baixou os olhos, os cílios escuros cobriram seu olhar como um véu. Quando levantou a cabeça, Luca reparou que ao redor dos olhos castanho-escuros tinham rugas, como se ela reprimisse a vontade de dar uma gargalhada em resposta ao irmão Peter.

— Eu não falo. — Foi tudo que disse. — E não acho que os senhores tenham qualquer poder sobre mim.

Luca ficou rubro com a raiva de um jovem escarnecido por uma mulher.

— Vá — disse, rispidamente.

Para Freize, cuja cara comprida surgiu na porta, ele vociferou:

— Traga a abadessa. E mantenha esta mulher muda na sala ao lado, sozinha.

Isolde surgiu na soleira da porta interna, o capuz tão baixo que deixava todo o rosto oculto nas sombras, as mãos ocultas nas mangas longas. Apenas os pés brancos e leves apareciam por baixo do hábito, calçados com sandálias simples. Sem dar muita importância, Luca notou que seus dedos dos pés estavam rosados de frio e que o peito do pé se arqueava.

— Entre — disse ele, tentando recuperar a calma. — E sente-se, por favor.

Ela se sentou, mas não retirou o capuz, e Luca percebeu que era obrigado a abaixar a cabeça para olhar por baixo dele e tentar vê-la. Sob a sombra do capuz, distinguia apenas a linha do queixo em formato de coração e uma boca de expressão decidida. O restante de seu corpo ainda era um mistério.

— Vai retirar o capuz, abadessa?

— Prefiro não fazê-lo.

— A madre esmoler nos encarou sem capuz.

— Fiz o juramento de evitar a companhia dos homens — respondeu a mulher, com frieza. — Fui ordenada a jurar que permaneceria dentro dessa ordem e não me encontraria ou falaria com homens, a não ser por um mínimo de palavras e brevíssimos encontros. Obedeço aos votos que fui forçada a fazer. Não foi uma decisão minha, foi algo imposto pela Igreja. Os senhores, da Igreja, deveriam ficar satisfeitos com minha obediência.

O irmão Peter ajeitou seus papéis e esperou, com a pena em riste.

— Poderia nos contar as circunstâncias de sua chegada ao convento? — perguntou Luca.

— São muito bem conhecidas — disse ela. — Meu pai morreu há três meses e meio e deixou o castelo e suas terras apenas a meu irmão, o novo lorde, como é de direito. Minha mãe já era falecida, e eu não tinha outra alternativa senão aceitar um pretendente em casamento

72

ou ocupar um lugar na abadia. Meu irmão, o novo lorde Lucretili, acatou minha decisão de não me casar, e fez o grande favor de deixar-me encarregada deste convento. Eu vim, fiz meus votos e dei início a meus serviços como abadessa.

— Que idade tem?

— Dezessete anos — respondeu a moça.

— Não é jovem demais para ser abadessa?

A boca meio oculta se contorceu num sorriso irônico.

— Não quando meu avô fundou a abadia e meu irmão é seu único benfeitor, é claro. O lorde de Lucretili pode nomear quem lhe aprouver.

— Você tinha vocação?

— Ah, não. Vim para cá em obediência ao desejo de meu irmão e do testamento de meu pai, não porque senti o chamado.

— Não quer se rebelar contra o desejo de seu irmão e o testamento de seu pai?

Houve um momento de silêncio. Ela ergueu a cabeça, e, das sombras do capuz, ele percebeu que ela o contemplava, pensativa. Parecia se perguntar se ele, talvez, poderia compreendê-la.

— É claro que fui tentada pelo pecado da desobediência — respondeu, sem se abalar. — Não conseguia entender por que meu pai me trataria de tal modo. Ele nunca me falou da abadia ou sugeriu que planejasse uma vida de santidade para mim. Pelo contrário, falava-me do mundo, sobre como ser uma mulher de honra e poder no mundo, administrar minhas terras e apoiar a Igreja nos ataques que sofre aqui e na Terra Santa. Mas meu irmão, que estava com meu pai em seu leito de morte, ouviu suas últimas palavras e, depois, mostrou-me seu testamento. Claramente, o último desejo de meu pai era que eu viesse para cá. Eu amava meu pai, ainda o amo. Obedeço-o na morte assim como o obedeci em vida. — Sua voz vacilou ao falar do pai. — Sou uma boa filha, tanto agora como antes.

— Dizem que a senhora trouxe sua escrava, uma moura de nome Ishraq, e que ela nem é uma irmã leiga nem fez os votos.

— Ela não é minha escrava, é uma mulher livre. Pode fazer o que bem entender.

— Então, o que está fazendo aqui?

— O que bem entende.

Luca tinha certeza de ver, naqueles olhos cobertos pelas sombras, o mesmo ar de desafio que a escrava demonstrara.

— Abadessa — disse, muito sério. — Não deve ter companheiras além das irmãs de sua ordem.

Ela o encarou, munida de uma confiança indomável.

— Não penso assim — disse. — Não acho que o senhor tenha autoridade para me dizer tal coisa, e não creio que eu deva lhe dar ouvidos, mesmo que diga que tem autoridade. Pelo que sei, não existem leis que afirmem que uma mulher, uma infiel, não possa entrar num convento e servir junto às freiras. Não há tradição alguma que a exclua. Somos da ordem agostiniana, e, como abadessa, posso administrar esta casa como bem entender. Ninguém pode me dizer como fazer isso. Quem me fez abadessa me deu o direito de decidir como esta casa deveria ser dirigida. Tendo sido obrigada a assumir o poder, tenha certeza de que o exercerei. — As palavras eram desafiadoras, mas a voz estava muito calma.

— Dizem que ela não saiu de seu lado desde que entrou na abadia.

— É verdade.

— Ela nunca deixou os portões?

— Nem eu.

— Fica com a senhora dia e noite?

— Sim.

— Dizem que ela dorme em sua cama — falou Luca, com atrevimento.

— Quem diz? — perguntou-lhe a abadessa, tranquila.

Luca olhou para suas anotações, e o irmão Peter mexeu nos papéis.

Ela deu de ombros, como se estivesse cheia de desdém por eles e por investigarem entre as fofocas.

— Creio que tenha de perguntar a todos sobre tudo o que imaginam — concluiu, com menosprezo. — Vai precisar tagarelar como uma gralha. Ouvirá as conversas mais desvairadas, das pessoas mais temerosas e imaginativas. Pedirá a meninas tolas que contem histórias.

— Onde ela dorme? — insistiu Luca, sentindo-se tolo.

— Como a abadia ficou tão perturbada, ela decidiu dormir em minha cama, como fazia quando éramos crianças. Assim, pode me proteger.

— Do quê?

Ela suspirou, como se estivesse cansada daquela curiosidade.

— Naturalmente, não sei. Não sei o que ela teme por mim ou o que temo por mim mesma. Na verdade, creio que ninguém sabe o que está havendo aqui. Não é isso que veio descobrir?

— Parece que as coisas andam muito mal desde que a senhora veio para cá.

Ela baixou a cabeça em silêncio por um momento.

— Ora, isso é verdade — concordou. — Mas não é nada que eu tenha feito deliberadamente. Não sei o que está havendo aqui. Lamento muito. Isso causa a mim, em particular, uma grande dor. Estou confusa. Estou... perdida.

— Perdida? — Luca repetiu a palavra, parecia carregada de solidão.

— Perdida — confirmou ela.

— Não sabe como administrar a abadia?

Sua cabeça baixou, como se ela estivesse rezando. Depois, com um leve meneio, ainda em silêncio, confessava: ela não sabia como dirigir a abadia.

— Não dessa forma — sussurrou. — Não quando dizem que estão possuídas, quando se comportam como loucas.

— A senhora não tem vocação — murmurou Luca. — Mesmo agora, deseja escapar destes muros?

Ela soltou um minúsculo suspiro de anseio. Luca quase podia sentir o desejo dela de ser livre, a sensação de que devia ser livre. Sem razão alguma, ele pensou na abelha que Freize soltara para voar ao sol. Pensou que cada forma de vida, mesmo a menor abelha, ansiava pela liberdade.

— Como pode esta abadia prosperar com uma abadessa que deseja se libertar? — perguntou, muito sério. — Sabe que devemos servir onde juramos estar.

— O senhor não sabe — atacou, parecendo furiosa. — Pois jurou ser sacerdote em um pequeno mosteiro rural, mas aqui está: livre como um pássaro. Cavalgando pelo campo nos melhores cavalos que a Igreja pode lhe dar, seguido por um escudeiro e um copista. Vai aonde quer e interroga a todos. Está livre para me interrogar... Está até mesmo autorizado a me interrogar. Eu, que vivo aqui e aqui sirvo e rezo, nada faço além de ocasionalmente desejar em segredo...

— Não cabe à senhora tecer comentários a nosso respeito — interveio o irmão Peter. — O papa em pessoa nos autorizou. Não cabe à senhora fazer perguntas.

Luca deixou passar: no fundo, estava aliviado por não ter de admitir à abadessa sua alegria por ter sido liberado do mosteiro, seu prazer em ter aquele cavalo, sua curiosidade insaciável e infinita.

Ela sacudiu a cabeça, exasperada, quando o copista terminou o comentário.

— Era de se esperar que o senhor o defendesse — observou, com desdém. — Era de se esperar que os senhores se unissem, como os homens fazem. Como os homens sempre fazem.

Ela se virou para Luca.

— É claro que já pensei que sou completamente inadequada para ser abadessa, mas o que posso fazer? Os desejos de meu pai foram claros, e meu irmão agora manda em tudo. Meu pai desejava que eu fosse abadessa, e foi o que meu irmão ordenou. Então, aqui estou. Pode ser contra minha vontade, pode contrariar os desejos da comunidade, mas é a ordem de meu irmão e de meu pai. Farei o que puder. Já fiz meus votos e estou presa a este lugar até a morte.

— Jurou plenamente?

— Sim.

— Raspou a cabeça e renunciou a suas riquezas?

Um pequeno movimento da cabeça velada sugeriu que ele a apanhara em uma pequena mentira.

— Cortei o cabelo e renunciei às joias de minha mãe — respondeu, com cautela. — Nunca mais andarei com a cabeça descoberta ou usarei safiras.

— Acredita que essas manifestações de aflição e perturbações são causadas pela senhora? — perguntou, com aspereza.

A respiração levemente ofegante da abadessa revelou sua agonia com a acusação. Ela quase se retraiu ao ouvir aquilo, mas recuperou a coragem e se curvou na direção de Luca. O jovem teve um vislumbre dos intensos olhos azul-escuros.

— Talvez. É possível. É o senhor quem deve decidir tal coisa. Foi nomeado para descobrir coisas do tipo, afinal. Certamente a ideia não me agrada, mas não compreendo o que se passa, e a situação também me magoa. Não são apenas as irmãs, eu também estou...

— Está?

— Tocada — murmurou a abadessa.

Luca, com a mente girando, olhou para o irmão Peter, que estava boquiaberto, segurando a pena sobre a página.

— Tocada? — repetiu Luca, perguntando-se se ela queria dizer que estava enlouquecendo.

— Ferida — corrigiu-se a mulher.

— Em que sentido?

Ela balançou a cabeça, como se não quisesse responder.

— Profundamente. — Foi só o que disse.

Houve um longo silêncio na sala ensolarada. Freize, do lado de fora, ao perceber que as vozes cessaram, abriu a porta e olhou para dentro. Luca lhe respondeu com uma carranca tão sombria que o criado se retirou o mais depressa que pôde.

— Desculpe — murmurou, ao fechar a porta.

— Não acha que o convento deveria ser colocado a cargo da casa de seus irmãos, os dominicanos? — perguntou Peter, rispidamente. — A senhora seria liberada dos votos e a direção do mosteiro cuidaria das duas co-munidades. As freiras podem se colocar sob a disciplina do abade, e os negócios do convento passariam ao caste-lo. A senhora estaria livre para partir.

— Deixar homens dirigirem mulheres? — Ela o enca-rou, como se estivesse prestes a rir. — É só o que conse-guem sugerir, vocês três? Têm o trabalho de vir de Roma com seus melhores cavalos, um copista, um inquisidor e um criado, e a melhor resposta a que chegam é que o convento deveria abrir mão de sua independência e ser dirigido por homens? Os senhores infringiriam nossa or-dem, antiga e tradicional, destruiriam a nós, que fomos feitas à imagem de Nossa Senhora, a Virgem Maria, e nos colocariam sob a direção de homens?

— Deus deu aos homens o governo sobre tudo — observou Luca. — Na criação do mundo.

O lampejo de divertido desafio deixou seus olhos tão rápido quanto surgiu.

— Ah, talvez — respondeu, repentinamente cansada. — Se o senhor diz. Não sei, não fui criada para pensar assim. Sei que é o que algumas irmãs querem, sei que é o que os irmãos dizem que deveria acontecer. Não sei se é a vontade de Deus, não tenho certeza se Deus quer que os homens governem as mulheres. Meu pai nunca me su-geriu tal coisa, e ele era um cruzado. Já tinha ido à Terra Santa e rezado no local de nascimento do próprio Jesus. Ele me criou para me considerar uma filha de Deus e uma mulher do mundo. Nunca me disse que Deus nomeou os homens como comandantes das mulheres. Disse que Deus os criou juntos, para que se auxiliassem e se amas-sem. Mas não sei. Certamente Deus jamais falou comigo, se é que já falou com alguma mulher.

— E qual é sua vontade? — perguntou Luca. — Da senhora, que está aqui, embora diga que não queria estar? Com uma criada que fala três línguas, mas alega ser muda? Que reza a um Deus que não lhe fala? Da senhora, que diz que está ferida, que diz que foi tocada? Qual é sua vontade?

— Não tenho vontade — respondeu, apenas. — É cedo demais para mim. Meu pai morreu há apenas 14 semanas. Pode imaginar o que isso significa para uma filha? Eu o amava profundamente, ele era meu único genitor, o herói de minha infância. Ele comandava tudo, era o sol de meu mundo. Acordo todas as manhãs e preciso me lembrar de que ele morreu. Vim para o convento dias depois de sua morte, na primeira semana de luto. Pode imaginar isso? E os problemas começaram quase na mesma época. Meu pai morreu, e todos ao meu redor ou fingem estar loucos ou estão enlouquecendo.

"Então, já que me pergunta o que quero, eu lhe direi: só quero chorar e dormir. Quero que nada disso tenha acontecido. Nos piores momentos, quero amarrar a corda do sino do campanário em meu pescoço e deixar que me arranque do chão e quebre meu pescoço com seu dobre."

A violência de suas palavras soou como o próprio dobre de um sino, naquela sala silenciosa.

— A automutilação é uma blasfêmia. — Luca apressou-se a responder. — Até mesmo pensar nisso é pecado. Terá de confessar esse desejo a um padre, aceitar a penitência que ele determinar e jamais voltar a pensar no assunto.

— Eu sei — respondeu ela. — Eu sei. E é por isso que apenas desejo, não ajo.

— A senhora é uma mulher perturbada. — Ele não sabia o que dizer para reconfortá-la. — Uma menina perturbada.

Ela levantou a cabeça, e, da escuridão do capuz, ele pensou ter visto o espectro de um sorriso.

— Não preciso que um inquisidor tenha o trabalho de vir de Roma para me dizer isso. Mas o senhor me ajudaria?

— Se pudesse — respondeu ele. — Se puder, ajudarei.

Eles ficaram em silêncio. Luca sentiu que, de algum modo, tinha se comprometido com ela, que levantou o capuz devagar, apenas o suficiente para que ele visse o ardor de seus olhos azuis e francos. Em seguida, o irmão Peter fez barulho ao mergulhar a pena na tinta, e Luca se recompôs.

— Vi uma freira na noite passada correndo pelo pátio, perseguida por outras três — disse. — A mulher foi ao portão externo e o esmurrou com os punhos, gritando como uma megera, fazia um barulho terrível, era o grito dos condenados. Pegaram-na e a levaram de volta ao claustro. Suponho que a recolocaram na cela, não?

— Assim fizeram — retrucou a abadessa, com frieza.

— Eu vi as mãos da mulher — disse ele, sentindo que não fazia uma inquisição, mas uma acusação. Sentia que a estava acusando. — Ela trazia nas palmas a marca da crucificação, como se mostrasse ou fingisse os estigmas.

— Ela não finge — respondeu a abadessa, com uma dignidade tranquila —, é doloroso para ela, não motivo de orgulho.

— Sabe disso?

— Tenho certeza.

— Então a verei à tarde. A senhora a mandará para mim.

— Não mandarei.

Sua calma recusa abalou Luca.

— Deve mandar!

— Não a mandarei esta tarde. Toda a comunidade está vigiando a porta de minha casa. Os senhores chegaram com muita fanfarra, toda a abadia, irmãos e irmãs, sabem que estão aqui, recolhendo evidências. Não a envergonharei ainda mais, já é bem ruim que todos saibam sobre suas marcas e seus sonhos. O senhor poderá encontrá-la, mas em outra hora, que vou escolher, quando ninguém estiver olhando.

— Tenho uma ordem do próprio papa para interrogar as pecadoras.

— É o que pensa de mim? Que sou uma pecadora? — perguntou, de repente.

— Não. Devia ter dito que tenho uma ordem do papa para fazer uma inquisição.

— Então faça — respondeu a mulher, com impertinência. — Mas não encontrará essa jovem antes que seja seguro para ela vir até o senhor.

— E quando será isto?

— Em breve. Quando eu julgar conveniente.

Luca se deu conta de que não conseguiria mais nada da abadessa. Para sua surpresa, não sentia raiva: percebeu que a admirava; gostava de seu forte senso de honra e partilhava seu assombro com o que acontecia no convento. Mais que tudo, porém, ele se compadecia por sua perda. Luca sabia o que era perder um pai, ficar sem alguém que lhe amasse, protegesse e cuidasse. Ele sabia o que era enfrentar o mundo sozinho e se sentir um órfão.

Ele se viu sorrindo para ela, embora não pudesse ver se ela fazia o mesmo.

— Abadessa, a senhora não é uma mulher fácil de interrogar.

— Irmão Luca, o senhor não é um homem fácil de rechaçar.

Ela se levantou da mesa sem permissão e saiu da sala.

Durante o restante do dia, Luca e o irmão Peter interrogaram várias freiras, ouvindo a história de cada uma, suas esperanças e medos. Comeram sozinhos na sala da madre esmoler, servidos por Freize. À tarde, Luca percebeu que não suportaria outra menina lívida dizendo-lhe que tinha pesadelos e que era perturbada por sua consciência, e decidiu dar uma folga das preocupações e temores das mulheres.

Os três homens selaram os cavalos e foram para a grande floresta de faias, onde as imensas árvores se arqueavam sobre eles, derramando folhas acobreadas e castanhas num sussurro constante. Os cavalos estavam quase silenciosos, seus cascos abafados pela espessura do chão da floresta. Luca cavalgava à frente, sozinho, cansado das muitas vozes queixosas do dia, pensando se seria capaz de encontrar algum sentido em tudo que escutara, temeroso de que estivesse apenas ouvindo sonhos absurdos e se assustando com fantasias.

A trilha os levou cada vez mais alto, até se abrir num descampado acima da mata, de onde viram o caminho que tinham percorrido. Acima deles, a trilha continuava, mais estreita e pedregosa, até as montanhas elevadas que os cercavam, desoladas e belas.

— Assim está melhor. — Freize deu um tapinha no pescoço do cavalo quando eles pararam por um momento.

Mais abaixo era possível ver a pequena aldeia de Lucretili, o telhado cinzento de ardósia da abadia, as duas casas religiosas de cada lado e o castelo, dominante, onde o estandarte do novo senhor balançava ao vento no alto da torre circular do portão.

O ar estava frio. No céu acima deles, circulava uma águia solitária. O irmão Peter puxou o manto sobre os ombros e olhou para Luca, tentando lembrá-lo de que não deviam ficar fora por tempo demais.

Juntos, eles viraram os cavalos e seguiram pelo topo da colina, com a mata à direita, e, então, na primeira trilha de lenhadores, desceram ao vale, silenciando-se enquanto as árvores se fechavam a sua volta.

A trilha sinuosa avançava pela floresta. Em certa ocasião, ouviram o som de água corrente. Depois, o barulho de um pica-pau bicando a madeira. Quando julgavam já terem passado da aldeia, entraram numa clareira e viram uma larga trilha para o castelo de Lucretili, que jazia imponente, como um posto de guarda de pedra cinza, dominando a paisagem.

— Este obteve sucesso — observou Freize, analisando as altas muralhas do castelo, a ponte levadiça e os estandartes ondulantes. Dos estábulos do lorde, ouvia-se o uivar de sua matilha de sabujos. — Não é uma vida ruim. Desfrutar sozinho toda essa riqueza, caçar os próprios cervos, viver da própria caça, ter dinheiro suficiente para fazer um passeio em Roma e ver as paisagens quando tiver vontade, e um porão cheio do próprio vinho.

— Pelos santos, ela deve sentir falta de casa — comentou Luca, notando as altas torres do belo castelo e as trilhas que adentravam fundo na floresta e seguiam além dela, para lagos, colinas e regatos. — Deixar toda essa riqueza e liberdade para ficar entre quatro paredes, numa vida enclausurada até a morte! Como um pai que amava a filha pôde criá-la livre aqui, para trancá-la depois de sua morte?

— Antes isso que um marido ruim, que a espancaria assim que o irmão desse as costas, antes isso que morrer no parto — interveio o irmão Peter. — Antes isso que ser arrebanhada por algum caçador de dotes e toda a riqueza e o bom nome da família serem arruinados em um ano.

— Depende do caça-dotes — retrucou Freize. — Um homem saudável, com certo encanto, poderia ter trazido alguma cor a seu rosto, dando-lhe algo agradável com que sonhar.

— Basta — ordenou Luca. — Não pode falar dela dessa maneira.

— Parece que não devemos pensar nela como uma jovem bonita — resmungou Freize, apenas para seu cavalo.

— Basta — repetiu Luca. — E você desconhece sua aparência, assim como eu.

— Ah, mas posso dizer pelo modo que anda — continuou Freize em voz baixa, dirigindo-se ao cavalo. — Sempre se pode reconhecer uma jovem bonita pelo modo como anda. Uma mulher bonita anda como se fosse dona do mundo.

Isolde e Ishraq estavam à janela quando os jovens retornaram pelo portão.

— Sente o cheiro do ar livre nas roupas deles? — sussurrou a primeira. — Quando ele se curvou para mim, senti o cheiro da floresta, do ar fresco, do vento que vem da montanha.

— Poderíamos sair, Isolde.

— Sabe que não posso.

— Poderíamos sair em segredo — replicou a outra. — À noite, pela portinhola lateral. Entraríamos na mata sob a luz das estrelas. Se deseja sair, não temos de ser prisioneiras aqui.

— Sabe que jurei que jamais sairia do convento...

— Mesmo quando tantos juramentos são quebrados? — insistiu a outra. — Mesmo quando viramos a abadia de pernas para ao ar com nossa presença? Que mal faria mais um pecado? Que importa o que fazemos agora?

O olhar que Isolde dirigiu à amiga estava carregado de culpa.

— Não posso desistir — sussurrou. — Independentemente do que as pessoas pensem ou digam que fiz, seja o que for que eu tenha feito... Não vou desistir de mim mesma. Cumprirei minha palavra.

Os três homens compareceram às Completas, o último serviço antes que as freiras se recolhessem. Freize olhava, desejoso, para os depósitos da madre esmoler enquanto os três homens saíam do claustro e seguiam para seus aposentos.

— O que eu não daria por um copo de vinho doce para dormir — disse. — Ou dois. Ou três.

— Você é mesmo um péssimo criado para um religioso — comentou Peter. — Não serviria melhor numa taberna?

— E como o pequeno lorde sobreviveria sem mim? — perguntou Freize, indignado. — Quem teria cuidado dele, no mosteiro, e o mantido em segurança? Quem o teria alimentado quando ele não passava de um pardalzinho de pernas compridas? Quem o seguiria aonde quer que fosse? Quem guardaria sua porta?

— Ele cuidava de você no mosteiro? — perguntou Peter, surpreso, virando-se para Luca.

Luca riu.

— Ele cuidava de meu jantar e comia tudo que eu deixava — respondeu. — E bebia minha cota de vinho. Nesse sentido, cuidava de mim atentamente.

Sob protestos de Freize, Luca lhe deu um soco no ombro.

— Ah, está bem! Está bem! — Virou-se para Peter e falou: — Quando ingressei no mosteiro, ele ficava atento para impedir os garotos mais velhos de me baterem. Quando fui acusado de heresia, ele testemunhou a meu favor, embora não entendesse nada do que disseram que fiz. Foi leal a mim sempre, desde o momento em que nos conhecemos, quando eu era um noviço apavorado, e ele, um criado de cozinha preguiçoso. E, quando recebi esta missão, ele pediu para ser liberado e vir comigo.

— Agora sim! — exclamou Freize, triunfante.

— Mas por que ele o chama de "pequeno lorde"? — insistiu Peter.

Luca balançou a cabeça.

— Quem sabe? Eu não sei.

— Porque ele não era um menino comum — explicou Freize, ansioso. — É muito inteligente e, quando criança, era belo como um anjo. Todos diziam que ele não era desse mundo...

— Já basta! — interrompeu Luca, com rispidez. — Ele me chama de "pequeno lorde" para atender à própria vaidade. Fingiria estar a serviço de um príncipe se pensasse que escaparia impune.

— O senhor verá — disse Freize, assentindo com solenidade ao irmão Peter. — Ele não é um jovem comum.

— Estou ansioso para testemunhar suas habilidades excepcionais — disse o irmão Peter, com secura. — O quanto antes, se possível. Agora, irei para a cama.

Luca ergueu a mão num gesto de boa-noite e foi para a casa dos padres. Fechou a porta ao entrar e tirou as botas, ocultando a adaga sob o travesseiro, com cuidado. Colocou o papel com o zero de um lado da mesa e as anotações de Peter do outro. Pretendia estudar as declarações e se recompensar lendo sobre o zero, trabalhando pela noite. Depois, compareceria ao serviço das Laudes.

Lá pelas duas da madrugada, uma minúscula batida na porta o fez se levantar depressa da mesa para pegar a adaga sob o travesseiro.

— Quem está aí?

— Uma irmã.

Luca prendeu a faca no cinto, às costas, e abriu uma fresta da porta. Uma mulher, com um grosso véu de renda ocultando o rosto, estava na soleira em silêncio. Ele olhou de um lado a outro da galeria deserta e recuou, indicando que ela poderia entrar. No fundo de sua consciência, julgava um risco permitir que ela entrasse sem testemunhas, sem o irmão Peter para tomar nota de tudo que fosse dito. Mas ela também estava se arriscando e rompendo os votos ao ficar sozinha com um homem. Deve haver um motivo muito forte para ela entrar sozinha no quarto de um homem.

Ele viu que ela mantinha as mãos em concha, como se escondesse algo pequeno nas palmas.

— O senhor queria me ver. — A voz era baixa e doce. — O senhor queria ver isto.

Ela estendeu as mãos para ele. Luca se encolheu de horror ao ver que havia um buraco perfeito e superficial no meio de cada mão, as palmas cheias de sangue.

— Jesus nos proteja!

— Amém — retrucou ela, imediatamente.

Luca pegou um pano de linho e rasgou uma tira. Espargiu nele um pouco de água do jarro e o passou gentilmente em cada ferida. Ela se retraiu um pouco quando ele a tocou.

— Perdoe-me, perdoe-me.

— Não dói muito, não são profundas.

Luca limpou o sangue e viu que as duas feridas tinham parado de sangrar e começavam a formar pequenas crostas.

— Quando isso aconteceu?

— Acordei agora mesmo e estavam assim.

— Já aconteceu antes?

— Na noite passada. Tive um sonho horrível e, quando acordei, estava em minha cela, em minha cama, mas tinha os pés enlameados e as mãos cheias de sangue.

— Creio que foi você quem vi — disse ele. — No pátio de entrada? Não se lembra de nada?

Ela negou com a cabeça, e o véu de renda se moveu, mas sem revelar seu rosto.

— Quando acordei, minhas mãos já estavam assim, recém-marcadas. Já aconteceu antes. Às vezes, eu acordo pela manhã e vejo que estão feridas, mas que já pararam de sangrar. É como se tivessem acontecido mais cedo, à noite, sem sequer me despertar. Não são profundas, veja bem, curam-se em alguns dias.

— Você tem visões?

— Uma visão de horror! — soltou ela, de repente. — Não acredito que seja obra de Deus me acordar com as mãos sangrando. Não sinto a santidade, não sinto nada além de pavor. Não pode ser Deus me apunhalando, devem ser feridas blasfemas.

— Deus pode estar agindo através de você de formas misteriosas... — sugeriu Luca.

Ela balançou a cabeça.

— Parece mais uma punição. Por estar aqui, acompanhar os serviços e ainda assim ser amaldiçoada com um coração rebelde.

— Quantas estão aqui contra a vontade?

— Quem sabe? Quem pode saber o que as pessoas pensam, se passam os dias em silêncio, rezando como mandam e cantando como lhes é ordenado? Não temos permissão de conversar durante o dia, a não ser para repetir nossas ordens ou dizer nossas orações. Quem sabe o que alguém pode estar pensando? Quem sabe o que alguém pode pensar em seu íntimo?

O modo como ela falava intensificou à sensação que Luca tinha de que o convento era cheio de segredos, e ele decidiu não perguntar mais nada. Preferindo agir, pegou uma folha de papel em branco.

— Coloque as mãos aqui — ordenou. — Primeiro a direita, depois a esquerda.

Ela parecia querer se recusar, mas obedeceu. Os dois olharam, horrorizados, para as duas marcas triangulares que o sangue deixou na brancura do manuscrito, e o borrão da mão ensanguentada ao redor.

— O irmão Peter precisa ver suas mãos — decidiu Luca. — Você terá de fazer uma declaração.

Ele esperou que ela protestasse, o que não aconteceu. A mulher apenas baixou a cabeça, em obediência.

— Vá à sala de inquisição amanhã cedo — disse ele.
— Logo depois da Prima.

— Muito bem — respondeu ela, com tranquilidade.
Abriu a porta e saiu.

— E qual é seu nome, irmã? — Luca ainda tentou perguntar, mas a mulher já havia partido. Foi só então que se deu conta de que ela não iria à sala de inquisição para testemunhar e que ele não sabia seu nome.

Após a Prima, Luca esperou impaciente, mas a freira não apareceu. Estava irritado demais consigo mesmo para explicar a Freize e ao irmão Peter por que não veria ninguém, mas ficou sentado na sala, com a porta aberta e os papéis dispostos diante deles.

Por fim, declarou que precisava cavalgar, para clarear a cabeça, e foi aos estábulos. Uma das irmãs leigas que tirava o esterco do terreno trouxe-lhe o cavalo e o selou. Era estranho para Luca, que vivera por tanto tempo num mundo sem mulheres, ver todo o trabalho árduo ser realizado por elas, todos os serviços religiosos assistidos. Elas viviam, autossuficientes, num mundo sem homens, a não ser pelo padre visitante. Aquilo aumentava a sensação de inquietação e de não se encaixar. Essas mulheres viviam em uma comunidade onde os homens não existiam, como se Deus não tivesse criado os homens para serem seus senhores. Elas completavam a si mesmas e eram regidas por uma mulher. Aquilo contrariava tudo que vira e que aprendera, e não era de se impressionar que tudo estivesse dando errado.

Enquanto esperava o cavalo para sair, Luca viu Freize aparecer na arcada com seu cavalo malhado de patas curtas, já preparado, e o viu subir na sela.

91

— Cavalgarei sozinho — disse Luca, incisivo.

— Que vá. Também cavalgarei sozinho — respondeu Freize, com a mesma rispidez.

— Não quero que vá comigo.

— Não irei com o senhor.

— Então cavalgue em outra direção.

— Como quiser.

Freize parou, endireitou o cinturão e passou pelo portão, fazendo uma mesura exagerada para a velha porteira, que fechou a cara para ele e esperou do lado de fora até Luca passar trotando pelo portão.

— Eu lhe disse que não quero que cavalgue comigo.

— Por isso esperei — explicou Freize, com paciência. — Quero ver para que lado irá, assim posso ter certeza de ir para o lado contrário. Mas é claro que pode haver lobos, ladrões, bandoleiros ou salteadores, então não me importo com sua companhia pela primeira hora.

— Então fique quieto e me deixe pensar — respondeu Luca, descortês.

— Não diga uma palavra — ordenou Freize, a seu cavalo, que sacudiu uma das orelhas castanhas. — Fique silencioso como um túmulo.

E ele realmente conseguiu fazer silêncio por várias horas de cavalgada: iam para o norte, em passo firme, distanciando-se da abadia, do castelo Lucretili e da aldeia abrigada sob suas muralhas. Ao entrarem em uma trilha ampla e suave, onde crescia uma relva emaranhada, Luca pôs o cavalo a galope, mal notando as poucas casas de fazenda, o rebanho disperso de ovelhas e os vinhedos bem cuidados. Depois de um tempo, quando já estava mais quente, perto do meio-dia, Luca parou o cavalo, dando-se conta de que estavam a certa distância da abadia.

— Suponho que devemos voltar.

— Não quer um pouquinho de cerveja e um pedacinho de pão e presunto primeiro? — ofereceu Freize em tom convidativo.

— Tem tudo isso?

— Em meu alforje. Só para o caso de chegarmos a esse momento em que pensamos que seria bom um pouquinho de cerveja e um bocado de comida.

Luca sorriu.

— Obrigado. Obrigado por trazer comida e obrigado por vir comigo.

Freize assentiu, presunçoso, e seguiu pela estrada até um pequeno bosque, onde ficariam ao abrigo do sol. Desmontou do cavalo e deixou as rédeas frouxas, sobre a sela. O cavalo logo baixou a cabeça e começou a pastar a relva fina do chão da floresta. Freize estendeu a capa para Luca se sentar, e abriu um jarro de pedra com cerveja e duas fatias de pão. Os dois comeram em silêncio, depois Freize pegou, com um floreio, meia garrafa de um vinho tinto extraordinário.

— Isto é excelente — comentou Luca.

— O melhor da casa — respondeu Freize, bebendo até a última gota.

Luca se levantou, espanou os farelos da roupa e pegou as rédeas do cavalo, que tinha amarrado num arbusto.

— Os cavalos talvez queiram beber um pouco antes de voltarmos — observou Freize.

Os dois jovens levaram os animais de volta pela trilha, depois montaram e foram para a casa. Cavalgaram por algum tempo, até que ouviram o ruído de um regato um pouco à esquerda, mais no interior da floresta. Saíram da trilha e, guiados pelo barulho de água corrente, encontraram um regato largo, que seguiram morro abaixo até onde se formava um poço fundo e largo. A margem era lamacenta e estava muito pisoteada, como se muitas pessoas viessem ali em busca da água, o que era estranho para uma floresta deserta. Luca pôde ver na lama marcas dos tamancos de madeira que as freiras colocavam sobre os sapatos quando trabalhavam nos jardins e nos campos da abadia.

Freize escorregou, quase perdendo o equilíbrio, e gritou ao ver que pisara numa poça verde-escura de excremento de ganso.

— Ora, vejam só! Ave maldita. Ah, vou pegá-la numa armadilha e cozinhá-la!

Luca pegou as rédeas dos dois cavalos e deixou que eles bebessem água enquanto Freize se abaixava para limpar a bota com uma folha de labaça.

— Ora essa, mas...!

— O que foi?

Sem dizer uma palavra, Freize estendeu a folha suja.

— O que é? — perguntou Luca, afastando-se da oferta.

— Olhe mais de perto. Sempre dizem que onde há estrume, há dinheiro... E aqui está. Olhe mais de perto, porque creio que estou rico!

Luca olhou com atenção. Pontilhando o verde-escuro das fezes de ganso havia minúsculos grãos de areia, que brilhavam intensamente.

— O que é isto?

— É ouro, pequeno lorde! — Freize borbulhava de deleite. — Vê? Os gansos se alimentam nos juncos do rio, e a água do rio carrega grãos minúsculos de ouro de um veio em algum lugar na montanha, que ninguém deve saber onde é. Os gansos os comeram, evacuaram, e eu os achei em minha bota. Só preciso, agora, descobrir quem é o dono das terras em volta do regato, comprar por uma ninharia e garimpar o ouro, aí me tornarei um lorde, montarei um belo cavalo e serei dono de meus próprios sabujos!

— Se o senhor das terras as vender — avisou Luca. — E creio que ainda estamos nas terras do lorde de Lucretili. Talvez ele queira garimpar o próprio ouro.

— Comprarei as terras sem contar nada. — decidiu Freize, exultante. — Direi que quero morar perto do regato. Direi que tenho uma vocação, como aquela pobre jovem, sua irmã. Direi que ouvi um chamado, quero ser um ermitão santo, viver perto do poço e rezar o dia todo.

Luca deu uma gargalhada ao pensar na vocação de Freize para a oração solitária, mas parou quando, de repente, Freize ergueu a mão.

— Vem vindo alguém — alertou. — Silêncio, vamos sair daqui.

— Por que deveríamos nos esconder? Não estávamos fazendo nada de mal.

— Nunca se sabe — sussurrou Freize. — E prefiro não ser encontrado perto de um regato cheio de ouro.

Os dois montaram nos cavalos e adentraram mais a floresta, saindo da trilha, e esperaram. Luca jogou a capa sobre a cabeça do cavalo, para que ele não fizesse barulho. Já Freize esticou-se até a orelha do seu e sussurrou uma palavra. O cavalo baixou a cabeça e ficou em silêncio. Os dois ficaram espiando por entre as árvores enquanto meia dúzia de freiras, vestidas com hábitos de trabalho marrom-escuros, seguiam pela trilha, marcando a lama com os tamancos de madeira. Freize segurou o focinho do cavalo com delicadeza, para que ele não relinchasse.

As duas últimas freiras traziam um burrico que levava no dorso uma grande pilha de velos sujos do rebanho do convento. Enquanto Freize e Luca espionavam do abrigo dos arbustos, as mulheres prenderam os velos no regato, para que as águas os limpassem, depois deram meia-volta com o burrico e seguiram por onde vieram. Obedientes a seus votos, elas trabalhavam em silêncio, mas, ao levarem o burrico pela trilham, começaram a entoar um salmo. Os dois homens as ouviram cantar:

"O Senhor é meu Pastor, nada me faltará..."

— Nada me faltará — murmurou Freize, enquanto os dois saíam do esconderijo. — Pois sim. Pois sim, "nada me faltará!", por certo! Porque me falta. Falta-me muito. E vai continuar faltando, faltando, e eu continuarei sonhando, sempre decepcionado.

— Por quê? — perguntou Luca. — Elas só estavam lavando a lã. Ainda pode comprar seu regato e garimpar ouro.

— Ah, não... — disse Freize. — Não estavam, não, as megerazinhas espertas. Elas não estavam lavando a lã. Por que viriam até aqui só para lavar velos quando há meia dúzia de regatos daqui até a abadia? Não, elas estão garimpando à moda antiga. Colocam a lã no regato... viu como elas estenderam a lã e a prenderam para que a água corresse por ela? A fibra da lã pega os grãos de ouro, pega até a menor poeirinha. Em mais ou menos uma semana, voltarão e farão a colheita: velos molhados, pesados de ouro. Levarão para a abadia, escovarão o ouro em pó, e lá está minha fortuna, no chão! Essas ladrazinhas!

— Quanto isso daria? — perguntou Luca. — Quanto ouro um velo de lã pode reter?

— E por que ninguém mencionou esse negocinho delas? — perguntou Freize. — Será que o lorde de Lucretili sabe?

Seria uma boa piada se ele tiver colocado a irmã no convento só para ela roubar sua fortuna debaixo de seu nariz, usando as próprias freiras que ele lhe deu para dirigir.

Luca olhou diretamente para Freize.

— O quê?

— Eu estava brincado...

— Não, pode não ser piada. E se ela veio para cá, descobriu o ouro, como você fez, e colocou as freiras para trabalhar? Depois inventou que o convento caíra em pecado para que ninguém mais viesse visitar, para que ninguém confiasse na palavra das freiras...

— Dessa forma ela não será apanhada em seu pequeno empreendimento e, embora ainda seja a abadessa, poderá viver outra vez como uma dama — concluiu Freize.

— Feliz o dia todo, rolando em pó de ouro.

— Maldição! — exclamou Luca, irritado.

Ele e Freize ficaram em silêncio por um bom tempo, até que Luca se virou, sem dizer nada, montou no cavalo e o esporeou a galope. Percebeu, enquanto cavalgava, que não estava apenas chocado com o enorme crime sendo cometido por todo o convento, também estava pessoalmente ofendido com a abadessa: e ainda pensara que podia fazer algo para ajudá-la! Era como se a promessa que ele fizera não significasse nada para ela! Até parece que ela iria querer algo dele, além de sua ingênua confiança e da crença na história que contou.

— Maldição! — repetiu.

Eles cavalgaram em silêncio, Freize sacudia a cabeça, chorando a perda de sua fortuna imaginária, e Luca enfurecido por ter sido tolo. Ao se aproximarem do convento, Luca puxou as rédeas e deixou o cavalo parado até que Freize o alcançasse.

97

— Você realmente acha que é ela? Porque a abadessa me pareceu uma mulher muito infeliz, uma filha de luto... Foi sincera no pesar pelo pai, tenho certeza disso. E, ainda assim, me enfrentar e mentir sobre o restante... Pensa que ela é capaz de tamanha desonestidade? Não consigo acreditar.

— Elas podem estar agindo sem o conhecimento da abadessa — concordou Freize. — A loucura no convento pode ser uma boa maneira de manter os estranhos afastados, mas acho que ela talvez ignore o que se passa. Precisamos descobrir quem leva o ouro para ser vendido, assim saberemos quem está granjeando a fortuna. E precisamos descobrir se isso já acontecia antes de ela vir para cá.

Luca concordou com a cabeça.

— Não diga nada ao irmão Peter.

— O espião — completou Freize, animado.

— Essa noite invadiremos o depósito e veremos se encontramos alguma evidência: algum tosão secando, algum ouro.

— Não precisamos invadir, tenho a chave.

— E como a conseguiu?

— Como você teria tomado um vinho tão soberbo depois da refeição?

Luca meneou a cabeça para seu criado, depois disse em voz baixa:

— Vamos nos encontrar às duas horas.

Os dois jovens cavalgaram juntos, e, atrás deles, fazendo menos barulho do que as árvores que se balançavam ao vento, a escrava Ishraq os observava.

Isolde estava em sua cama, amarrada aos quatro postes como uma prisioneira, os pés presos na parte inferior e as mãos atadas aos postes superiores da cabeceira. Ishraq puxou as cobertas até o queixo da ama e as ajeitou.

— Odeio vê-la assim. É insuportável. Para seu próprio bem, diga-me que podemos ir embora desse lugar, em vez de amarrá-la à cama como uma louca.

— Eu sei — respondeu Isolde —, mas não posso me arriscar a caminhar dormindo. Não conseguiria suportar se permitisse que essa loucura caísse sobre mim. Ishraq, não quero andar à noite e gritar em meus sonhos. Se eu enlouquecer, se eu realmente ficar louca, você terá de me matar. Não suportarei isto.

Ishraq abaixou-se e encostou a bochecha morena na face pálida da menina.

— Eu jamais o faria, não conseguiria. Lutaremos contra isso e venceremos.

— E o inquisidor?

— Ele tem falado com todas as irmãs, tem descoberto coisas demais. Seu relatório destruirá esta abadia e arruinará seu bom nome. A culpa de tudo o que dizem cai sobre nós, sempre citam você e datam o início dos problemas à época que chegamos. Precisamos detê-lo, precisamos impedi-lo.

— Impedi-lo?

Ishraq assentiu com a expressão inflexível.

— Temos de impedi-lo, de um jeito ou de outro. Temos de fazer o que for preciso para impedi-lo.

A lua estava alta, mas era apenas uma meia-lua, oculta por trás de nuvens em movimento, e lançava pouca luz enquanto Luca andava pelo pátio em silêncio. Ele viu uma figura escura se destacar na escuridão: Freize. Em sua mão, o criado levava a chave, lubrificada para não produzir ruído. Enfiou-a na fechadura. A porta rangeu quando Luca a abriu, e os dois homens ficaram petrificados, mas não se via movimento algum ali. Todas as estreitas janelas que davam para o pátio estavam às escuras, exceto a janela da casa da abadessa, onde ardia uma vela. A não ser por aquela luz bruxuleante, não havia sinal de que a mulher estivesse acordada.

Os dois jovens entraram, sorrateiros, no depósito e fecharam a porta em silêncio. Freize fez uma faísca com uma pederneira, soprou uma chama e acendeu uma vela de sebo tirada do bolso para enxergarem ao redor.

— O vinho fica ali. — Freize apontou para uma grade sólida. — A chave fica escondida no alto da parede, qualquer um poderia encontrá-la, é praticamente um convite. Elas produzem o próprio vinho. A cerveja fica ali e também é fermentada no convento. A comida, por ali. — Ele apontou para os sacos de trigo, arroz e centeio. Presuntos defumados em capas de tecido pendiam acima deles, e, na fria parede interna, havia prateleiras de queijos redondos.

Luca olhou ao redor: não havia sinal da lã. Eles se abaixaram sob uma arcada e entraram numa sala nos fundos. Ali havia pilhas de tecidos de diferentes tipos, todos da cor de creme que as freiras usavam. Uma pilha de estopa marrom, para os hábitos de trabalho, ficava em outro canto. Peças de couro para fazer sapatos, bolsas e até selas, estavam arrumadas em pilhas organizadas por cor. Uma escada de madeira levava ao sótão, meio andar acima.

— Nada aqui — disse Freize.

— Vamos procurar na casa da abadessa — decidiu Luca. — Mas antes vou verificar lá em cima. — Ele pegou a vela e foi até a escada. — Espere aqui.

— Não sem uma luz — suplicou Freize.

— Basta ficar parado.

Freize assistiu à chama oscilante ir embora e ficou parado na escuridão, nervoso. De cima, ouviu uma exclamação súbita e abafada.

— O que foi? — sibilou, no escuro. — Está tudo bem?

Foi então que um pano caiu na sua cabeça, cegando-o, e, ao se abaixar, ele ouviu o silvo de um pesado golpe no ar. Freize se atirou no chão e rolou para o lado, gritando um alerta abafado enquanto algo caía junto a sua cabeça. Ele ouviu Luca descer a escada depressa, seguido do barulho de algo se quebrando quando a escada foi arrancada da parede. Freize lutou contra a dor e a escuridão, e levou um chute na barriga. Ouviu o grito agudo de Luca enquanto ele caía, e o baque apavorante que fez quando chegou ao chão de pedra. Freize, arquejando, gritou-lhe o nome, mas não houve resposta além de silêncio.

Os dois jovens ficaram imóveis por longos e apavorantes instantes, deitados no escuro, até que Freize se sentou, puxou o capuz da cabeça e se apalpou. A mão voltou molhada do rosto: sangrava da testa ao queixo.

— Está aí, Pardal? — perguntou, com voz rouca.

Sua resposta foi o silêncio.

— Meus santinhos, não me digam que ela o matou — gemeu. — Não o pequeno lorde, não o menino trocado!

Ele ficou de quatro e engatinhou pelo aposento, tateando o chão, esbarrando nas pilhas de tecido enquanto inspecionava o depósito. Levou alguns minutos trôpegos e dolorosos para se certificar: Luca não estava ali.

Luca desaparecera.

— Como sou tolo! Por que não tranquei a porta depois de entrar? — murmurava Freize, com remorso. Ficou de pé aos tropeções e tateou pela parede, passando pela escada quebrada até a abertura.

O depósito da frente estava um pouco iluminado, pois a porta estava escancarada e a luz da lua minguante passava por ela. Enquanto avançava, vacilante, Freize percebeu que a grade de ferro do porão de vinho e cerveja estava aberta. Ele esfregou a cabeça, que sangrava, apoiou-se por um momento na mesa de armar e andou até a luz. Ao chegar à porta, o sino da abadia anunciou as Laudes e ele percebeu que estivera inconsciente por, talvez, meia hora.

Andava em direção à capela, para dar o alarme por Luca, quando notou uma luz na janela do hospital. Virou-se para lá no instante em que a madre esmoler aparecia, afobada, no pátio.

— Freize! É você?

Ele cambaleou até a freira e percebeu que ela se retraiu ao notar sua cara ensanguentada.

— Que os santos nos protejam! O que houve?

— Alguém bateu em mim — disse Freize rispidamente. — Perdi o pequeno lorde! Soe o alarme, ele não deve estar longe.

— Estou com ele! Estou com ele! Ele está desmaiado — disse ela. — O que houve com ele?

— Graças a Deus você o encontrou! Onde ele está?

— Encontrei-o cambaleando no pátio, agora mesmo, quando ia para as Laudes. Quando o levei à enfermaria, ele desmaiou. Vim acordar você e o irmão Peter.

— Leve-me até ele.

Ela se virou, e Freize a seguiu, trôpego, para dentro da sala baixa e longa. Havia cerca de dez leitos arrumados dos dois lados do cômodo, catres vagabundos de palha cobertos com sacos de estopa. Só um deles estava ocupado. Era Luca: muito pálido, de olhos fechados e respirando superficialmente.

— Por todos os santos! — murmurou Freize, agonizando de ansiedade. — Pequeno lorde, fale comigo!

Devagar, Luca abriu os olhos castanhos.

— É você?

— Graças a Deus, sim. Graças a Nossa Senhora, sim! Como sempre foi.

— Ouvi você gritar e caí da escada — disse, com a voz abafada pelo hematoma na boca.

— Eu o ouvi cair como um saco de batatas — confirmou Freize. — Por todos os santos, quando o ouvi bater no chão...! E alguém me acertou...

— Sinto-me no inferno.

— Eu também.

— Então durma, conversaremos pela manhã.

Luca fechou os olhos. A madre esmoler se aproximou.

— Deixe-me limpar suas feridas.

Ela segurava uma bacia com um pano de linho branco cujo conteúdo cheirava a lavanda e tinha folhas maceradas de arnica. Freize se deixou levar a outro leito.

— Foram atacados em suas camas? — perguntou ela. — Como isso aconteceu?

— Não sei — respondeu Freize, aturdido demais pelo golpe para inventar uma mentira. Além disso, ela podia ver a porta do depósito aberta tão bem quanto ele e encontrara Luca no pátio. — Não me lembro de nada — disse, sem convencer, e, enquanto ela limpava e se es-

103

pantava com os hematomas e arranhões em seu rosto, relaxou sob o luxo dos cuidados de uma mulher, adormecendo rapidamente.

Freize acordou numa manhã muito fria e cinzenta. Luca roncava suavemente na cama em frente, soltando suaves bufadas seguidas de assovios longos e preguiçosos. Freize ficou deitado por um tempo, ouvindo o ruído hipnotizante, depois abriu os olhos, piscou e se levantou, apoiando-se num braço. E não conseguiu acreditar no que via: a cama ao lado agora era ocupada por uma freira, deitada de costas. Seu rosto estava branco como o capuz, que fora puxado para trás, expondo a cabeça raspada, fria e úmida. Seus dedos, entrelaçados em um gesto de prece sobre o peito imóvel, estavam azulados, e as unhas, manchadas com o que parecia tinta. Mas o pior de tudo eram os olhos: estavam horrivelmente abertos, com as pupilas dilatadas, preto no preto. Ela estava imóvel. Claramente, até para os olhos inexperientes e assustados de Freize, estava morta.

Uma freira rezava ajoelhada a seus pés, murmurando um rosário interminável. Outra se ajoelhava a sua cabeceira, murmurando as mesmas orações. A cama estreita estava ladeada de velas, que iluminavam a cena como um quadro vivo do martírio. Freize se sentou, certo de que estava sonhando, desejando que estivesse sonhando, e se beliscou, na esperança de acordar. Pôs os pés no chão, praguejando em silêncio sobre o golpe na cabeça, sem se atrever a se levantar ainda.

— Irmã, Deus a abençoe. O que houve com a pobre menina?

A freira na cabeceira da cama esperou a oração terminar para falar, mas, enquanto rezava, o fitou com olhos carregados de lágrimas.

— Ela morreu dormindo — disse, por fim. — Não sabemos a causa.

— Quem é ela? — Freize fez o sinal da cruz com um súbito medo supersticioso de que fosse uma das freiras que deram testemunho na inquisição. — Deus abençoe sua alma e a guarde.

— Irmã Augusta — respondeu a freira, era um nome que ele não conhecia.

Ele deu uma olhadela rápida para o rosto branco da freira e se retraiu com a escuridão do olhar fixo da morta.

— Pelos santos! Por que não fechou os olhos dela e os prendeu?

— Eles não se fecham — respondeu a freira ao pé da cama, tremendo. — Tentamos vezes sem conta. Eles não se fecham.

— Claro que fecham! Por que não fechariam?

A freira respondeu, numa voz monótona e baixa.

— Seus olhos estão negros porque ela sonhava com a Morte outra vez. Ela sempre sonhava com a Morte, e agora Ela a levou. Seus olhos negros estão cheios de sua última visão, da Morte vindo buscá-la. Por isso não se fecham, por isso estão negros como azeviche. Se olhar bem fundo em seus olhos escuros e terríveis, verá a Morte refletida neles como um espelho. Verá a face da Morte olhando para você.

A primeira freira soltou um pequeno gemido, um ruído frio, de lamento.

— Ela virá para todas nós — sussurrou.

As duas se persignaram, retomaram suas orações, aos murmúrios, e Freize estremeceu e baixou a cabeça,

105

rezando pela morta. Ele se levantou com cuidado e, cerrando os dentes contra a cabeça que girava, contornou as freiras devagar, parando em frente à cama onde Luca roncava. Ele sacudiu o ombro do homem inconsciente.

— Pequeno lorde, acorde.

— Gostaria que não me chamasse assim — respondeu Luca, ainda grogue.

— Acorde, acorde. Uma das freiras morreu.

Luca se sentou abruptamente, então levou as mãos à cabeça e praguejou.

— Foi atacada?

Freize indicou com a cabeça as freiras que rezavam ali ao lado.

— Elas disseram que morreu dormindo.

— Você checou? — sussurrou Luca.

Freize negou com a cabeça.

— Ela não tem ferimentos na cabeça, e não vejo outras marcas.

— O que elas disseram? — Luca gesticulou para as freiras, que oravam, absortas em sua devoção. Para sua surpresa, viu Freize tremer, como se um vento frio tivesse passado por ele.

— O que dizem não faz sentido — respondeu Freize, negando a ideia de que a Morte estava vindo buscar todos eles.

Naquele momento, a porta se abriu, e a madre esmoler entrou, seguida por quatro irmãs leigas. As freiras à cabeceira e ao pé do cadáver se levantaram e ficaram de lado enquanto as mulheres de hábito marrom transferiam, com cuidado, o corpo sem vida para uma padiola rudimentar, levando-o à sala vizinha por um arco de pedra.

— Elas vão vesti-la e prepará-la para o sepultamento amanhã — disse a madre esmoler, em resposta ao olhar indagativo de Luca. Ela estava pálida de tensão e cansaço. As freiras pegaram as velas e foram fazer a vigília na fria sala externa. Luca viu suas sombras agigantarem-se nas paredes de pedra, negras como monstros, quando abaixaram as velas e se ajoelharam para rezar. Em seguida alguém fechou a porta.

— O que houve com ela? — perguntou o jovem inquisidor, em voz baixa.

— Morreu durante o sono — respondeu a madre esmoler. — Só Deus sabe o que está acontecendo aqui. Quando foram chamá-la hoje cedo, porque ela faria os serviços da Prima, já estava morta. Estava fria e rígida, e tinha os olhos abertos e fixos. Quem sabe o que ela viu ou sonhou, ou o que veio atormentá-la? — A mulher fez o sinal da cruz, depressa, e levou a mão à pequena cruz dourada que pendia de uma corrente de ouro em seu cinto.

Ela se aproximou de Luca e o olhou nos olhos.

— E o senhor? Está tonto? Ou prestes a desmaiar?

— Vou sobreviver — respondeu o jovem, com ironia.

— Estou prestes a desmaiar. — Freize se ofereceu, esperançoso.

— Servirei um pouco de cerveja aos dois — disse ela, pegando um jarro. Entregou um copo a cada um. — Viram seu *assassin*?

— *Assassin*. — Freize repetiu a palavra, estranha a ele, que em geral significava um mercenário árabe.

— A pessoa que tentou matar os dois — explicou ela. — De qualquer modo, o que estavam fazendo no depósito?

107

— Eu procurava uma coisa — disse Luca, evasivo. — Pode me levar lá agora?

— Deveríamos esperar o nascer do sol — respondeu ela.

— Tem as chaves?

— Não sei...

— Então Freize abrirá a porta para nós com a chave dele.

Ela lançou um olhar gélido a Freize.

— Você tem a chave de meu depósito?

Freize assentiu, o rosto era o retrato da culpa.

— Só para suprimentos essenciais, para não ser um estorvo.

— Não creio que o senhor esteja bem para andar por aí — disse ela a Luca.

— Sim, estou — insistiu ele. — Precisamos ir.

— A escada está quebrada.

— Então levaremos uma escada.

Ela percebeu que ele iria insistir.

— Tenho medo. Para ser franca, tenho medo de ir.

— Eu compreendo — disse Luca, com um sorriso rápido. — É claro que tem. Coisas terríveis aconteceram esta noite. Mas precisa ser corajosa. Estará conosco, e não seremos apanhados como tolos outra vez. Tenha coragem, vamos.

— Não podemos ir depois de o sol nascer, quando tiver muita luz?

— Não — disse ele, com gentileza. — Deve ser agora.

Ela mordeu o lábio inferior.

— Muito bem — respondeu. — Muito bem.

Ela pegou um archote na arandela da parede e foi para o depósito, atravessando o pátio na frente dos dois.

Alguém tinha fechado a porta, e ela a abriu, recuando para que eles entrassem. A escada de madeira ainda estava no chão, onde tinha sido jogada. Freize a colocou no lugar e a sacudiu, para ter certeza de que estava firme.

— Desta vez, trancarei a porta — lembrou ele, e girou a chave.

— Ah, ela pode atravessar uma porta trancada — disse a madre esmoler, soltando um risinho amedrontado. — Acho que pode atravessar paredes, pode ir aonde quiser.

— Quem pode? — perguntou Luca.

Ela deu de ombros.

— Vamos subir, lá lhe contarei tudo. Não quero mais guardar segredos. Uma freira morreu sob este teto, sob nossos cuidados. Chegou a hora de o senhor saber tudo o que se passa por aqui. E deve dar um fim a isso: deve impedi-la. Fui além dos limites tentando defender este convento, fui longe demais para defender a abadessa. Agora, lhe contarei tudo. Mas primeiro deve ver o que ela fez.

Luca subiu a escada com cuidado, seguido pela madre esmoler, que levantava o hábito para não tropeçar. Freize ficou ao pé da escada com um archote, iluminando o caminho.

Estava escuro no sótão, mas a madre esmoler foi à parede oposta e abriu a meia-porta, deixando a luz do amanhecer entrar. Os raios do sol nascente adentraram o sótão pela abertura e fizeram brilhar os velos carregados de ouro, pendurados para secar enquanto o pó de ouro era peneirado pela lã e caía em lençóis de linho abertos no chão. A sala parecia uma câmara do tesouro, com o chão coberto de pó de ouro e velos dourados estirados no varal curvo, uma roupa lavada de valor inestimável.

109

— Jesus amado — sussurrou Luca. — Aí está. O ouro... — Ele olhou em volta, como se não acreditasse no que via. — Tanto! E que brilho!

Ela suspirou.

— Sim. Já viu o que queria?

Ele se abaixou e pegou uma pitada do pó. Aqui e ali, havia pequenas pepitas de ouro, do tamanho de britas.

— Quanto tem aqui? Quanto isso vale?

— Ela coleta alguns velos por mês — explicou a madre esmoler. — Se puder continuar, acumulará uma fortuna.

— Há quanto tempo isso vem acontecendo?

Ela fechou a meia-porta, para bloquear a luz do sol, e passou a trava.

— Desde que a abadessa chegou. Ela conhece as terras, foi criada aqui. Conhece melhor que o irmão, porque ele foi embora estudar enquanto ela ficou em casa com o pai. O regato pertence à abadia, fica em nosso bosque. Sua escrava, que é moura, sabe como seu povo garimpava ouro e ensinou às irmãs como prender os velos no rio, dizendo-lhes que aquilo limparia a lã. Elas não sabem o que estão fazendo, ela a fez de tolas, disse-lhes que o regato tinha qualidades purificadoras especiais para a lã, e elas não têm como saber. Prendem os velos no regato e os trazem de volta para secar. Nunca os viram secando, nem viram o ouro caindo nos lençóis de linho. A escrava vem escondida para recolher o ouro em pó e leva-o para vender. Quando as irmãs voltam, o ouro se foi e o sótão está vazio, então elas levam os velos para cardar e fiar. — Ela riu com amargura. — Às vezes, reparam como a lã está macia. São enganadas por ela; ela engana a todas nós.

— A escrava lhe entrega o dinheiro? Entrega-o à abadia?

A madre esmoler virou-se para descer a escada.

— O que acha? Esta parece ser uma abadia rica, cheia de ouro? Já viu minha enfermaria? Viu algum remédio caro? Viu meu depósito, eu sei. Parece-lhe rico?

— Onde ela o vende? Como vende o ouro?

A madre esmoler deu de ombros.

— Não sei. Em Roma, suponho. Não sei nada sobre isso. Ela manda a escrava em segredo.

Luca hesitou brevemente, como se tivesse mais perguntas, porém se virou e desceu atrás da mulher, ignorando o hematoma no ombro e a dor no pescoço.

— Está dizendo que a abadessa usa as freiras para garimpar ouro e fica com o dinheiro para si?

Ela assentiu.

— O senhor viu com seus próprios olhos. E acho que ela também quer fechar o convento: acredito que tenha a intenção de abrir uma mina de ouro aqui, em nossos campos. Creio que está deliberadamente levando o convento à desgraça, para que o senhor recomende que seja fechado. Quando o convento for abolido, ela dirá que está livre do testamento do pai. Renunciará seus votos, reivindicará o convento como herança e continuará a viver aqui, onde ela e a escrava ficarão em paz.

— Por que não me contou isso antes? — indagou Luca. — Quando abri a inquisição? Por que guardou segredo?

— Porque este lugar é minha vida — disse, intensamente. — Foi um porto seguro, um refúgio para mulheres e um lugar para servir a Deus. Eu esperava que a abadessa aprendesse a viver aqui em paz. Pensei que Deus falaria em seu coração, que sua vocação aumentaria. Depois, esperei que ela se satisfizesse em fazer sua fortuna. Pensei que fosse uma mulher cruel, mas que poderíamos

111

contê-la. No entanto, quando uma freira morreu... e sob nossos cuidados! — Ela reprimiu um soluço. — A irmã Augusta, uma das mulheres mais inocentes e simples que passou por aqui... — Ela hesitou.

"Bem, agora tudo isso acabou — continuou, com dignidade. — Não posso mais esconder o que ela tem feito. Ela usa este lugar de Deus para esconder sua caça à fortuna, e desconfio que sua escrava esteja praticando bruxaria contra as freiras. Elas têm sonhos, andam dormindo, mostram sinais estranhos, e, agora, uma delas morreu durante o sono. Deus é testemunha, acredito que a abadessa e sua escrava estão enlouquecendo a nós todas para que possam ficar com o ouro.

Sua mão foi até a cruz na cintura, e Luca a viu segurar o símbolo com firmeza, como se fosse um talismã.

— Compreendo — disse ele, o mais calmo que pôde, embora a garganta estivesse seca por um medo supersticioso. — Fui enviado aqui para dar fim a essas heresias, a esses pecados. O próprio papa me autorizou a investigar e a julgar. Não deixarei de ver nada com meus próprios olhos, não há nada que eu não vá questionar. Mais tarde, nesta mesma manhã, falarei com a abadessa e, se ela não conseguir se explicar, cuidarei para que seja destituída de seu posto.

— E enviada para longe daqui?

Ele assentiu.

— E o ouro? Permitirá que a abadia fique com o ouro, para alimentarmos os pobres e criarmos uma biblioteca? Para sermos como um porto seguro para os não civilizados?

— Sim — respondeu Luca. — A abadia ficará com sua fortuna.

Ele viu o rosto da mulher se iluminar de alegria.

— Para mim, nada é mais importante que a abadia — garantiu. — O senhor deixará que minhas irmãs fiquem aqui e vivam a vida que tinham, suas vidas sagradas? Vai deixá-las sob a disciplina de uma boa mulher, de uma nova abadessa, que possa dirigi-las e guiá-las?

— Eu as colocarei sob domínio dos irmãos dominicanos — decidiu Luca. — Eles coletarão o ouro do regato e manterão a abadia. Esta não é mais uma casa a serviço de Deus, já foi aliciada. Eu a colocarei sob controle dos homens, não haverá uma abadessa. O ouro deve ser devolvido a Deus; e a abadia, aos irmãos.

Ela soltou um suspiro trêmulo e escondeu o rosto nas mãos. Luca estendeu a mão para reconfortá-la, mas um olhar de alerta de Freize o lembrou de que ela ainda pertencia a uma ordem sagrada e ele não poderia tocá-la.

— O que a senhora fará? — perguntou o inquisidor, em voz baixa.

— Não sei. Passei a vida toda aqui. Servirei como madre esmoler até estarmos sob a direção dos irmãos, e eles precisarão de mim nos primeiros meses: ninguém além de mim sabe como administrar este lugar. Depois, talvez, peça transferência a outra ordem. Gostaria de uma ordem mais fechada, mais pacífica. Esses têm sido dias terríveis. Quero ir para uma ordem onde os votos sejam mantidos com mais rigor.

— Pobreza? — perguntou Freize, ao acaso. — Quer ser pobre?

Ela assentiu.

— Uma ordem que respeita os mandamentos, uma ordem com mais simplicidade. Saber que temos uma fortuna em ouro em nosso próprio sótão, sem saber o que a abadessa faria, o que ela pretendia, temendo que ela servisse ao próprio Diabo... Isso é um peso enorme em minha consciência.

O sino soou o chamado à capela, ecoando no ar da manhã.

— A Prima — disse ela. — Devo ir à igreja. As irmãs precisam me ver lá.

— Também iremos — disse Luca.

Eles fecharam a porta do depósito e a trancaram. Sob o olhar de Luca, ela se virou para Freize e estendeu a mão, pedindo sua chave. Luca riu-se da simples dignidade da mulher ali parada enquanto Freize tateava os bolsos numa busca teatral e, relutante, entregava-lhe a chave.

— Obrigada — disse ela. — Se quiser algo dos depósitos da abadia, pode me procurar.

Freize fez uma mesura curta e engraçada, como se reconhecesse a autoridade da madre. Ela se virou para Luca.

— Eu poderia ser a nova abadessa — sugeriu, em voz baixa. — O senhor poderia me recomendar para o posto. A abadia ficaria em segurança sob meus cuidados.

Antes que Luca pudesse responder, ela olhou para trás dele, para as janelas do hospital, parou de repente e pôs a mão sobre a manga do rapaz. Ele ficou petrificado com a aguda consciência daquele toque. Freize, atrás dele, parou. Ela levou o dedo aos lábios, pedindo silêncio, e apontou para a frente, devagar. Indicava o mortuário ao lado do hospital, onde uma luz fraca passava pelas frestas do postigo e dava para perceber alguém em movimento.

— O que é? — sussurrou Luca. — Quem está lá?

— As luzes devem ser cobertas, e as freiras, ficar imóveis e silenciosas durante a vigília — sussurrou a mulher.

— Mas alguém está se mexendo ali.

— Talvez as irmãs, banhando-a? — perguntou Luca.

— Elas deveriam ter terminado o trabalho.

Em silêncio, os três atravessaram o pátio e espiaram pela porta aberta do hospital. A porta da enfermaria que dava para o mortuário estava bem fechada: a madre esmoler recuou um passo, como se tivesse muito medo de avançar.

— Existe outra entrada?

— Elas recebem os caixões dos pobres por uma porta dos fundos, que se abre para os estábulos — sussurrou a mulher, em resposta. — Talvez ela esteja destravada.

Atravessaram o pátio do estábulo, chegando depressa à porta dupla do mortuário, larga o bastante para passar uma carroça com cavalo, que estava travada por uma viga grossa de madeira. Os dois homens ergueram a viga de seus encaixes em silêncio, e a porta continuou fechada, escorada apenas pelo próprio peso. Freize pegou um forcado de uma parede próxima, e Luca se curvou, tirando a adaga da bainha da bota.

— Quando eu mandar, abra a porta bem depressa — disse à madre esmoler, que assentiu. Seu rosto estava tão branco quanto o véu.

— Agora!

A mulher escancarou a porta, os dois jovens correram para dentro da sala com as armas em punho — e quase caíram para trás de pavor.

Diante deles havia uma cena de pesadelo: era como um açougue, onde o açougueiro e seu camarada trabalhavam numa carcaça fresca, só que bem pior. Aquele não era um açougueiro, e não havia animal na laje: ali estavam a abadessa, vestida com um hábito de trabalho marrom e com a cabeça amarrada num cachecol, e Ishraq, com o manto preto habitual, coberto por um avental branco. As duas mulheres, com as mangas arregaçadas e manchadas de sangue até os cotovelos, estavam em pé diante do corpo da irmã Augusta. Ishraq brandia uma faca ensanguentada, estripando a morta. As freiras em vigília não estavam ali. Quando os homens entraram, num rompante, as duas jovens levantaram a cabeça e ficaram paralisadas, com a faca acima do ventre aberto da freira morta, sangue em seus aventais, na cama e nas mãos.

— Para trás! — ordenou Luca, com a voz gélida pelo choque.

Ele apontou a adaga para Ishraq, que olhou para a abadessa, esperando uma ordem. Freize ergueu o forcado, como se fosse espetá-las com os dentes.

— Afastem-se do corpo e ninguém sairá ferido — disse Luca. — Parem... o que quer que estejam fazendo. — Ele não conseguia sequer olhar, e não podia encontrar as palavras para descrever o que via. — Parem e fiquem contra a parede.

Ele ouviu a madre esmoler entrar e suprimir uma exclamação de horror diante daquela carnificina.

— Deus misericordioso! — Ela cambaleou, e ele a ouviu se encostar à parede, com ânsia de vômito.

— Pegue uma corda — disse Freize, sem virar a cabeça para ela. — Pegue duas cordas. E vá buscar o irmão Peter.

Ela reprimiu a náusea.

— O quê, em nome de Deus, estão fazendo? Abadessa, responda! O que está fazendo com ela?

— Vá — disse Luca. — Vá agora.

Eles ouviram seus passos em disparada pelas pedras do pátio enquanto a abadessa erguia os olhos para Luca.

— Posso explicar — disse ela.

116

Ele balançou a cabeça, agarrado à adaga. Claramente, nada poderia explicar aquela cena: as mangas enroladas até os cotovelos, as mãos manchadas de vermelho pelo sangue de uma freira morta.

— Acho que esta mulher foi envenenada — continuou. — Minha amiga é médica...

— Não pode ser — negou Freize, em voz baixa.

— Ela é — insistiu a abadessa. — Nós... nós decidimos abrir seu ventre para ver o que ela comeu.

— Elas estavam devorando a irmã! — A voz da madre esmoler tremia da porta. Ela voltara à sala e trazia o irmão Peter, lívido, com ela. — As duas a estavam devorando numa missa satânica! Elas comiam o corpo da irmã Augusta! Veja o sangue em suas mãos! Elas beberam o sangue! A abadessa uniu-se a Satã, ela e sua escrava herege fizeram uma missa ao Diabo em nosso terreno santo!

Luca estremeceu e fez o sinal da cruz. O irmão Peter avançou para a escrava, segurando a corda.

— Baixe a faca e estenda as mãos — disse ele. — Desista. Em nome de Deus, eu ordeno, demônio, mulher ou anjo caído, que se renda.

Sustentando o olhar de Freize, Ishraq largou a faca na cama ao lado da freira morta e saiu em disparada, sem aviso, pela porta que levava ao hospital vazio. Abriu-a e passou, seguida pela abadessa, um instante depois. Luca e Freize seguiram atrás das duas; Ishraq liderava o caminho, correndo pelo pátio até o portão principal.

— Trave o portão! Detenha a ladra! — berrou Luca à porteira.

Ele se atirou sobre a abadessa, que corria a sua frente, derrubando-a no chão com um forte ataque e arrancando o ar de seus pulmões. Ao caírem, o véu da abadessa saiu

117

de sua cabeça e uma longa cabeleira loura se arrastou por seu rosto, com um cheiro provocante de água de rosas.

A escrava moura estava a meio caminho do portão, subindo em disparada por dobradiças e vigas, como um animal leve. Freize tentou agarrar seu pé descalço e falhou, depois saltou, agarrou um pedaço do manto e a arrancou do porão, fazendo-a cair de costas nas lajotas de pedra com um grito de dor.

Freize prendeu os braços dela junto ao corpo com tanta força que a mulher mal conseguia respirar enquanto o irmão Peter amarrava suas mãos e pés. Depois, se virou para a abadessa, que ainda estava presa ao chão por Luca. Enquanto o inquisidor a colocava de pé à força, segurando seus pulsos, o cabelo dourado caiu pelos ombros, escondendo-lhe o rosto.

— Que vergonha! — exclamou a madre esmoler. — Seu cabelo!

Luca não conseguia tirar os olhos da mulher que escondera o rosto dele com um véu e cobrira seu cabelo para que ele jamais soubesse qual era sua aparência. Ele a encarava sob a luz dourada do sol nascente, vendo-a pela primeira vez: tinha olhos azul-escuros e sobrancelhas castanhas arqueadas, um nariz perfeito e reto, uma boca tentadora e quente. Depois, o irmão Peter veio até eles e Luca olhou para aquelas mãos sujas de sangue enquanto o copista as amarrava com uma corda. Ele se deu conta de que ela era uma criatura de horror, uma linda criatura de horror, a pior coisa entre o céu e o inferno: um anjo caído.

— As irmãs leigas virão aos pátios para trabalhar, e as freiras sairão da igreja: devemos arrumar tudo — ordenou a madre esmoler. — Elas não podem ver isso, ficarão muito aflitas... Isso partirá seus corações. Devo protegê-las desse mal. Elas não podem ver a irmã Augusta assim, tão corrompida. Não podem ver essas... essas... — Ela não conseguia encontrar as palavras para definir a abadessa e sua escrava. — Esses demônios. Essas missionárias do inferno.

— Tem um quarto seguro para as prendermos? — perguntou o irmão Peter. — Elas serão julgadas. Precisaremos chamar o lorde de Lucretili, ele é o senhor destas terras. O assunto, agora, está fora de nossa jurisdição: é uma questão criminal, é um crime digno de enforcamento, da fogueira: cabe a ele julgar.

— O porão da portaria — respondeu a madre esmoler prontamente. — A única entrada é por um alçapão no chão.

Freize levava a moura jogada sobre o ombro como um saco. O irmão Peter pegou as mãos atadas da abadessa e a levou à portaria. Luca ficou sozinho com a madre esmoler.

— O que fará com o corpo?

— Pedirei às parteiras da aldeia que a coloquem no caixão. Pobrezinha, não posso deixar que as irmãs a vejam. E pedirei ao padre para abençoar o que resta de seu pobre corpo. Ela pode ficar na igreja por ora, depois pedirei ao lorde de Lucretili para que ela seja sepultada em sua capela. Não a deixarei no mortuário nem a manterei em nossa capela. Assim que a limparem e a vestirem novamente, irá para solo sagrado, longe daqui.

Ela estremeceu e vacilou, quase como se fosse desmaiar. Luca passou a mão por sua cintura, para ampará-la, e ela se curvou para ele por um momento, pousando a cabeça em seu ombro.

119

— A senhora foi muito corajosa — disse ele. — Essa foi uma provação terrível.

Ela o olhou, e, percebendo de repente que o braço dele estava ao redor de sua cintura e que, estava encostada nele, seu coração palpitou como uma ave aprisionada. Luca pôde sentir, e ela se afastou.

— Perdoe-me — suplicou ela. — Não posso...

— Eu sei — respondeu ele em voz baixa. — É a senhora quem deve me perdoar. Eu não deveria tê-la tocado.

— Foi um choque tão grande... — Havia um tremor em sua voz, que ela não conseguiu esconder.

Luca levou as mãos às costas para evitar o impulso de tocá-la novamente.

— Você precisa descansar — decidiu ele, perdido. — Isso foi demais para uma mulher.

— Não posso descansar — respondeu ela, com voz entrecortada. — Preciso ajeitar as coisas por aqui. Não posso deixar minhas irmãs se depararem com essa visão terrível, ou descobrirem o que aconteceu. Buscarei as mulheres para a limpeza: preciso consertar as coisas agora mesmo. Eu as dirigirei e as guiarei para longe do erro, para o caminho da retidão: das trevas à luz.

Ela ajeitou o hábito e o sacudiu. Luca ouviu o sussurro sedutor da anágua de seda, e ela se afastou dele para fazer seu trabalho.

Na porta do hospital, ela parou e olhou para trás. Viu que ele a olhava.

— Obrigada — disse, com um pequeno sorriso. — Nenhum homem jamais me amparou, em toda minha vida. Fico feliz em conhecer a gentileza de um homem. Viverei para sempre aqui, viverei dentro desta ordem, talvez como abadessa, mas jamais me esquecerei disto.

Ele quase avançou em sua direção quando a madre sustentou o olhar por um momento, mas ela se foi.

Freize e o irmão Peter se juntaram a Luca, no pátio.

— Elas estão trancadas? — perguntou Luca.

— Têm um cárcere comum ali — comentou Freize. — Há correntes presas na parede, grilhões, algemas... Ele insistiu que colocássemos tudo nelas, que eu as tratasse como se as duas fossem escravas.

— É só até o lorde de Lucretili chegar — respondeu o irmão Peter, na defensiva. — E se as deixássemos nas cordas e elas conseguissem se soltar, o que faríamos?

— Apanhá-las novamente quando abríssemos o alçapão? — sugeriu Freize. A Luca, ele disse: — Elas estão numa caverna circular, sem entrada ou saída exceto por um o alçapão no teto, impossível de alcançar a não ser que ele seja aberto e uma escada baixada. Não há nem mesmo paredes de pedra, a caverna é escavada em rocha sólida. Estão presas como dois camundongos numa ratoeira, mas ele quis colocá-las a ferro, como se fossem piratas.

Luca olhou para o jovem copista e viu que o homem estava apavorado ante o mistério e a natureza terrível das duas mulheres.

— Teve razão em ser cauteloso — disse, tranquilizando-o. — Não sabemos que poderes elas têm.

— Meu bom Deus, quando as encontrei, com sangue até os cotovelos, e elas nos encararam, os rostos inocentes eram como os de pupilos numa escola! O que estavam fazendo? Que obra de Satã conduziam? Era uma Missa? Estavam realmente comendo carne e bebendo sangue numa Missa Satânica?

— Não sei — respondeu Luca, levando as mãos à cabeça. — Não consigo raciocinar...

121

— Ora, veja só o senhor! — exclamou Freize. — Ainda devia estar na cama, e Deus sabe o quanto estou me sentindo mal. Eu o levarei de volta ao hospital, onde poderá descansar.

Luca se retraiu.

— Lá, não — disse. — Não voltarei ali. Leve-me para o quarto na casa dos padres; dormirei até a chegada do lorde de Lucretili. Acorde-me assim que ele aparecer.

No porão, as duas jovens estavam imersas na escuridão, como se já estivessem em seus túmulos. Era como ser enterrada viva: elas piscavam e se esforçavam para enxergar, mas continuavam cegas.

— Não consigo vê-la — disse Isolde, com a voz presa num soluço.

— Eu a vejo. — A resposta atravessou a escuridão, firme. — De qualquer modo, sempre sei quando você está por perto.

— Precisamos falar com o inquisidor. Precisamos encontrar um jeito de falar com ele.

— Eu sei.

— Eles buscarão meu irmão. Ele nos levará a julgamento.

Ishraq ficou muda.

— Ishraq, eu deveria ter certeza de que meu irmão me ouvirá, que acreditará no que eu disser, que me libertará... Mas, cada vez mais, acho que ele me traiu. Ele encorajou o príncipe a ir a meu quarto, deixou-me sem opção a não ser vir para cá, como abadessa. E se estivesse tentando me afastar de casa todo esse tempo? E se estivesse tentando me destruir?

— Também penso assim — disse a outra, com voz firme. — Eu também penso assim.

As duas ficaram em silêncio enquanto Isolde absorvia a ideia.

— Como ele pôde ser tão falso? Como pôde ser tão cruel?

As correntes tilintaram quando Ishraq deu de ombros.

— O que faremos? — perguntou Isolde, sem esperanças.

— Silêncio.

— Silêncio? Por quê? O que está fazendo?

— Estou rogando...

— Ishraq... Precisamos de um plano, suas preces não nos salvarão.

— Deixe-me rogar. É uma prece profunda. E pode nos salvar.

Luca pensou que iria se revirar na cama, por causa da dor no pescoço e no ombro, mas caiu em um sono profundo assim que tirou as botas e encostou a cabeça no travesseiro. Quase ao mesmo tempo, começou a sonhar.

Sonhou que corria outra vez atrás da abadessa e ela o vencia com facilidade. O terreno sob seus pés mudou das pedras do calçamento do pátio para o chão da floresta, e as folhas pareciam encrespadas como no outono. Ele percebeu que haviam sido banhadas a ouro; corria por uma floresta de ouro. Ela ainda se mantinha à frente, trançando pelos troncos dourados das árvores e passando por arbustos com crostas de ouro. Até que ele conseguiu aumentar a velocidade de repente, indo muito mais rápido que antes, e se atirou sobre ela como um puma salta num cervo, apanhando-a pela cintura para derrubá-la. Mas, ao cair, ela se virou para ele, que a viu abrir um sorriso cheio de desejo. Parecia que, o tempo todo, ela queria que ele a pegasse e a abraçasse, e que se deitassem com pés juntos, as pernas coladas; o corpo jovem e rijo dele contra seu corpo leve e magro, olhando-se nos olhos, os rostos próximos o bastante para se beijarem. Sua cabeleira loura se espalhava em volta dele, e ele sentiu o forte aroma de água de rosas mais uma vez. Os olhos dela estavam escuros, muito escuros: ele pensava que eram azuis, então olhou outra vez: o azul de seus olhos era apenas uma borda mínima contornando o escuro da pupila. Os olhos estavam tão dilatados que não pareciam azuis, e sim negros. Em sua mente, ele ouviu as palavras "linda mulher" e pensou, "Sim, ela é uma linda mulher".

— *Bella donna.* — Ele ouviu as palavras em latim, era a voz da escrava da abadessa, com seu estranho sotaque estrangeiro, a repetir, com uma urgência estranha: — *Bella donna! Luca, escute! Bella donna!*

A porta do quarto de hóspedes se abriu no mesmo instante em que Luca era arrancado do sonho e levava a mão à cabeça dolorida.

— Sou eu — disse Freize, servindo cerveja morna de um jarro que trouxera ao quarto, com uma bandeja de pão, carne, queijo e uma caneca.

— Pelos santos, Freize, ainda bem que me acordou. Tive um sonho muito estranho.

— Eu também — disse Freize. — A noite toda, sonhei que colhia frutos nas sebes, como um cigano.

— Sonhei com uma linda mulher e com as palavras *bella donna.*

Ao ouvir isso, Freize começou a cantar:

124

— Bella donna, dê-me seu amor. Bella donna, brilham as estrelas...

— O quê? — Luca se sentou à mesa e deixou que o criado colocasse a comida diante dele.

— É uma música, uma canção popular. Nunca a ouviu no mosteiro?

— Só entoamos hinos e salmos na igreja — lembrou Luca. — E não canções de amor da cozinha, como você.

— De qualquer modo, era moda no verão passado. *Bella donna*: linda mulher.

Luca cortou uma fatia de carne, mastigou, pensativo, e bebeu três longos goles de cerveja.

— Há outro significado para as palavras *bella donna* — disse. — Não significam apenas "linda mulher". É o nome de uma planta, uma planta de sebe.

Freize deu um tapa na cabeça.

— É a planta do meu sonho! Sonhei que estava na sebe, procurando frutos, cerejas negras. Mas embora quisesse cerejas negras, ameixa-brava ou até mesmo sabugueiros, só encontrava a erva-moura letal... Os frutos negros da erva-moura.

Luca se levantou, segurando um pedaço de pão.

— É um veneno — exclamou. — A abadessa disse que as duas desconfiavam que a freira tivesse sido envenenada. Disse que estavam abrindo sua barriga para ver o que ela comera, o que tinha no estômago.

— É uma droga — disse Freize. — Usam nas salas de tortura, para obrigar as pessoas a falarem, para deixá-las loucas. Provoca os sonhos mais desvairados, pode fazer... — Ele parou.

— Pode fazer todo um convento ir à loucura — concluiu Luca. — Pode fazer com que tenham visões e andem

125

durante o sono. Pode fazer com que sonhem e imaginem coisas. E, em excesso... pode matar.

Sem outra palavra, os dois jovens correram à porta da casa de hóspedes e seguiram depressa para o hospital. No meio do pátio de entrada, as irmãs leigas juntavam duas imensas pilhas de madeira: pareciam preparar uma fogueira. Freize parou ali, mas Luca passou por elas sem olhar duas vezes, inteiramente concentrado no hospital, onde podia ver, pelas janelas abertas, as freiras enfermeiras arrumando tudo. Luca entrou pelas portas escancaradas e olhou em volta, surpreso.

Tudo estava limpo e arrumado, como se nada de errado tivesse acontecido. A porta para o mortuário estava aberta, e o corpo da freira tinha desaparecido, assim como as velas e os incensários. Meia dúzia de camas estava arrumada, com lençóis limpos, e uma cruz pendia no meio das paredes caiadas. Enquanto Luca estava parado ali, aturdido, uma freira entrou carregando um jarro de água da bomba externa, despejou seu conteúdo numa bacia e se ajoelhou para esfregar o chão.

— Onde está o corpo da irmã morta? — perguntou Luca. A voz soava alta demais na sala vazia e silenciosa. A freira se sentou nos calcanhares e respondeu.

— Jaz na capela. A madre esmoler em pessoa fechou o caixão, pregou-o e ordenou que fosse velado lá. Deseja que o leve até lá para rezar?

Ele assentiu. Havia algo de misterioso na completa restauração da sala. Luca não acreditava que entrara de rompante por aquela porta, perseguira a abadessa e sua escrava, derrubara a mulher no chão e as acorrentara em um porão sem janelas. Mal podia acreditar que as vira, sujas de sangue até os cotovelos, cortando o corpo da freira morta.

126

— A madre esmoler disse que ela será sepultada no solo sagrado na capela de Lucretili — comentou a freira, saindo do hospital à frente dele. — Tanto a vigília como o sepultamento serão lá. O lorde de Lucretili trará um carro funerário especial e a levará para passar a noite na capela do castelo. Depois ela será enterrada em nosso cemitério. Deus abençoe sua alma.

Ao passarem pelas pilhas de madeira, Freize surgiu atrás de Luca.

— Piras — disse, pelo canto da boca. — Duas piras para duas bruxas. O lorde de Lucretili está a caminho para presidir o julgamento, mas parece que já decidiram o veredito e preparam-se para a sentença. Essas estacas e a lenha são para queimar as bruxas.

Luca se virou, chocado.

— Não!

Freize assentiu, com uma expressão sombria.

— E por que não? Nós vimos o que elas estavam fazendo. Não há dúvidas de que estavam envolvidas em bruxaria, em uma Missa Satânica, ou retalhando um corpo. De qualquer modo, é um crime punido com a morte. Mas dá para ver que a madre esmoler não perdeu tempo com os preparativos. Há duas fogueiras prontas antes mesmo de o julgamento começar.

A freira que os aguardava bateu o pé. Luca se voltou a ela.

— Para que essa madeira?

— Acho que venderemos lenha — respondeu. — A madre esmoler ordenou que as irmãs leigas fizessem duas pilhas. Posso levá-lo à capela agora? Preciso voltar ao hospital para lavar o chão.

— Sim, desculpe-me por atrasá-la.

Luca e Freize seguiram-na, passando pelo refeitório e pelos claustros, até a capela. Assim que a freira abriu a pesada porta de madeira, eles ouviram o cântico baixo das freiras que faziam a vigília do corpo. Piscando para que os olhos se acostumassem à escuridão, subiram a nave central num passo lento, até se depararem com o espaço diante do altar, coberto por um tecido branco como a neve. Sob o pano jazia um caixão de madeira simples, recém-preparado, com a tampa firmemente pregada.

Luca fez uma careta ante a visão.

— Precisamos ver o corpo — sussurrou. — É a única maneira de sabermos se ela foi envenenada.

— Antes o senhor do que eu — respondeu Freize, sem modos. — Eu não gostaria de dizer à madre esmoler que estou abrindo um caixão santificado porque tive um sonho estranho.

— Precisamos saber.

— Ela não quer que ninguém veja o corpo — sussurrou Freize para Luca. — Foi mutilado de um jeito horrível. E, se aquelas bruxas comeram a carne, a pobre menina sangrará quando for ressuscitada, Deus lhe ajude. A madre esmoler não quer que as freiras saibam disso.

—Teremos de pedir permissão ao padre — decidiu Luca. — É melhor pedirmos a ele, não à madre esmoler... Faremos um pedido por escrito. Peter pode redigi-lo.

Eles voltaram e procuraram pelo padre, que carregava um pesado incensário de prata, soprando fumaça em volta do caixão. Quando o ar estava sufocante e denso por causa do forte perfume, ele o entregou a uma das freiras e pegou a água benta com outra, aspergindo o caixão. Depois foi até o altar e, voltando as costas para todos, ergueu as mãos em oração pela irmã falecida.

Os dois homens curvaram-se para o altar, persignaram-se e saíram da igreja em silêncio. Logo ouviram uma comoção no estábulo com a chegada de vários cavalos e a abertura dos grandes portões.

— O lorde de Lucretili — adivinhou Luca, correndo pelo pátio.

O lorde benfeitor da abadia montava um grande cavalo preto, que batia as patas no chão, criando faíscas nas pedras do calçamento com as ferraduras. Sob o olhar de Luca, ele atirou as rédeas a seu pajem e desmontou com facilidade. A madre esmoler aproximou-se dele, fez uma mesura e ficou em silêncio com as mãos ocultas dentro das mangas compridas, a cabeça baixa e o rosto coberto pelo capuz.

Atrás do lorde de Lucretili, vieram seis homens usando o brasão do lorde: um galho de oliveira coberto por uma espada, representando o descendente pacífico de um cavaleiro cruzado. Três ou quatro clérigos de aparência séria entraram a cavalo, seguidos do abade de Lucretili com seu próprio séquito de padres.

Os homens desmontaram, e Luca se aproximou.

— Você deve ser Luca Vero. Estou feliz que esteja aqui — disse o lorde de Lucretili, com amabilidade. — Sou Giorgio, lorde de Lucretili. Este é meu abade, ele se sentará comigo no julgamento. Pelo que entendo, está no meio de uma investigação?

— Sim — respondeu Luca. — Perdoe-me, mas preciso ir à casa dos visitantes. Procuro por meu copista.

O lorde de Lucretili interveio.

— Busque o copista do inquisidor — pediu ao pajem, que partiu em correria à casa dos visitantes. O lorde vol-

129

tou-se para Luca. — Disseram-me que foi você quem prendeu a abadessa e sua escrava, não foi?

— Sua própria irmã — sussurrou Freize, atrás dele. — Mas dá para notar que ele não parece muito incomodado.

— Eu, meu clérigo, o irmão Peter e meu criado Freize, com a ajuda da madre esmoler — confirmou Luca. — O irmão Peter e meu criado puseram as duas mulheres no porão abaixo da portaria.

— Faremos o julgamento na sala da portaria — decidiu o lorde de Lucretili. — Desse modo elas podem ser trazidas pela escada e manteremos tudo afastado do convento.

— Prefiro assim — disse a madre esmoler. — Quanto menos pessoas as virem e souberem disso, melhor.

O lorde assentiu.

— Isso é uma vergonha para todos nós — comentou ele. — Só Deus sabe o que meu pai teria feito. Vamos acabar logo com isso.

Dois cavalos enfeitados com plumas pretas puxaram uma carroça até o pátio e pararam, esperando.

— Para o caixão — explicou o lorde, dirigindo-se a Luca. À madre esmoler, disse: — Cuidará para que seja trazido e meus homens o transportem até a capela?

A madre esmoler assentiu, afastou-se dos homens e foi à portaria, onde observou os clérigos arrumarem uma longa mesa com cadeiras para o lorde de Lucretili, o abade, Luca e o irmão Peter. Enquanto eles preparavam a sala, Luca foi ter com o lorde de Lucretili.

— Creio que precisamos abrir o caixão antes que a irmã Augusta seja enterrada — disse, em voz baixa. — Sinto dizer que suspeito que a irmã tenha sido envenenada.

— Envenenada?

130

Luca assentiu.

O lorde balançou a cabeça, chocado.

— Deus salve sua alma e perdoe os pecados de minha irmã. Mas não podemos abrir o caixão aqui, as freiras ficariam muito aflitas. Vá a meu castelo à tarde e o faremos em privado, em minha capela. Nesse meio-tempo, interrogaremos a abadessa e a escrava.

— Elas nada responderão — afirmou Luca, com segurança. — A escrava jurou que era muda em três línguas quando a interroguei.

O lorde riu asperamente.

— Acho que podem ser obrigadas a falar. Você é um inquisidor da Igreja, tem o direito de usar a tortura, a prensa, pode sangrá-las... E elas são apenas jovens, fúteis e frágeis, como todas as mulheres. Verá que preferirão responder as perguntas em vez de ter as juntas arrancadas dos membros. Falarão, para não ter rochas no peito. Posso lhe garantir que minha irmã dirá qualquer coisa para que não coloquem sanguessugas em seu rosto.

Luca empalideceu.

— Não é assim que faço uma inquisição. Eu nunca... — começou. — Jamais faria...

O homem mais velho colocou a mão em seu ombro, gentilmente.

— Eu o farei por você — disse. — É preciso lutar com suas almas até que seu orgulho maligno seja quebrado e elas implorem para confessar. Já fiz isso, é fácil. Confie em mim, elas estarão prontas para falar a verdade.

— Eu não permitiria... — Luca engasgou-se.

— A sala está preparada para Vossa Senhoria. — A madre esmoler saiu da portaria e parou ao lado enquanto o lorde entrava, sem dizer mais nada. Sentou-se atrás da mesa onde a grande cadeira, como um trono, fora colocada para ele, com o abade a sua esquerda. Luca ficou a sua direita, um clérigo em uma cabeceira da mesa e o irmão Peter na outra. Quando todos estavam sentados, o lorde ordenou que a porta do pátio fosse fechada, e Luca viu a cara ansiosa de Freize espiando enquanto o lorde de Lucretili falava.

— Meu abade, pode dar as bênçãos aos trabalhos que faremos hoje?

O abade semicerrou os olhos e cruzou as mãos sobre a barriga redonda.

— Pai Celestial, abençoai os trabalhos que realizaremos aqui hoje. Que esta abadia seja purificada dos pecados e volte à disciplina de Deus e dos homens. Que essas mulheres compreendam seus pecados e purifiquem seus corações com a penitência, e que nós, seus juízes, sejamos justos e íntegros em nossa punição. Que possamos oferecer uma arrependida para a fogueira, Senhor, com a consciência de que não se trata de nossa vingança, mas de Vossa justiça. Amém.

— Amém — repetiu o lorde de Lucretili. Ele gesticulou para os dois padres que montavam guarda na porta. — Tragam-nas para cima.

O irmão Peter se levantou.

— Freize tem a chave das correntes.

Ele abriu a porta para pegar o aro de chaves com Freize, que adejava na soleira. Os homens dentro do tribunal viram o pátio repleto de faces curiosas. O irmão Peter fechou a porta para a multidão, avançou e abriu o alçapão no piso de madeira. Todos se calaram enquanto ele olhava para o porão escuro. Encostada na parede da portaria, havia uma escada rudimentar de madeira.

132

Um dos padres a pegou e baixou na escuridão do buraco. Todos hesitaram. Havia algo de muito ameaçador naquela escuridão profunda, quase como um poço e como se as mulheres lá embaixo tivessem se afogado nas águas negras. O irmão Peter entregou as chaves a Luca, e todos o encararam. Esperavam que ele descesse à escuridão e buscasse as mulheres.

Luca percebeu que estava arrepiado, talvez pelo ar frio vindo da sala funda e sem janelas logo abaixo. Pensou nas duas jovens, acorrentadas nas paredes úmidas, esperando pelo julgamento com os olhos arregalados e vidrados, no escuro. Lembrou-se do olhar negro da freira morta e pensou que talvez a abadessa e sua escrava moura também tivessem alucinado devido às drogas. Ao pensar em seus olhos escuros, brilhando nas trevas como ratos à espreita, ele se levantou, decidido a protelar.

— Pegarei um archote. — Foi ao pátio de entrada.

Do lado de fora, no ar puro, mandou um dos criados do lorde trazer luz. O homem voltou com um dos castiçais do refeitório ardendo. Luca o pegou e voltou à portaria, sentindo que estava prestes a adentrar uma antiga caverna e enfrentar um monstro.

Levantou o archote bem alto ao descer o primeiro degrau da escada. Tinha de descer de costas, e não podia deixar de olhar por cima dos ombro e entre seus pés, tentando ver o que esperava por ele no escuro.

— Tenha cuidado! — exclamou o irmão Peter, a voz aguda pelo alerta.

— Com o quê? — perguntou Luca, impaciente, escondendo o próprio medo.

Mais dois degraus da escada e ele pôde ver as paredes negras, brilhantes de umidade. As mulheres deviam estar geladas, acorrentadas ali no escuro. Outros dois degraus e ele viu uma pequena poça de luz ao pé da escada, sua própria sombra deslizando na parede e a sombra da escada, como uma linha pontilhada e preta, descendo para o nada. Ele agora estava no último degrau. Manteve uma das mãos na madeira áspera, buscando segurança ao se virar e olhar em volta.

Nada.

Não havia nada ali.

Não havia ninguém ali.

Ele balançou o foco de luz à frente: o piso de pedra estava vazio, e a parede escura, a apenas seis passos dele, de todos os lados, era de pedra vazia, pedra preta. O porão estava vazio. Elas não estavam ali.

Luca soltou uma exclamação e ergueu o archote ainda mais, procurando ao redor. Por um momento, apavorou-se com a sensação de que elas o atacariam, de súbito, no escuro: as duas mulheres libertas viriam correndo para ele, como demônios sombrios do inferno. Mas não havia ninguém ali. Seus olhos captaram um brilho de metal no chão.

— O que foi? — O irmão Peter espiou lá de cima. — Qual é o problema?

Luca ergueu bem o archote, para que os fachos de luz varressem a escuridão da sala circular a sua volta. Agora via as algemas e os grilhões no chão, ainda fechados e firmemente presos à parede, intactos, sem danos. Mas não havia sinal algum da abadessa e da moura.

— Bruxaria! — sibilou o lorde de Lucretili, com o rosto branco como um lençol, olhando para Luca do piso acima. — Deus nos proteja delas. — Ele fez o sinal da cruz, beijou a unha do polegar e repetiu o gesto.

134

— As algemas não foram quebradas?

— Não. — Luca lhes deu um chute e elas chocalharam, mas não se abriram.

— Eu mesmo as tranquei, não cometi erro algum. — O irmão Peter desceu a escada aos tropeços, tremendo ao testar as correntes na parede.

Luca entregou o archote a Peter e subiu a escada até a luz, obedecendo ao pânico de não querer ficar preso no porão escuro do qual as mulheres haviam desaparecido misteriosamente. O lorde de Lucretili pegou sua mão para ajudá-lo a vencer os últimos degraus, mas continuou a segurá-la. Luca, sentindo as próprias mãos geladas no aperto firme e quente, aliviou-se com o contato humano.

— Tenha coragem, inquisidor — disse o lorde. — Pois vivemos dias sombrios e terríveis. Deve ser bruxaria. Deve ser. Minha irmã é uma bruxa. Eu a perdi para Satã.

— Para onde podem ter ido? — perguntou Luca ao homem mais velho.

— Aonde quiserem, escaparam de correntes fechadas e de um porão trancado. Podem estar em qualquer lugar, neste mundo ou no outro.

O irmão Peter saiu da escuridão, trazendo o archote. Era como se saísse de um poço e a água escura se fechasse atrás dele. Bateu a porta do alçapão e recolocou o ferrolho com o pé, como se tivesse medo da escuridão do porão.

— O que faremos agora? — perguntou a Luca.

Luca hesitou, inseguro. Olhou de relance para o lorde de Lucretili, que assumiu o comando com tranquilidade.

— Vamos marcá-las como bruxas e providenciar uma busca, mas não acho que serão encontradas — decidiu o lorde. — Em sua ausência, minha irmã será declarada morta. — Ele virou a cabeça para esconder a tristeza. — Nem mesmo posso rezar uma Missa por sua alma... Um pai santo e uma irmã amaldiçoada se foram em quatro meses. E ele nunca a encontrará no paraíso.

Luca deu a ele um momento para se recuperar.

— Deixe entrar a madre esmoler — pediu ao irmão Peter.

Ela estava esperando do lado de fora. Luca teve um vislumbre da careta de curiosidade de Freize quando a madre entrou em silêncio e fechou a porta. Ela viu o alçapão fechado e olhou para Luca, procurando uma explicação. Cautelosa, não se dirigiu ao lorde de Lucretili. Luca supôs que seus votos a proibissem de qualquer contato, mesmo breve, com homens que não fossem ordenados ao sacerdócio.

— O que aconteceu, irmão? — perguntou em voz baixa.

— As acusadas desapareceram.

Sua cabeça se ergueu de repente, e ela trocou um rápido olhar com o lorde de Lucretili.

— Como é possível? — perguntou.

— São mistérios — disse Luca, rispidamente. — Minha pergunta, porém, é esta: agora que não temos suspeitas, agora que a culpa delas foi comprovada por seu desaparecimento, pelo modo como sumiram... O que será feito? Continuarei minha inquisição, ou ela está encerrada? A senhora é a madre esmoler e, na ausência da abadessa, é a autoridade máxima da abadia. Qual é sua opinião?

Luca a viu corar de prazer por ele consultá-la, por nomeá-la autoridade na abadia.

— Creio que sua inquisição chegou ao fim — disse ela em voz baixa. — Fez tudo que se podia pedir do senhor. Descobriu a causa dos problemas, provou o que ela fazia, encarcerou a abadessa e a escrava herege e as marcou como bruxas. E elas desapareceram: a fuga prova a culpa. Sua inquisição está encerrada, e, se Deus tiver piedade, esta abadia será purificada da presença das duas. Poderemos voltar à vida normal.

Luca assentiu.

— Nomeará uma nova abadessa? — perguntou ao lorde de Lucretili.

A madre esmoler cruzou as mãos dentro das mangas e baixou os olhos, de maneira recatada.

— Eu nomearia. — Ele hesitou, ainda abalado. — Se confiasse em alguém para assumir o lugar de uma irmã tão falsa! Quando penso no mal que ela deve ter causado!

— Que ela causou! — lembrou-lhe a madre esmoler.

— A casa destruída e distraída, uma freira morta...

— Foi só o que ela fez? — perguntou Luca, calmo.

— Só? — exclamou o lorde. — Escapar das correntes e praticar bruxaria, manter uma escrava moura, práticas heréticas e assassinato?

— Me dê um momento — respondeu Luca, pensativo. Ele foi à porta e disse uma palavra, em voz baixa, a Freize, depois voltou-se para eles. — Desculpem-me. Eu sabia que ele esperaria ali o dia todo, até ouvir uma palavra minha. Mandei que guardasse nossas coisas, para partirmos esta tarde. Está pronto para mandar seu relatório, irmão Peter?

Luca olhou para o irmão Peter, mas notou, pelo canto do olho, uma segunda troca de olhares entre o lorde de Lucretili e a madre esmoler.

— Ah, é claro. — Luca virou-se para ela. — Madre esmoler, estará se perguntando o que recomendarei para o futuro desta abadia, não?

— É uma grande preocupação para mim — respondeu, outra vez com os olhos baixos. — Essa é minha vida, entenda. Estou em suas mãos. Estamos todas em suas mãos.

Luca parou por um momento.

— Não consigo pensar em ninguém que daria uma abadessa melhor. Se o convento não for entregue ao mosteiro, mas permanecer uma casa irmã, uma casa independente para as mulheres, você assumiria o posto de abadessa?

Ela fez uma reverência.

— Estou certa de que nossos irmãos sagrados podem administrar muito bem esta ordem, mas, se eu fosse chamada a servir...

— E se eu recomendasse que ela continue sob a direção de mulheres? — Por um momento, lembrou-se do orgulho da abadessa ao declarar que nunca aprendera que as mulheres devessem viver sob a direção dos homens. Ele quase sorriu com a lembrança.

— Eu só poderia ser nomeada pelo próprio lorde — disse a madre esmoler, com deferência, lembrando-o de sua presença.

— Que acha? — disse Luca, voltando-se para o lorde.

— Se o lugar for exorcizado pelos padres e se a madre esmoler aceitar o dever, sob sua recomendação, não posso pensar em ninguém melhor para guiar as almas dessas pobres jovens.

— Concordo. — Luca parou, como se lhe ocorresse um pensamento súbito. — Mas isso não lança por terra o testamento de seu pai? A abadia não foi legada inteiramente a sua irmã? A abadia e as terras que a rodeiam, o bosque e os regatos? Não deveriam ser posse de sua irmã, que seria abadessa até a morte?

— Como é uma bruxa e uma assassina, está morta aos olhos da lei — argumentou o lorde. — Foi deserdada por seus pecados: é como se nunca tivesse nascido. Será uma fora da lei, sem lar em lugar algum da cristandade. A declaração de sua culpa implica que ninguém pode lhe oferecer abrigo, ela não terá onde descansar a cabeça mentirosa. Estará morta aos olhos da lei, será apenas um fantasma entre as pessoas. A madre esmoler pode se tornar a nova abadessa e dirigir as terras, a abadia e tudo mais. — Ele cobriu os olhos com a mão. — Perdoem-me, não posso evitar a tristeza por minha irmã!

— Muito bem — disse Luca.

— Redigirei o veredito de culpa e a ordem de prisão — interveio o irmão Peter, desenrolando seus papéis. — Poderá assinar agora mesmo.

— E então você partirá, nunca mais nos veremos — murmurou a madre esmoler para Luca. Sua voz estava cheia de pesar.

— Preciso ir — respondeu, de forma que apenas ela ouvisse. — Também tenho meus deveres e meus votos.

— E eu preciso ficar aqui — disse ela. — Para servir a minhas irmãs como puder. Nossos caminhos nunca mais se cruzarão... Mas não vou esquecê-lo. Jamais o esquecerei.

Ele se aproximou, de modo que sua boca ficou quase encostada no véu. Luca podia sentir o leve perfume do linho.

— E o ouro?

Ela balançou a cabeça.

— Devo deixar onde está, nas águas do regato — prometeu ela. — Custou-nos muito caro. Farei minhas irmãs renovarem seus votos de pobreza e não contarei ao lorde de Lucretili sobre isso. Será nosso segredo: seu e meu. Guardará o segredo comigo? Será a última coisa que partilharemos?

Luca baixou a cabeça para que ela não percebesse o riso amargurado em sua boca.

— Assim, ao final de minha inquisição, a senhora vira abadessa, o ouro corre tranquilamente no regato e Lady Isolde é uma mulher morta.

Algo em seu tom alertou os sentidos afiados da madre esmoler.

— Isso é a justiça! — disse, depressa. — É assim que deve ser.

— De fato, vejo que é assim que algumas pessoas pensam que deve ser — respondeu Luca, seco.

— Aqui estão a ordem de prisão e o veredito de culpa para Lady Isolde, antes conhecida como abadessa de Lucretili. — O irmão Peter empurrava os documentos pela mesa, com a tinta ainda molhada. — E aqui está a carta aprovando a madre esmoler como a nova abadessa.

— Muito eficiente — observou Luca. — E rápido.

O irmão Peter sobressaltou-se com a frieza de seu tom.

— Pensei que estivéssemos de acordo.

— Só resta um detalhe — disse Luca.

Ele abriu a porta, e Freize estava parado ali, segurando um saco de couro. Luca o pegou sem dizer nada e o colocou na mesa, desamarrando o cordão. Pegou os objetos em ordem. — Uma sovela de sapateiro, do armário secreto da madre esmoler, na parede entalhada da chaminé de sua sala de visitas... — Ele a ouviu arquejar e sussurrar em negação. Pegou uma folha de papel no bolso do casaco. Devagar, para a audiência atenta e silenciosa, desdobrou-a e mostrou-lhes a impressão da palma ensanguentada da freira que fora até seu quarto à noite e lhe mostrara os estigmas. Colocou a ponta triangular da sovela na impressão de sangue: combinava perfeitamente.

Luca trincou os dentes, encarando o fato de que suas suspeitas eram verdadeiras. Tivera esperanças de que grande parte daquele pressentimento, daquela consciência tardia, se provasse falsa. Sentia-se um homem apostando com dados em branco: nem mesmo sabia no que apostava.

— Só tenho certeza de uma coisa — disse, de modo ríspido. — Só posso ter certeza de uma coisa: creio que é muito improvável que as feridas sagradas de Nosso Senhor tenham a forma e o tamanho exatos de uma sovela comum de sapateiro. Essas feridas, que vi e registrei na palma de uma freira desta abadia, foram feitas por mãos humanas, com ferramentas de sapateiro. Com esta ferramenta em particular.

— Elas estavam ferindo a si mesmas — disse a madre esmoler, mais que depressa. — Mulheres histéricas fazem isto. Eu o avisei.

— Usando a sovela de seu armário? — Ele pegou o vidrinho de sementes e o mostrou à madre esmoler. — Posso afirmar que são sementes de beladona?

O lorde de Lucretili o interrompeu.

— Não entendo o que está sugerindo.

— Não? — perguntou Luca, como se estivesse interessado. — Alguém entende? Sabe o que estou sugerindo, madre esmoler?

Seu rosto estava branco como a touca que o emoldurava. Ela balançou a cabeça, os olhos cinza implorando, sem palavras, que ele não dissesse mais nada. Luca a encarava, jovem e severo.

141

— Tenho de continuar — explicou ele, como se respondesse ao pedido mudo. — Fui enviado aqui para investigar e preciso continuar. Além do mais, preciso saber. Sempre preciso saber.

— Não há necessidade... — sussurrou ela. — A abadessa pecaminosa se foi, o que ela fez com a sovela, com a beladona...

— Preciso saber — repetiu ele. O último objeto que tirou da bolsa foi o livro de contas da abadia, que Freize retirara do quarto da madre esmoler.

— Não há nada de errado com a lista de trabalhos — disse ela, confiante de repente. — Não pode dizer que falta algo dos bens listados e dos ganhos no mercado. Tenho sido uma boa diretora desta abadia. Tenho cuidado dela como minha própria casa. Trabalhei por ela como se fosse a senhora da casa, fui a Magistra, eu comandava aqui.

— Não há dúvida de que tem sido uma boa diretora — garantiu-lhe Luca. — Mas falta uma coisa. — E se virou para o clérigo. — Irmão Peter, olhe isto e me diga, vê uma fortuna em ouro mencionada em algum lugar?

Peter pegou o livro encadernado em couro e o folheou rapidamente.

— Ovos — ofereceu. — Legumes, algum trabalho de costura, de lavanderia, de cópias... Nenhuma fortuna. Certamente nenhuma fortuna em ouro.

— Sabe que não peguei o ouro — disse a madre esmoler, virando-se para Luca, colocando a mão em seu braço de forma. — Eu não roubei. Foi a abadessa, ela que é uma bruxa. Fez as freiras mergulharem os velos no rio, ela roubou o ouro em pó e o enviou para ser vendido aos mercadores. Como eu lhe disse, como você mesmo viu. Não fui eu. Ninguém dirá que fui eu. Foi feito por ela.

— Ouro? — O lorde de Lucretili perguntou num grito teatral de surpresa. — Que ouro?

— A abadessa e sua escrava estiveram minerando ouro no regato da abadia e o venderam — resumiu a madre esmoler. — Soube por acaso quando elas chegaram. O inquisidor descobriu isso ontem.

— E onde está o ouro agora? — perguntou Luca.

— Vendido a mercadores na Via Portico d'Ottavia, suponho. — Ela exclamou, num arroubo de cólera. — E o lucro foi levado pelas bruxas. Jamais o recuperaremos. Jamais saberemos com certeza.

— Quem o vendeu? — perguntou Luca, como se estivesse genuinamente curioso.

— A escrava, a escrava herege, ela deve ter ido aos judeus, aos mercadores de ouro — disse ela rapidamente. — Ela saberia o que fazer, conseguiria negociar com eles. Fala sua língua e saberia como pechinchar. É uma herege como eles e igualmente gananciosa e aproveitadora. É tão ruim quanto eles... Pior!

Luca balançou a cabeça, quase como se lamentasse a armadilha que havia preparado.

— A senhora mesma disse que ela nunca saiu do convento — falou, sem pressa. Virou-se para o irmão Peter. — Tomou nota do que disse a madre esmoler, no primeiro dia, quando foi tão encantadora e útil?

O irmão Peter buscou a página no emaranhado de papéis, fazendo os manuscritos farfalharem.

— Ela disse: "Nunca sai do lado da abadessa. E a abadessa nunca sai. A escrava assombra o lugar."

Luca voltou-se para a madre esmoler, cujos olhos cinzentos se viraram para o lorde apenas uma vez, como se pedisse ajuda, depois voltaram a encarar Luca.

— A senhora mesma disse que ela era a sombra da abadessa — disse Luca, com firmeza. — Ela jamais saiu do convento: o ouro nunca saiu do convento. A senhora o mantém escondido aqui.

A face branca da madre esmoler ficou ainda mais pálida, no entanto ela pareceu tirar coragem de algum lugar.

— Pode procurar! — desafiou. — Pode derrubar meu depósito, que não encontrará nada. Procure em meus aposentos, em minha casa, não tenho ouro escondido aqui! Não tem provas contra mim!

— Já basta. Minha irmã amaldiçoada era uma pecadora, uma herege, uma bruxa e, agora, uma ladra — interveio, de súbito, o lorde de Lucretili. Ele assinou a ordem para sua prisão sem hesitar e a devolveu ao irmão Peter. — Faça com que isto seja publicado imediatamente. Anuncie uma busca por ela. Se a pegarmos com sua herege familiar, as queimarei sem outro julgamento. Eu as queimarei sem permitir que abram a boca. — Ele estendeu a mão para Luca. — Dê-me sua mão — ordenou. — Agradeço por tudo que fez aqui. Você realizou uma inquisição e a concluiu. Acabou, graças a Deus. Acabou. Vamos dar um fim a isso agora, como homens. Terminemos aqui.

— Não, ainda não acabou — disse Luca, soltando a mão do lorde.

Abriu a porta da sala e levou todos para o pátio onde carregavam a carroça coberta de preto com o caixão da freira morta.

— Mas o que é isso? — disse o lorde, irritado, seguindo Luca para fora. — Não pode mexer no caixão: concordamos com isso. Eu a levarei para ser velada em minha capela. Não pode tocar nele, deve mostrar respeito. Ela já não sofreu o bastante?

144

As irmãs leigas erguiam o caixão, transpirando com o esforço. Oito delas trabalhavam para colocá-lo na carroça baixa. Luca reparou, muito sério, que era uma carga pesada.

O lorde pegou Luca firmemente pelo braço.

— Venha esta noite ao castelo — sussurrou. — Abriremos o caixão, se insiste tanto. Eu o ajudarei, como prometi que faria.

Luca observava Freize, que fora ajudar as irmãs leigas a colocar o caixão na carroça. Primeiro empurrou o caixão com elas, depois subiu na carroça com agilidade, ficando junto do caixão e segurando um pé de cabra.

— Não se atreva a tocar nisto! — A madre esmoler chegou na carroça, ao lado dele num segundo, e segurou o braço de Freize. — Este caixão está santificado, foi abençoado pelo próprio padre. Não ouse tocar nele, foi incensado e abençoado com água benta! Deixe que ela descanse em paz!

Houve um murmúrio das irmãs leigas, e uma delas, vendo a expressão decidida de Freize, que empurrou a madre esmoler de lado com delicadeza, correu para a capela, onde as freiras rezavam pela alma da falecida.

— Desça. — ordenou a madre esmoler, segurando Freize pelo braço. — Eu ordeno. Não abusará dela na morte! Não verá seu pobre rosto santificado!

— Diga a seu homem para descer — murmurou o lorde de Lucretili para Luca, de um homem para outro. — Qualquer que seja sua suspeita, de nada adianta haver um escândalo agora. Essas mulheres já passaram por coisas demais. Todos já passamos por coisas demais hoje. Podemos resolver isso mais tarde, em minha capela. Deixe que as freiras se despeçam de sua irmã e que o caixão parta.

As freiras começaram a sair da capela com uma expressão lívida e furiosa. Quando viram Freize na carroça, começaram a correr.

— Freize! — berrou Luca em alerta enquanto as mulheres corriam para a carroça como um mar branco, lamentando em notas agudas, um coro louco voltando-se contra o inimigo. — Freize, deixe!

Era tarde demais. Freize metera o pé de cabra sob a tampa e a erguera quando as primeiras freiras alcançavam a carroça e começavam a agarrá-lo. Com um rangido terrível, os pregos se soltaram de um lado e a tampa se ergueu. Em triunfo sombrio, Freize rechaçou uma mulher magra e assentiu para Luca.

— Como o senhor pensava! — exclamou.

A primeira freira se retraiu ao ver o caixão aberto e cochichou para as outras o que vira. As outras, correndo para cima, olharam e pararam, aturdidas, enquanto alguém ao fundo soluçava.

— Mas o que é agora? O quê, por Nossa Senhora, está havendo agora?

Luca subiu na carroça ao lado de Freize, e o caixão brilhou para ele. Viu que a freira morta fora envolta em sacos de ouro, e um deles tinha se derramado, cobrindo-a com o tesouro, fazendo-a parecer um faraó glorioso. O pó de ouro enchia o caixão, brilhava em seu rosto, revestia as moedas que cobriam seus olhos abertos, cintilava em sua touca e transformava seu hábito num tesouro. Ela era um ícone dourado, uma glória bizantina, não um cadáver.

— As bruxas fizeram isto! É obra delas — gritou a madre esmoler. — Elas colocaram o tesouro roubado aí dentro, com sua vítima.

Luca balançou a cabeça ao ouvir isso, aquela última tentativa, e se virou para a madre esmoler e o lorde de Lucretili. Seu rosto jovem estava muito sério.

— Eu a acuso, madre esmoler, do assassinato desta jovem, a irmã Augusta, dando-lhe beladona para provocar sonhos e alucinações para perturbar a paz e a serenidade deste convento, de envergonhar a abadessa e tirá-la de seu posto. Acuso-o, lorde de Lucretili, de conspirar com a madre esmoler para tirar a abadessa de sua casa, que era sua herança sob os termos do testamento do pai, e de permitir que a madre esmoler roubasse o ouro da abadia. Acuso os dois de tentar contrabandear este ouro, propriedade da abadessa, neste caixão, e de acusar falsamente a abadessa e sua escrava de bruxaria, conspirando para suas mortes.

O lorde tentou rir.

— Também está delirante. Elas também o levaram à loucura! — começou. — Está perdendo o juízo!

Luca negou com a cabeça.

— Não, não estou.

— Mas e as provas? — murmurou o irmão Peter. — As provas?

— A escrava nunca vendeu o ouro, jamais saiu da abadia... A madre esmoler nos disse isso. Assim, nem ela nem a abadessa lucraram com o garimpo. Mas a madre esmoler as acusou, até deu o nome da rua em Roma onde negociam os mercadores de ouro. As únicas pessoas que tentaram retirar o ouro da abadia foram a madre esmoler e o lorde de Lucretili, bem agora, neste caixão. A única mulher a mostrar algum sinal de riqueza foi a madre esmoler, com suas anáguas de seda e suas sandálias de couro requintadas. Ela tramou com o lorde para tirar a irmã dele da abadia, para que ela se tornasse abadessa e eles dividissem o ouro.

O lorde de Lucretili olhou para o irmão Peter, Freize e Luca, depois para seus próprios homens de armas, clérigos e padres. Então, virou-se para as freiras lívidas que se balançavam como um campo de lírios brancos e sussurravam, "O que ele está dizendo? O que o estranho está dizendo? São coisas ruins? Ele está nos acusando? Quem é ele? Não gosto dele. Ele matou a irmã Augusta? Ele é a figura da Morte que ela viu?"

— Acredite e diga o que quiser, creio que estamos em maior número — concluiu o lorde de Lucretili, triunfante e tranquilo. — Pode partir agora são e salvo ou pode enfrentar essas loucas. Como preferir. Mas devo avisá-lo, penso que elas estão tão enlouquecidas que o deixarão em pedaços.

A multidão de jovens mulheres, mais de duzentas, aproximava-se cada vez mais da carroça com o caixão, uma depois de outra, para ver o ícone em que se transformara sua irmã inocente. Seus sussurros sibilantes pareciam mil serpentes silvando ao verem-na deitada ali, no caixão aberto, banhada em ouro, e Freize de pé ao lado dela, um corruptor, símbolo de toda a maldade do mundo, com um pé de cabra nas mãos.

— Este homem é nosso inimigo — disse-lhes a madre esmoler, afastando-se dele para se colocar à frente das mulheres. — Ele está defendendo a falsa abadessa, que matou nossa irmã. Ele violou o caixão consagrado de nossa irmã.

As faces das freiras voltaram-se para ela, com expressões vagas, como se não soubessem o que dizer. Os sussurros continuaram.

— Elas farão o que é certo. — Luca decidiu se arriscar. Virou-se para as mulheres lívidas e tentou atrair sua atenção. — Irmãs, escutem-me. Sua abadessa foi expulsa de casa, e vocês foram levadas à loucura pela beladona colocada no pão da mesa desta mulher. Ainda estão tão doentes com a droga que vão obedecê-la? Ou encontrarão seu próprio caminho? Pensarão por si mesmas? Conseguem pensar por si mesmas?

Fez-se um silêncio terrível. Luca viu as expressões obcecadas das mulheres encarando-o vagamente. Por um momento, pensou que estavam de fato tão doentes com a droga que o pegariam, com Freize e o irmão Peter, e os despedaçariam. Ele se segurou com uma das mãos na lateral da carroça, para que ninguém o visse tremer, e apontou para a madre esmoler.

— Desça da carroça — disse. — Vou levá-la a Roma para que responda por seus crimes contra suas irmãs, contra a abadessa e contra Deus.

Ela ficou onde estava, bem acima dele, e olhou para as freiras, cujos rostos voltavam-se, obedientes, para ela. Disse-lhes duas palavras terríveis:

— Irmãs! Matem-no!

Luca girou, pegando a adaga na bota, e Freize pulou para baixo, colocando-se ao lado dele. O irmão Peter avançou até os dois, mas os três homens foram cercados em um segundo. As freiras, pálidas e de expressão obtusa, formavam um círculo intransponível, uma muralha de frieza. Elas avançaram um passo em direção aos três homens, depois mais um.

— Santiago Maior, protegei-me — praguejou Freize. Ele ergueu o pé de cabra, mas as freiras não se retraíram nem interromperam o avanço firme.

149

A primeira freira pôs a mão na cabeça, arrancou a touca e a jogou no chão. Horrenda, a cabeça raspada não fazia com que parecesse nem homem nem mulher, mas um ser estranho, uma espécie de animal sem pelos. Ao lado dela, a freira seguinte fez o mesmo, depois todas arrancaram as toucas e mostraram a cabeça: algumas tinham cabelo muito curto, outras eram calvas.

— Deus nos ajude! — sussurrou Luca a seus camaradas, dispostos dos dois lados. — O que elas estão fazendo?

— Acho que... — começou o irmão Peter.

— Traição! — sussurraram as freiras juntas, como um coro.

Luca olhou em volta desesperado, mas não havia como romper o círculo de mulheres.

— Traição! — repetiram, agora mais alto. Mas elas não olhavam mais para os homens, olhavam por cima da cabeça deles, para a madre esmoler, no alto do carro funerário.

— Traição! — sussurraram outra vez.

— Não minha! — exclamou a madre esmoler, com a voz entrecortada de medo. — Esses homens são seus inimigos, assim como as bruxas que fugiram.

Elas negaram com as cabeças carecas, num único movimento horrível, e se aproximaram da carroça. As mãos ávidas passavam pelos homens como se eles não fossem nada, estendendo-se para puxar a madre esmoler para baixo. Ela olhou de uma irmã para outra, depois para o portão fechado e para a porteira que se postava diante da grade, de braços cruzados.

— Traição! — diziam elas, agora lhe segurando o hábito e as anáguas de seda por baixo dele, arranhando-a, sacudindo-lhe a roupa, puxando-a, segurando-a pelo rico cinto de couro do rosário, agarrando a corrente de ouro com as chaves, colocando-a de joelhos.

Ela escapou de suas mãos e pulou pela lateral da carroça para Luca, agarrando-se a seu braço.

— Prenda-me! — disse, com súbita urgência. — Prenda-me e leve-me agora. Eu confesso. Sou sua prisioneira. Proteja-me!

— Esta madre é minha prisioneira! — disse às freiras, falando com clareza. — Eu a prendi, estou encarregado dela. Cuidarei para que a justiça seja feita.

— Traição! — Elas continuavam a se aproximar, com passos firmes e rápidos. Nada poderia detê-las.

— Salve-me! — gritou a madre esmoler em seu ouvido.

Luca pôs o braço diante dela, mas as freiras continuavam a avançar.

— Freize! Tire-a daqui!

Freize estava preso à carroça por uma sólida muralha de mulheres.

— Giorgio! — Ela gritou ao lorde de Lucretili. — Giorgio! Salve-me!

Ele sacudiu a cabeça convulsivamente, era um homem em crise, retraindo-se diante da horda de freiras.

— Fiz isso por você! — gritou para ele. — Fiz tudo isso por você!

Ele se virou para Luca com a expressão dura.

— Não sei do que ela fala, não sei o que quer dizer.

As mulheres, lívidas, se aproximaram mais, pressionando os homens. Luca tentou afastá-las gentilmente, mas era como empurrar uma avalanche de neve. Elas tentavam pegar a madre esmoler com as mãos em garras.

— Não! — gritou Luca. — Eu as proíbo! Ela está presa. Façamos justiça!

151

O lorde deixou a cena de repente, passou por eles indo para o estábulo e logo saiu em seu cavalo coberto de couro vermelho, cercado por seus homens de armas.

— Abra o portão — ordenou à porteira. — Abra o portão, ou cavalgarei por cima de você.

Sem dizer nada, ela o abriu. As freiras nem mesmo viraram a cabeça enquanto a tropa saía pelo portão em disparada e descia a estrada para o castelo.

Luca sentiu o peso das mulheres empurrando-o.

— Eu ordeno... — recomeçou, mas elas pareciam um muro desabando sobre ele.

Luca estava sendo sufocado por seus hábitos, pelos empurrões desumanos, como se elas o esmagassem juntas. Tentou se afastar da lateral da carroça, mas perdeu o equilíbrio e caiu. Esperneou e rolou num espasmo de terror, pensou que elas o pisoteariam sem querer, que ele morreria sob suas sandálias. A madre esmoler teria se juntado a ele, mas elas a arrastaram. Meia dúzia de mulheres seguraram Luca enquanto outras forçaram a madre esmoler à pira que ela mesma ordenara construir. Freize gritava, debatendo-se entre uma dúzia de mulheres que o prendiam ao chão. O irmão Peter estava petrificado de choque, as freiras de hábito branco o esmagavam, obrigando-o a ficar calado, encostado ao lado da carroça.

Ela ordenara que duas piras altas de lenha seca fossem feitas, cada uma em torno de um poste central, fortemente afixado ao chão. As freiras carregaram-na para a mais próxima, embora ela esperneasse, lutasse e gritasse, pedindo socorro, e a amarraram ao poste, apertando as cordas no corpo que se contorcia.

— Salve-me! — gritou para Luca. — Pelo amor de Deus, salve-me!

Uma touca cobria-lhe o rosto e ele não podia vê-la. Estava sufocando no chão, sob o tecido, mas gritou para que elas parassem, mesmo quando pegavam o archote com a porteira, que o entregou a elas em silêncio. Mesmo quando encostaram a madeira de alcatrão ao pé da pilha e enquanto a madre esmoler desaparecia de vista sob uma nuvem de fumaça escura. Não parou nem mesmo enquanto ouvia o penetrante grito de agonia, quando suas caras anáguas de seda e o hábito de lã fina queimaram numa coluna de chamas amarelas.

Os três jovens deixaram a abadia em silêncio, nauseados com a violência, mas felizes por escapar sem serem linchados. De vez em quando, Luca estremecia e espanava fuligem das mangas do casaco com violência. Já Freize passava a mão larga pelo rosto perplexo e dizia:

— Meus bons santinhos...

Cavalgaram o dia todo pelo terreno elevado, acima da floresta, com o sol de outono ferindo seus olhos, e o terreno duro e pedregoso sob os pés. Quando viram um galho balouçante de azevinho na frente de uma casa, marcando-a como uma hospedaria, voltaram os cavalos para o estábulo, em silêncio.

— O lorde de Lucretili é dono destas terras? — perguntou Freize ao cavalariço, antes mesmo de terem desmontado.

— Não, já saíram das terras do lorde. Esta hospedaria pertence ao lorde de Piccante.

— Então ficaremos — decidiu Luca. Sua voz era rouca. Ele tossiu e cuspiu o ranço da fumaça.

153

— Pelos santos, nem acredito que estamos longe daquilo tudo.

O irmão Peter concordou com a cabeça, ainda sem palavras.

Freize levou os cavalos aos estábulos enquanto os outros dois entravam na taverna, pedindo aos gritos pelo vinho tinto e áspero da região, para tirar da boca o ranço de fumaça de madeira e sebo de vela. Pediram comida em silêncio e rezaram quando ela veio.

— Preciso me confessar — decidiu Luca, depois de comerem. — Que Nossa Senhora interceda por mim, sinto-me corrompido pelo pecado.

— Preciso escrever um relatório — disse o irmão Peter.

Eles se entreolharam, em horror.

— Quem acreditaria no que vimos? — perguntou Luca. — Pode escrever o que quiser, quem acreditaria?

— Ele — respondeu o irmão Peter. Era a primeira vez que demonstrava sua lealdade ao mestre e à Ordem. — Ele compreenderá, o mestre da Ordem. Ele já viu isso tudo, já viu coisa muito pior. Estuda o fim dos tempos, nada o surpreende. Ele lerá, compreenderá, guardará o documento em suas mãos e esperará por nosso próximo relatório.

— Nosso próximo relatório? Precisamos continuar? — perguntou Luca, incrédulo.

— Nosso próximo destino está escrito sob o selo dele — respondeu o clérigo.

— Mas essa inquisição não deu tão errado a ponto de termos de voltar?

— Ah, não, ele a considerará um sucesso — disse o irmão Peter, muito sério. — Você foi enviado para investigar a loucura e as manifestações do mal na abadia, e fez sua parte. Sabe como foi causada: pela beladona dada às freiras pela madre esmoler, para que enlouquecessem. Sabe por que ela o fez: almejava o lugar da abadessa para si e queria enriquecer. Sabe que o lorde de Lucretili a estimulou, para que pudesse assassinar a irmã com o pretexto de que ela era uma bruxa e, assim, tomar a herança da abadia e o ouro. Foi sua primeira investigação e, embora eu tenha minhas dúvidas quanto a seus métodos, direi ao mestre que a completou com sucesso.

— Uma mulher inocente morreu, uma culpada foi queimada por uma horda de insanas, e duas mulheres que podem ser inocentes de roubo, mas, sem dúvida, são culpadas de bruxaria, desapareceram por completo! E você chama isso de sucesso?

O irmão Peter se permitiu um leve sorriso.

— Já vi investigações piores, com resultados piores.

— Então deve ter visto a boca do inferno!

O outro assentiu, sério.

— Sim.

Luca ficou atordoado.

— Com outros investigadores?

— Há muitos como você.

— Jovens como eu?

— Alguns parecidos, com dons e curiosidade como a sua, alguns muito diferentes. Não creio que tenha conhecido, antes, alguém com sangue das fadas.

Luca fez um rápido gesto de negação.

— Isso é absurdo.

— O mestre da Ordem escolhe os inquisidores pessoalmente, envia-os, vê o que descobrem. Você é parte de seu exército particular contra o pecado e a chegada do fim dos tempos. Ele está se preparando para isso há anos.

Luca afastou a cadeira da mesa.

— Vou dormir. Rezo a Deus para que não sonhe.

— Não sonhará — garantiu o irmão Peter. — Ele o escolheu bem. Você tem nervos para suportar tudo isso, e coragem para se arriscar. Logo aprenderá a sabedoria de julgar com mais cautela.

— E então?

— Então ele o enviará à fronteira da cristandade, onde hereges e demônios agrupam-se para travar uma guerra contra nós, e não há boas pessoas.

As mulheres cavalgavam lado a lado, os cavalos, cabeça a cabeça. De vez em quando, Isolde soltava um soluço trêmulo e Ishraq estendia a mão para tocar seus pulsos, que seguravam as rédeas com força.

— O que acha que acontecerá com a abadia? — perguntou Isolde. — Eu as abandonei. Eu as traí.

A outra deu de ombros.

— Não tivemos alternativa. Seu irmão estava decidido a retomar o poder sobre a abadia, e a madre esmoler, a assumir seu lugar. Ou ela nos envenenaria ou ele nos queimaria como bruxas.

— Como ela pôde fazer isso, envenenar pessoas, enlouquecer a todas nós?

Ishraq deu de ombros.

— Ela queria a abadia para si. Esforçou-se para ascender, estava determinada a ser a abadessa. Sempre foi contra você, apesar de parecer tão agradável e gentil quando chegamos. E só ela pode dizer há quanto tempo trama com seu irmão. Talvez ele tenha lhe prometido a abadia há muito tempo.

— E o inquisidor... Ela o ludibriou inteiramente. O homem é um tolo.

— Ela falou com ele, confidenciou-se com ele quando você se recusou. É claro que ele ouviu o lado dela da história. Mas aonde iremos agora?

Isolde virou o rosto pálido para a amiga.

— Não sei. Estamos realmente perdidas. Perdi minha herança e meu lugar no mundo, e nós duas fomos marcadas como bruxas. Lamento tanto, Ishraq. Nunca devia ter levado você à abadia, devia ter deixado que voltasse a sua terra natal. Você deve ir agora.

— Acompanharei você — respondeu a menina, com simplicidade. — Vamos juntas, para onde quer que seja.

— Eu devia ordenar que me deixasse — resmungou Isolde, com um sorriso irônico. — Mas não consigo.

— Seu pai, meu amado lorde, nos criou juntas e disse que sempre deveríamos ficar unidas. Vamos obedecê-lo, já que o decepcionamos em tantas outras coisas.

Isolde assentiu.

— De qualquer modo, não consigo imaginar a vida sem você.

A moura sorriu para a amiga.

— E então, para onde vamos? Não podemos ficar nas terras de Lucretili.

Isolde pensou por um momento.

— Devemos visitar os amigos de meu pai. Qualquer um que tenha servido com ele nas cruzadas nos ajudará. Devemos procurá-los, contar sobre esse ataque e sobre meu irmão e o que ele fez com a abadia. Limparemos meu nome. Talvez um deles me devolva meu lar. Talvez um deles me ajude a acusar meu irmão e recuperar o castelo.

Ishraq assentiu.

157

— O conde Wladislaw era o amigo mais querido de seu pai, e o filho dele lhe deve amizade. Mas não vejo como chegarmos a ele, que mora a quilômetros daqui, na Valáquia, na própria fronteira da cristandade.

— Mas ele me ajudaria — concordou Isolde. — Nossos pais juraram fraternidade eterna. Ele me ajudaria.

— Teremos de conseguir dinheiro em algum lugar — alertou Ishraq. — Se vamos fazer uma jornada precisaremos contratar guardas, não podemos viajar sozinhas. As estradas são perigosas demais.

— Ainda tem o cofre com as joias de minha mãe?

— Nunca o tirei da bolsa, está em meu cinto oculto. Venderei uma na próxima cidade. — Ishraq reparou na expressão deprimida de Lady Isolde, no hábito marrom e simples, no cavalo pobre que ela montava, e nas botas gastas. — Não era isso que seu pai queria para você.

A jovem baixou a cabeça e esfregou os olhos com as costas das mãos.

— Eu sei — respondeu. — Mas quem sabe o que ele queria para mim? Por que me enviaria à abadia se queria que eu fosse a mulher que me criou para ser? Mas, em algum lugar, talvez no paraíso, ele esteja olhando por mim e rezando para que eu encontre meu caminho neste mundo penoso.

Ishraq estava prestes a responder quando parou o cavalo de repente.

— Isolde! — exclamou, mas era tarde demais.

Uma corda estendida pela estrada até uma árvore forte foi puxada de repente por alguém escondido nos arbustos, prendendo as pernas dianteiras do cavalo de Isolde. O animal empinou e, preso à corda, cambaleou e caiu sobre os joelhos dianteiros, jogando Isolde com força no chão.

Ishraq não hesitou nem por um momento. Segurando as próprias rédeas, saltou do cavalo e levantou a amiga.

— Emboscada! — gritou. — Suba em meu cavalo!

Quatro homens saíram, com movimentos acrobáticos, da mata dos dois lados da estrada. Dois deles carregavam adagas, e os outros dois estavam armados com clavas. Um deles pegou o cavalo de Isolde e jogou as rédeas sobre um arbusto, enquanto os outros três se aproximavam.

— Agora, senhorinhas, mãos ao alto. Joguem as bolsas e ninguém sairá ferido — disse o primeiro homem. — Viajando sozinhas? Que tolice, senhorinhas.

Ishraq exibia uma adaga fina e longa em uma das mãos; a outra estava cerrada, numa postura de lutadora. Equilibrada sobre os dois pés, balançava-se um pouco enquanto estudava os três homens, perguntando-se qual deles atacaria primeiro.

— Quem se aproximar será um homem morto — resmungou, rispidamente.

Um homem avançou, e Ishraq esquivou-se com a faca e girou o corpo, cortando o braço do outro. Virou o braço e deu um golpe com o punho, esmigalhando a cara do primeiro. Mas estava em menor número: o terceiro ergueu a clava e acertou a lateral de sua cabeça. A moura caiu com um gemido. Isolde logo se aproximou para protegê-la, encarando os três homens.

— Podem levar minha bolsa. Deixem-nos em paz.

O homem botou a mão sobre o braço ferido e xingou enquanto sangue escorria entre seus dedos.

— Cadela — disse, com grosseria.

O outro homem tocou o rosto machucado com cuidado.

— Passe a bolsa — resmungou, com raiva.

Isolde desamarrou a bolsa pendurada em seu cinto e a jogou para ele. Havia apenas algumas moedas, de pouco valor. Ela sabia que Ishraq levava o cofre com as safiras da mãe num cinto amarrado por dentro do corpete da túnica.

— É tudo o que temos — disse. — Somos pobres. É tudo que temos no mundo.

— Mostre-me suas mãos — mandou o homem da clava.

Isolde estendeu as mãos.

— De palmas para cima — explicou.

Ela virou as mãos, e ele logo avançou, torcendo seus braços às costas, e ela sentiu o outro homem a amarrar com força.

— Tem mãos de dama — escarneceu. — Mãos brancas e macias. Nunca trabalhou na vida. Deve ter uma família ou amigos ricos em algum lugar que pagariam um resgate por você, não?

— Juro que ninguém pagará por mim. — Isolde tentou se virar, mas as cordas estavam apertadas demais em seus braços. — Eu juro. Estou só nesse mundo, meu pai acabou de falecer. Minha amiga também está só. Deixe-me...

— Ora, veremos — respondeu o homem.

No chão, Ishraq se mexeu e tentou se levantar.

— Deixe-me ajudá-la — disse Isolde. — Ela está ferida.

— Amarre as duas juntas — mandou um dos homens a seus companheiros. — Pela manhã veremos se alguém dá por falta das duas lindas meninas. Se não, veremos se alguém quer duas lindas meninas. Se não quiserem, as venderemos aos turcos. — Os homens riram, e o com o machucado no rosto deu um tapinha na bochecha de Isolde.

160

O chefe bateu em sua não.

— Não estrague a mercadoria — brigou. — Não até que saibamos quem são. — Ele colocou Ishraq de pé e segurou-a firmemente enquanto ela também era amarrada.

— Desculpe — murmurou a escrava para Isolde.

— Deixe que eu dê água para ela — pediu Isolde — e limpe sua cabeça.

— Vamos. — Foi tudo o que o homem disse, dirigindo-se aos outros três, pegando a trilha para o acampamento escondido.

Luca e seus dois companheiros estavam quietos no dia seguinte, ao amanhecer. Freize lidava com uma dor de cabeça causada pelo que ele afirmara ser a pior cerveja da cristandade, o irmão Peter parecia pensativo, e Luca analisava tudo que fora dito e feito na abadia, certo de que poderia ter agido melhor, certo de que tinha fracassado. Acima de tudo, estava confuso com o desaparecimento da abadessa e de sua estranha companheira, escapando das correntes e de um porão de pedra.

Quando eles deixaram a hospedaria, o céu passava do negro ao cinza, horas antes do nascer do sol. Amarraram os mantos no corpo com firmeza para se proteger do frio da manhã. O irmão Peter disse que cavalgariam para o norte até a hora de abrir as próximas ordens.

— Porque nada é mais agradável que o momento em que Peter rompe um selo, desdobra um papel, revela algum perigo que se abre sob nossos pés e vamos direto para ele. — Freize se dirigia ao chão. — Freiras loucas num dia, e o que será hoje? Nem mesmo sabemos.

— Silêncio — murmurou Luca. — Não sabemos, ninguém sabe; esse é o sentido de tudo.

— Sabemos que não será agradável — reclamou Freize para seu cavalo, que lhe virou uma orelha, parecendo demonstrar solidariedade.

Seguiram em silêncio por um tempo, acompanhando uma trilha de terra que subia cada vez mais por entre as pedras nuas. As árvores eram mais escassas, havia uma ou outra oliveira retorcida ou um pinheiro ressecado. No alto, viam uma águia voando. O sol batia forte em seus rostos, mas o vento do norte era frio. Ao chegarem ao topo do platô, se depararam com uma pequena área arborizada, à direita da estrada. Os cavalos baixaram a cabeça e patearam o chão, e os cavaleiros relaxaram nas selas. Então os olhos de Luca foram atraídos por algo que parecia uma longa serpente preta estendida na poeira da estrada adiante. Ele ergueu a mão, pedindo para que parassem, e, quando Freize ia falar, virou-se na sela e lhe fez uma careta. O outro ficou em silêncio.

— O que foi? — murmurou o irmão Peter.

Luca apontou. Na estrada diante deles, gasta de terra e escondida com folhas cuidadosamente colocadas, havia uma corda. Estava amarrada a uma árvore lateral, desaparecendo no bosque à direita.

— Emboscada — disse Freize, em voz baixa. — Esperem aqui; ajam como se eu tivesse ido ao banheiro... Pelos santos! Maldita cerveja! — disse, mais alto.

Ele puxou as calças, desceu do cavalo e foi para a lateral da estrada, amaldiçoando a cerveja. Com uma olhadela para cada lado, entrou delicada e silenciosamente no bosque, contornando o provável destino da corda nos arbustos. Houve um breve silêncio, então um assovio baixo como um canto de ave deu o sinal de que os outros podiam passar. Eles abriram caminho por entre as árvores baixas e os arbustos, e encontraram Freize sentado como uma rocha sobre o peito de um homem paralisado de medo. A mão grande de Freize estava em sua boca, e sua longa adaga de cabo de chifre, em seu pescoço. O olhar do cativo se desviou para Luca e o irmão Peter quando eles passaram pelos arbustos, mas ele ficou imóvel.

— Sentinela — disse Freize, em voz baixa. — Estava dormindo profundamente, então é uma sentinela muito ruim. Mas deve haver um bando de saqueadores ao alcance do ouvido. — Ele se curvou para o homem, que tentava respirar sob seu peso. — Onde estão os outros?

O homem indicou para o bosque à direita com os olhos.

— E quantos são? — perguntou Freize. — Pisque quando eu disser. Dez? Não? Oito? Não? Cinco, então? — Ele olhou para Luca. — Cinco homens. Por que não deixamos que cuidem de seus negócios? Não tem sentido procurar problemas.

— Quais são os negócios deles? — perguntou Luca.

— Roubo — respondeu o irmão Peter em voz baixa. — E, às vezes, raptam pessoas e as vendem para as galés otomanas.

— Não necessariamente — interrompeu Freize, mais que depressa. Ele fechou a cara para o irmão Peter, tentando avisá-lo para parar de falar. — Pode ser apenas caça ilegal. Caçadores e ladrões não causam lá grandes danos. Não precisamos nos envolver.

— Rapto? — repetiu Luca em tom gélido.

— Não necessariamente... — tentou Freize, uma vez mais. — Talvez não passem de caçadores ilegais.

163

Era tarde demais. Luca estava determinado a salvar qualquer um das galés dos piratas otomanos.

— Amordace-o e o amarre — ordenou. — Veremos se estão mantendo alguém cativo. — Ele analisou a clareira: uma pequena trilha, que mal passava de um rastro de cabras, levava mais para o interior da mata. Luca esperou até que o homem estivesse amordaçado e amarrado a uma árvore, depois tomou a trilha. Ia na dianteira, de espada em punho, levando a adaga na outra mão. Freize seguia logo atrás, e o irmão Peter vigiava a retaguarda.

— Ou podemos simplesmente prosseguir a cavalo — sugeriu Freize num sussurro urgente.

— Por que estamos fazendo isso? — cochichou o irmão Peter.

— Os pais dele. — Freize apontou para as costas de Luca. — Foram raptados e enviados como escravos das galés otomanas. É provável que estejam mortos, mas é pessoal para ele. Por um momento, tive esperanças de que o senhor entendesse minha dica e ficasse de boca fechada, mas não...

O cheiro leve de uma fogueira úmida os avisou de que estavam perto de um acampamento, e Luca parou, espiando por entre as árvores. Cinco homens dormiam em volta de um fogo apagado, roncando alto. Dois odres de vinho vazios e os ossos calcinados de uma ovelha roubada indicavam que comeram e beberam bem antes de dormir. Ao lado deles, amarradas de costas, havia duas figuras de capuz e manto.

Apostando que os roncos encobririam qualquer barulho que fizessem, Luca sussurrou para Freize, mandando-o para os cavalos. Silencioso como um gato, Freize avançou pela fila de animais amarrados, escolheu os dois melhores e pegou as rédeas, desamarrando os demais.

— Muita calma — disse, suavemente. — Esperem minha ordem.

O irmão Peter voltou para a estrada na ponta dos pés. Os três cavalos e o burro estavam amarrados a uma árvore. Ele montou em seu cavalo e segurou as rédeas dos outros, pronto para uma fuga rápida. O sol da manhã lançava sombras escuras na estrada, e o irmão Peter rezou brevemente, mas com fervor, para que Luca salvasse os cativos, ou fizesse o que pretendesse fazer, e voltasse. Os bandidos eram uma ameaça constante nas estradas do interior, e não era missão deles desafiar cada um que aparecesse. O mestre da Ordem não ficaria feliz se Luca fosse morto numa peleja, com um talento tão precoce como inquisidor da Ordem.

Na clareira, Luca observava Freize assumir o controle dos cavalos, depois embainhou a espada e deslizou pelos arbustos até onde as cativas estavam amarradas, uma à outra, e ambas a uma árvore. Cortou a corda da árvore, e, no mesmo momento, as duas cabeças encapuzadas se ergueram. Luca levou o dedo aos lábios para pedir que fizessem silêncio. Rapidamente, caladas, elas se inclinaram para ele, arqueando-se para que ele cortasse a corda em volta de seus pulsos. Elas esfregaram os pulsos e as mãos, sem dizer uma palavra, enquanto Luca abaixava-se até suas botas e cortava a corda que lhes prendia os pés. Ele se curvou para a cativa mais próxima e sussurrou:

— Pode se levantar? Pode andar?

Algo atiçou sua memória, incisivo como um tapa no ombro, no minuto em que ele se curvou para a mulher, percebendo que não era uma estranha. Sentiu cheiro de água de rosas quando ela puxou o capuz para trás e um mar de cabelos dourados caiu sobre seus ombros. A ex-abadessa sorriu e sussurrou:

— Sim, irmão, posso. Mas, por favor, ajude Ishraq: ela está ferida.

Ele ajudou Isolde a ficar de pé e curvou-se para a outra mulher. Logo pôde ver que ela levara um golpe do lado da cabeça. Havia sangue em seu rosto, sua linda pele escura estava arroxeada como uma ameixa, e as pernas vergaram quando ele tentou colocá-la de pé.

— Vá até os cavalos — sussurrou para Isolde. — Faça o maior silêncio possível. Eu a levarei.

Ela assentiu e seguiu por entre as árvores, silenciosa como uma corça, até a clareira onde estava Freize, que a ajudou a montar na sela do melhor cavalo. Luca veio atrás, carregando Ishraq, que colocou atravessada num segundo animal. Dando um tapinha no peito dos cavalos, incitando-os com sussurros a voltarem aonde foram amarrados, os dois homens levaram os animais com as mulheres no dorso por uma pequena trilha até a estrada, onde esperava o irmão Peter.

— Ah, não — disse o irmão Peter, categórico, ao ver o rosto branco e o cabelo louro e basto da abadessa.

Ela logo puxou o capuz marrom, cobrindo o cabelo e o rosto, e baixou os olhos. Peter virou-se para Freize.

— Você o deixou arriscar a vida por isso? Deixou que ele colocasse em risco nossa empreitada? A missão sagrada dele?

Freize deu de ombros.

— É melhor ir. — Foi só o que disse. — E talvez saiamos impunes.

Freize montou em seu cavalo e tentou ouvir os sons da mata atrás deles. Na clareira, um dos homens adormecidos grunhiu, revirando-se em seu sono, e outro xingou e se apoiou num dos cotovelos. Os cavalos desamarrados viraram a cabeça e relincharam para seus companheiros, e um deles avançou para o grupo.

— Vá! — ordenou Luca.

Freize esporeou o cavalo, que partiu a galope, levando o cavalo de Ishraq, que estava agarrada, semiconsciente, à crina do animal. Isolde segurou suas rédeas e incitou seu cavalo a segui-los. Luca saltou em sua sela ao ouvir os homens gritando mais atrás. O primeiro cavalo solto saiu da mata, trotando para alcançá-lo, e todos os outros o seguiram, arrastando as rédeas. Freize deu um grito de alerta incompreensível aos cavalos que saíam com estrépito do bosque e vinham até ele. Os ladrões partiram em disparada atrás dos cavalos fugitivos, viram o pequeno grupo na estrada e perceberam que tinham sido roubados.

— A todo galope! — gritou Luca, abaixando-se quando a primeira flecha passou assoviando por cima de sua cabeça. — Vão! — gritou. — Andem! Andem!

Todos se abaixaram sobre os pescoços dos cavalos, fazendo um estrondo pela estrada enquanto os homens saíam da mata, xingando e praguejando, lançando uma chuva de flechas desordenadas atrás deles. Um dos cavalos desgarrados empinou, relinchou e disparou para a frente ao tomar uma flechada nas ancas. Os outros costuravam em volta dele, dificultando ainda mais a mira. Luca manteve o passo mais acelerado que seria sensato naquela estrada pedregosa. Puxou as rédeas do cavalo assustado para que reduzisse a um galope e depois a um

167

trote, parando em seguida, ofegante, quando estavam fora de alcance.

Os cavalos desgarrados se reuniram em volta de Freize.

— Calma, meus queridos — disse ele. — Estaremos seguros se ficarmos todos juntos. — Ele desceu de seu cavalo e foi até o animal ferido. — Foi só um arranhão, menina — afirmou, com ternura. — Só um arranhão. — A égua baixou a cabeça, e ele puxou suas orelhas gentilmente. — Lavarei quando chegarmos aonde quer que estejamos nos dirigindo nessa terra de Deus, querida.

Ishraq estava agarrada ao pescoço do cavalo, exausta e doente pelo seu ferimento. Freize olhou para ela.

— Ela está muito mal. Vou levá-la comigo.

— Não — interveio Isolde. — Coloque-a em meu cavalo, podemos ir juntas.

— Ela mal consegue ficar sentada!

— Vou segurá-la — afirmou a loura, com dignidade. — Ela não gostaria de ser sustentada por um homem, vai contra sua tradição, e eu não gostaria que ela passasse por isso.

Freize olhou para Luca, pedindo permissão. Quando o jovem deu de ombros, ele desceu de seu cavalo e aproximou-se de onde a escrava oscilava na sela.

— Vou levá-la a sua ama — disse, bem alto.

— Ela não é surda! Só está a ponto de desmaiar! — reclamou Luca, irritado.

— Os teimosos se merecem — confidenciou Freize ao cavalo da escrava, enquanto Ishraq caía em seus braços. — Os dois são teimosos como um jumento, Deus os abençoe. — Gentilmente, ele carregou Ishraq até o cavalo de Isolde e a colocou na sela com delicadeza, certificando-se de que ela estivesse firme. — Tem certeza de que pode segurá-la? — perguntou a Isolde.

— Eu consigo — disse ela.

— Bem, avise-me quando a senhora não aguentar mais. Ela não é leve, e a senhora é bem fraquinha. — Ele se virou para Luca. — Levarei o cavalo dela, os outros nos seguirão.

— Eles vão se desgarrar — previu Luca.

— Assoviarei para se unirem — respondeu Freize. — Nunca fez mal a ninguém ter alguns cavalos a mais. Talvez possamos vendê-los se precisarmos.

Ele montou em seu cavalo de pernas curtas, pegou as rédeas do cavalo de Ishraq e soltou um assovio baixo e encorajador aos outros quatro animais, que logo se agruparam em volta dele. A pequena cavalgada partiu pela estrada.

— A que distância fica a cidade mais próxima? — perguntou Luca, ao irmão Peter.

— Cerca de 12 quilômetros, creio eu — respondeu ele. — Suponho que ela aguentará, mas parece muito doente.

Luca olhou para Ishraq, atrás dele, recostada em Isolde com uma careta de dor, lívida.

— Ela consegue. E teremos de entregá-la ao lorde local para ser queimada quando chegarmos. Nós a resgatamos de bandidos e a salvamos das galés otomanas para vê-la queimar como uma bruxa. Duvido que ela vá pensar que lhe fizemos alguma gentileza.

— Ela deveria ter sido queimada como bruxa ontem — respondeu o irmão Peter, sem simpatia. — Cada hora, para ela, é uma dádiva.

Luca levou o cavalo para junto do de Isolde

169

— Como ela se machucou?

— Ela levou um golpe de clava quando tentava nos defender. Costuma ser uma lutadora engenhosa, mas eram quatro contra um. Eles saltaram sobre nós na estrada, tentaram nos roubar. Quando viram que éramos mulheres sem guardas, pensaram em exigir um resgate por nós. — Ela balançou a cabeça, como se quisesse se livrar da lembrança. — Ou nos vender para as galés.

— Eles não... — Luca procurava as palavras certas — ...hmmm, a machucaram?

— Quer saber se nos violaram? — perguntou ela, sem rodeios. — Não, estavam nos guardando para o resgate e depois se embriagaram. Mas tivemos sorte. — Ela apertou os lábios. — Fui uma tola em sair a cavalo sem escolta. Coloquei Ishraq em perigo. Teremos de encontrar alguém com quem viajar.

— Não poderá viajar a parte alguma — respondeu Luca, um pouco áspero. — São minhas prisioneiras. Estão presas sob acusação de bruxaria.

— Por causa da pobre irmã Augusta?

Ele piscou, tentando se livrar da imagem das duas jovens ensanguentadas como açougueiros.

— Sim.

— Quando chegarmos à próxima cidade e o médico examinar Ishraq, o senhor me ouvirá, antes de nos entregar? Explicarei tudo, confessarei tudo que fizemos e o que não fizemos, e o senhor poderá julgar e decidir se deve nos mandar de volta a meu irmão, para a fogueira. Pois é o que ele fará, sabe disso. Se me mandar de volta, assinará minha sentença de morte. Não terei um julgamento digno de registro, não serei ouvida. O senhor me mandará direto para a morte. Isso não cai mal em sua consciência?

O irmão Peter trouxe o cavalo para junto deles.

— O relatório já foi terminado — disse, com severa determinação. — E vocês foram citadas como bruxas. Não há nada a fazer senão entregá-las à lei civil.

— Posso ouvi-la — disse Luca, irritado. — Posso ouvi-la. E o farei.

Isolde olhou para ele.

— A mulher que o senhor tanto admira é uma mentirosa e apóstata — disse, asperamente. — A madre esmoler é amante de meu irmão, foi induzida por ele. É sua cúmplice, posso jurar. Ele a convenceu a enlouquecer as freiras e colocar a culpa em mim, para que o senhor viesse destruir meu poder no convento. Ela foi enganada por ele, e creio que o senhor foi enganado por ela.

Luca sentiu seu temperamento despertar ao ser chamado de tolo por aquela menina, mas cerrou os dentes.

— Ouvi a madre esmoler quando a senhora não se dignou a falar comigo. Gostei dela quando você nem mesmo me mostrou o rosto. Ela jurou que dizia a verdade quando a senhora estava... Quem sabe o que fazia? De qualquer modo, eu não tinha outra versão com a qual comparar. Mas, mesmo então, percebi suas mentiras e entendi que ela estava lhe imputando a culpa, e a senhora nem ao menos se defendeu comigo. Me chame de tolo, embora eu possa ver que ficou feliz com minha ajuda com os bandidos. Eu não fui enganado por ela, diga o que quiser.

Ela baixou a cabeça, como se quisesse calar as próprias palavras precipitadas.

— Não creio que seja um tolo, inquisidor — murmurou. — Estou grata por ter nos salvado. Ficarei feliz em explicar meu lado desta história, e espero que nos poupe.

O médico chamado para atender a escrava moura enquanto eles descansavam na pequena hospedaria da cidadezinha declarou-a com hemorragias e hematomas, mas sem ossos quebrados. Luca pagou pela melhor cama para ela e Isolde, e um extra para que elas não tivessem de dividir o quarto com outros viajantes.

— Como colocarei no relatório que agora pagamos para duas mulheres viajarem conosco? — protestou o irmão Peter. — E ainda por cima criminosas conhecidas?

— Pode dizer que preciso de criadas, e o senhor me forneceu duas bem formosas — sugeriu Freize, recebendo como resposta um olhar azedo do clérigo.

— Não precisa incluir nada no relatório, isso não é uma inquisição — determinou Luca. — É apenas a vida da estrada, não faz parte do trabalho.

Isolde deitou Ishraq na cama grande, como se ela fosse uma igual, deu-lhe colheradas de sopa na boca, como se fosse sua irmã, cuidou da amiga, como se fosse sua filha, e se sentou com ela, vendo-a dormir.

— Como está a dor?

— Não melhorou. — Ishraq fez uma careta. — Mas pelo menos não creio que ainda esteja condenada. Essa jornada foi um pesadelo, a dor aumentava sem cessar. Pensei que fosse morrer.

— Não pude protegê-la da brutalidade da estrada, nem dos tropeços do cavalo. Ele me sacudia tanto, deve ter sido horrível para você.

— Foi difícil suportar.

— Ishraq, fracassei com você. Podia ter morrido, sido assassinada ou escravizada. E agora somos cativas novamente. Preciso deixá-la ir. Pode ir agora enquanto falo com eles. Por favor, salve-se. Vá para o sul, para sua terra natal, e reze a seu deus para que um dia nos reencontremos.

A garota abriu os olhos feridos e lançou um olhar feroz à Isolde.

— Ficaremos juntas — concluiu. — Seu pai não nos criou como irmãs, como companheiras que nunca se separariam?

— Ele pode ter feito isso, mas minha mãe não deu sua bênção: se opunha a ficarmos juntas todos os dias — lembrou Isolde, com astúcia. — E não tivemos nada além de dor de cabeça desde que perdi meu pai.

— Bem, minha mãe abençoou nossa amizade — respondeu Ishraq. — Ela me disse: "Isolde é sua irmã de coração", e ficou feliz por eu estar com você todo dia, que fizéssemos nossas lições juntas e brincássemos juntas. Ela amava seu pai.

— Eles lhe ensinaram línguas — lembrou-lhe Isolde, com falso ressentimento. — E medicina. E luta. Eu nada aprendi além de música e bordado.

— Eles me prepararam para ser sua serva e companheira — explicou Ishraq. — Para lhe proteger e servir. E assim sou. Sei tudo que preciso saber para servi-la, deveria ficar feliz por isso.

Um toque rápido em seu rosto lhe disse que Isolde ficava feliz por isso.

— Bem, então — concluiu Ishraq. — Preciso dormir. Vá jantar. Veja se consegue que ele nos liberte. E, se conseguir, veja se o convence a nos dar algum dinheiro.

— Você tem meus poderes de persuasão em alta conta — comentou Isolde, com tristeza.

— Tenho mesmo. — Ishraq assentiu ao fechar os olhos. — Especialmente com ele.

Luca mandou buscar Isolde na hora do jantar, para interrogá-la com privacidade enquanto comiam juntos, mas descobriu que o irmão Peter e Freize pretendiam ficar na sala com eles.

— Servirei a comida — disse Freize. — Antes eu que uma criada da hospedaria, ouvindo tudo que o senhor diz e interrompendo quando não lhe agradar.

— E você é notadamente reticente.

— Reticente — repetiu Freize, memorizando a palavra. — Reticente. Sabe? Imagino que eu seja mesmo.

— E eu tomarei notas. Esta ainda é uma inquisição de assassinato e bruxaria — disse o irmão Peter, com severidade. — Só porque as encontramos metidas em problemas ainda maiores, sua inocência não está comprovada. Bem pelo contrário: as boas mulheres ficam em casa e vigiam seus modos.

— Não podemos culpá-las por ficar sem lar quando sua abadia quer queimá-las por bruxaria — respondeu Luca, irritado. — Nem culpá-la por ser expulsa pelo irmão.

— Qualquer que seja o motivo, ela e a criada estão sem lar e sem controle — insistiu o irmão Peter. — Nenhum homem as governa, nenhum homem as protege. Certamente terão alguns problemas e causarão outros.

— Pensei que tivesse respondido às perguntas da abadia — disse Luca, olhando de um rosto determinado a outro. — Pensei que tivéssemos concluído nossa inquisição e enviado nosso relatório. Pensei que elas eram inocentes da maioria dos crimes e que estivéssemos satisfeitos com sua inocência.

— Estávamos satisfeitos quanto ao entorpecimento, ao envenenamento e ao assassinato — explicou Peter. — Satisfeitos que os crimes maiores foram perpetrados pela madre esmoler. Mas o que as duas faziam no mortuário, aquela noite? Não se lembra delas mexendo no cadáver, da madre esmoler dizendo que faziam uma Missa Satânica com o corpo da freira?

Freize assentiu.

— Ele tem razão. Elas precisam se explicar.

— Perguntarei — disse Luca. — Perguntarei sobre tudo. Mas, se vocês se lembrarem do aparecimento do irmão, dos conluios secretos com aquela mulher e da disposição de ver a irmã queimar diante dele... não podem evitar sentir compaixão. De qualquer modo, se as respostas não forem satisfatórias, podemos entregá-la ao lorde de Piccante, que é o senhor daqui, e ele queimará as duas como o lorde de Lucretili teria feito. É esse seu desejo? — Ele encarou as faces taciturnas. — Querem vê-las mortas? As duas jovens?

— Meu desejo é ver a justiça sendo feita — respondeu o irmão Peter. — O perdão cabe a Deus.

— Ou suponho que podemos fazer vista grossa e deixar que elas escapem de manhã — sugeriu Freize, ao sair da sala.

— Ah, pelo amor de Deus! — exclamou Luca.

Naquele momento, Isolde descia a escada para jantar, usando um vestido que pegara emprestado da esposa do estalajadeiro. Era de um tecido grosseiro, tingido de azul-escuro. Na cabeça, Isolde usava uma touca de camponesa, que mostrava as voltas douradas de cabelo que torcera numa trança. Luca se lembrou da cabeleira dourada, quando ele a derrubou no pátio do estábulo, e do cheiro de água de rosas, quando a segurou. Nesses trajes simples, sua beleza era ainda mais radiante, e Luca e o irmão Peter ficaram sem palavras.

— Espero que tenha se recuperado — murmurou Luca, puxando uma cadeira para ela.

Os olhos de Isolde estavam abaixados, e seu sorriso era dirigido aos pés.

— Não me feri, fiquei apenas assustada. Ishraq está descansando e se recuperando; estará melhor pela manhã, tenho certeza.

Freize entrou, batendo a porta, e colocou os pratos na mesa.

— Fricassê de frango... Mataram um galo velho especialmente para isto. Guisado de carne de boi com nabo, um patê de porco... Eu não tocaria nisto. Salsichas que parecem boas e algumas fatias de presunto. — Ele saiu e voltou com mais pratos. — Marzipã do mercado local, que tem quase o mesmo gosto do verdadeiro, mas não garanto sua juventude. E umas tortas que a patroa fez, eu as vi saindo do forno e as provei, para sua segurança: aprovadas. Não têm frutas aqui, além de algumas maçãs tão verdes que na certa os deixarão meio mortos, e umas nozes açucaradas que guardaram para nobres visitantes por um bom ano, então não respondo por elas.

— Perdoe-me — disse Luca a Isolde.

— Não — respondeu ela, sorrindo. — Ele é muito simpático e deve ser confiável, e é o que importa.

— Um bom vinho, que tomei a liberdade de provar no porão e não causará mal algum à dama. — Freize foi estimulado pelo elogio de Isolde a servir a bebida com um floreio. — E um pouco de cerveja para acabar com a sede. Aqui eles a fermentam com água da montanha, é realmente muito boa. Não beberia a água, de qualquer modo, mas pode-se beber esta aqui. E, se lhe agradar alguns ovos, posso mandar cozinhá-los ou pedir que os façam mexidos, como desejar.

— Ele gosta de pensar que é dedicado a meus serviços e é muito bom para mim — disse Luca à meia voz.

— E, além disso — disse Freize, curvando-se para Isolde —, há um bom vinho doce para a sobremesa e um bom pão, que acabou de sair do forno. Eles não têm trigo, é claro, mas o pão de centeio é doce e leve, feito com uma espécie de mel... O que descobri depois de uma longa conversa com a cozinheira, que não é ninguém mais que a patroa. E penso que seja uma boa esposa. Ela disse que o vestido ficou melhor na senhora do que nela, e é bem verdade.

— Mas, às vezes, é claro, ele é insuportável — concluiu Luca. — Freize, por favor, sirva a refeição em silêncio.

— Silêncio, ordena ele. — Freize assentiu para Isolde com um sorriso conspiratório. — E silêncio farei. Olhe para mim: estou em completo silêncio. Sou reticente, sabe? Reticente.

Ela não pôde deixar de rir quando Freize apertou os lábios, distribuiu os pratos restantes na mesa, fez uma mesura exagerada e se colocou de costas para a porta, examinando a sala como um perfeito criado. O irmão

Peter sentou-se e começou a se servir dos pratos, com o manuscrito ao lado e o pote de tinta junto ao copo de vinho.

— Vejo que vai me interrogar, assim como me alimentar — observou Isolde.

— Será como participar da Santa Missa — respondeu o irmão Peter, no lugar de Luca. — Onde terá de responder por sua alma e sua fé antes de fazer a refeição. Pode responder por sua alma, senhora?

— Não tenho nada do que me envergonhar — disse ela, com segurança.

— E o ataque à morta?

Luca lançou um olhar repressivo ao irmão Peter, mas Isolde respondeu sem medo.

— Não foi um ataque. Precisávamos saber o que lhe deram para comer. E descobrir que ela foi envenenada salvou as outras. Eu conhecia a irmã Augusta, vocês, não, e posso assegurar: ela teria ficado feliz com o que fizemos, depois de sua morte, para salvar suas irmãs da dor em vida. Descobrimos os frutos de beladona em sua barriga, o que provou que as freiras foram envenenadas, que não estavam possuídas nem enlouqueciam, como temíamos. Eu tinha esperanças de lhes dar os frutos como prova e livrar a abadia de meu irmão e da madre esmoler.

Luca colocou uma colherada do fricassê de frango em uma grande fatia de pão de centeio e passou a ela. Com elegância, Isolde pegou um garfo na manga do vestido e comeu a carne do pão. Nenhum deles tinha visto tais maneiras à mesa. Luca se esquecera de suas perguntas. Freize, na porta, ficou espantado.

— Nunca vi tal coisa — comentou Luca.

— Chama-se garfo — disse Isolde, como se fosse algo muito comum. — É usado na corte da França para comer. Meu pai me deu este.

— Nunca coma nada que não possa ser atravessado na ponta de uma adaga — propôs Freize, da porta.

— Basta — avisou Luca ao criado intrometido.

— Ou sugado — disse Freize. Ele parou por um momento, para explicar com mais clareza. — Se for sopa.

— "Se for sopa"! — Luca se virou, colérico. — "Se for sopa"! Pelo amor de Deus, cale-se. Não, melhor ainda, espere na cozinha.

— Estou guardando a porta — disse Freize, indicando que seu trabalho era essencial. — Protegendo o cômodo de intrusos.

— Deus sabe que eu preferiria um intruso, preferiria a entrada de um bando de salteadores, a ter você comentando tudo que acontece aqui.

Freize balançou a cabeça, com remorso, e mais uma vez selou os lábios, indicando seu futuro silêncio.

— Como um túmulo — disse a Luca. — Continue. Está indo bem, sondando, mas respeitoso. Não se incomode comigo.

Luca voltou-se para Isolde.

— Você não precisa de um interrogatório — disse. — Mas deve entender que não podemos libertá-la se não estivermos convencidos de sua inocência. Coma seu jantar e me conte com sinceridade o que houve na abadia e o que pretende de seu futuro.

— Posso lhe perguntar o que aconteceu com a abadia? O senhor a fechou?

— Não. Eu lhe direi mais tarde, mas deixamos a abadia com as freiras em oração e a nova abadessa será nomeada.

— A madre esmoler?

— Morta. — Foi só o que disse. — Agora me conte tudo que sabe.

Isolde comeu um pouco mais e colocou a fatia de pão de lado. O irmão Peter serviu o guisado na fatia de pão da moça e mergulhou a pena na tinta.

— Quando cheguei à abadia, estava de luto por meu pai e me opunha a seus desejos — confessou, com sinceridade. — Ishraq foi comigo. Nunca nos separamos, desde que meu pai a trouxe da Terra Santa com a mãe.

— Ela é sua escrava? — perguntou o irmão Peter.

Isolde negou com a cabeça, veementemente.

— Ela é livre. Só porque é descendente de mouros, todos sempre pensam que foi escravizada. Meu pai honrava e respeitava sua mãe e lhe deu um sepultamento cristão quando ela morreu; Ishraq tinha 7 anos. Ela é uma mulher livre, assim como sua mãe era.

— Mais livre que a senhora? — perguntou Luca.

Ele a viu ruborizar.

— Sim, por acaso. Pois fui obrigada pelos termos do testamento de meu pai a ingressar na abadia, e agora que perdi meu lugar sou uma foragida.

— O que estavam fazendo com o corpo da irmã Augusta?

Ela se inclinou para a frente, fixando nele os olhos azuis. Luca podia jurar que faiscavam da verdade.

— Ishraq foi educada por médicos mouros na Espanha. Meu pai nos levou à corte espanhola quando os aconselhou numa nova cruzada. Ishraq estudou com um dos maiores doutores: estudou as ervas, drogas e venenos. Desconfiávamos que as freiras estavam sendo drogadas, e sabíamos que eu tinha sonhos extraordinários e acordava com feridas nas mãos.

— A senhora teve os estigmas nas mãos? — Luca a interrompeu.

— Creio que eu as fiz — disse, abatida com a lembrança de repente. — No início fiquei tão confusa que pensei que as marcas fossem verdadeiras: milagres dolorosos.

— Foi a senhora que esteve em meu quarto e mostrou as mãos?

Ela assentiu, em silêncio.

— Não há vergonha nenhuma nisso — disse Luca, com gentileza.

— Parece um pecado — respondeu em voz baixa. — Ter as feridas de Nosso Senhor e acordar tão perturbada, depois de sonhos de gritos e correria...

— Acreditava que a droga beladona a fazia sonhar?

— Ishraq pensava que sim. Ela acreditava que muitas freiras estavam tomando a droga. Ishraq nunca comeu no refeitório, comia com as criadas, e jamais teve os sonhos. Nenhuma das criadas tinha sonhos, apenas as irmãs que comiam o pão do refeitório foram afetadas. Quando a irmã Augusta morreu, tão de repente, Ishraq pensou que seu coração tinha parado de bater sob a influência da droga: ela sabia que, em excesso, a substância pode provocar a morte. Decidimos abrir sua barriga para procurar os frutos.

O irmão Peter cobriu os olhos com as mãos, como se ainda pudesse ver as duas, com sangue até os cotovelos, em seu trabalho terrível.

— Foi um grande pecado tocar o corpo — Luca a incitou. — É um crime e um pecado tocar um cadáver.

— Não para Ishraq. — Ela defendeu a amiga. — Ela não é de nossa fé, não acredita na ressurreição do corpo. Para ela, não era um pecado maior que examinar um animal. Não pode acusá-la de nada, senão de praticar a arte da medicina.

— Foi um grande pecado para a senhora — insistiu. — E certamente intolerável. Como pôde, uma dama como você, fazer tal coisa?

Ela baixou a cabeça.

— Para mim, foi um pecado. Mas pensei que precisava ser feito e eu não deixaria Ishraq sozinha. Pensei que eu devia ser... — Ela hesitou. — Pensei que eu devia ser corajosa. Sou a Lady de Lucretili. Pensei que devia ser corajosa como o nome que carrego. E, pelo menos, vimos os frutos em seu estômago, pontos escuros de frutos secos. — Ela pôs a mão no bolso do vestido e pegou alguns fragmentos de frutos duros e pretos como grãos de pimenta. — Encontramos isto. É prova do que fizemos, do que descobrimos.

Luca hesitou.

— Tirou isto do ventre da morta? — perguntou ele.

Ela assentiu.

— Precisava ser feito — disse. — De que outra maneira provaríamos ao senhor que as freiras estavam sendo alimentadas com frutos de beladona?

Com cuidado, Luca os pegou e, em silêncio, passou-os ao irmão Peter.

— Sabia que a madre esmoler trabalhava com seu irmão?

Ela assentiu com tristeza.

— Eu sabia que havia algo entre os dois, mas nunca perguntei. Devia ter exigido a verdade, sempre achei que ela... — Ela se interrompeu. — Eu não sabia, nada vi para ter certeza. Mas senti que eles estavam...

— Estavam o quê?

— Será que poderiam ser amantes? — indagou a jovem, bem baixinho. — É possível? Ou era imaginação de meus ciúmes, minha inveja de sua beleza?

— Por que diz tal coisa? Da madre esmoler?

Ela deu de ombros.

— Às vezes eu penso ou vejo coisas, quase posso sentir o cheiro, que não são muito claras ou evidentes para os outros... Nesse caso, era como se ela pertencesse a ele, como se ela fosse... a camisa dele.

— A camisa dele? — repetiu Luca.

Mais uma vez, ela sacudiu a cabeça como se quisesse se livrar de uma visão.

— Como se o cheiro dele estivesse nela. Não consigo explicar melhor que isso.

— A senhora teve a Visão? — interrompeu o irmão Peter, encarando-a por cima da pena.

— Não. — Ela balançou a cabeça, negando. — Não, nada assim. Nada tão certo, tão claro. Eu não daria atenção se tivesse, não pensaria ser uma espécie de vidente. Apenas sinto as coisas, é só.

— Mas sentiu que ela era mulher dele?

Ela assentiu.

— Mas eu não tinha provas, nada de que pudesse acusá-la. Era como um sussurro, como a seda de suas anáguas.

Uma tosse ruidosa vinda da porta lembrou aos homens que Freize fora o primeiro a notar as anáguas de seda.

— Não é crime usar anáguas de seda — disse o irmão Peter, irritado.

— Era uma sugestão — disse ela, pensativa. — De que ela não era o que aparentava, de que a abadia, sob seu comando, não era o que parecia. Não como deveria ser. Mas... — Ela deu de ombros. — Eu era nova naquela vida, e ela parecia encarregada de tudo. No início, não a questionei nem desafiei sua direção da abadia. Deveria tê-lo feito, deveria ter buscado um inquisidor imediatamente.

— Como escapou do porão sob a portaria? — O irmão Peter mudou o rumo do interrogatório de repente, na esperança de abalar Isolde. — Como saíram e escaparam quando havia algemas e grilhões, e o porão era escavado em pedra?

Luca franziu a testa para a aspereza do tom de voz, mas o irmão Peter apenas esperou uma resposta, com a pena posicionada.

— É a principal acusação — murmurou, lembrando a Luca. — A única evidência de bruxaria. A obra da escrava é a obra de uma herege, ela não está sob o comando da Igreja. O ataque ao corpo também é obra da outra mulher: podemos considerar maligna, mas a herege não está sob nossa jurisdição. A abadessa não cometeu crime algum, mas sua fuga é suspeita. Sua fuga parece bruxaria. Ela precisa explicar.

— Como vocês saíram? — perguntou Luca. — Pense bem antes de responder.

Ela hesitou.

— O senhor me dá medo — disse ela. — Medo de falar.

— Deve temer — alertou Luca. — Se saiu das algemas e do porão por mágica, ou com a assistência do Diabo, enfrentará uma acusação de bruxaria. Posso absolvê-la de mexer na morta, mas terei de acusá-la de invocar o Diabo para ajudar em sua fuga.

Ela respirou fundo.

— Não posso contar — começou ela. — Não consigo falar nada que faça sentido.

A pena do irmão Peter estava sobre a página.

— É melhor pensar em algo. É a única acusação que resta contra a senhora. Escapar de grilhões e de paredes é bruxaria: só as bruxas podem atravessar paredes.

Fez-se um silêncio terrível. Isolde baixou o olhar para as mãos, e os homens esperaram por uma resposta.

— O que você fez? — insistiu Luca, em voz baixa.

Ela meneou a cabeça.

— Na verdade, não sei.

— O que houve?

— Foi um mistério.

— Foi bruxaria? — perguntou o irmão Peter.

Fez-se um silêncio longo e doloroso.

— Eu a soltei — disse Freize voluntarioso, adentrando a sala e deixando seu posto na porta.

O irmão Peter se virou para ele.

— Você! Por quê?

— Compaixão — disse Freize, brevemente. — Justiça. Era evidente que elas não tinham feito nada. Não eram elas que garimpavam ouro e andavam sibilando em anáguas de seda. Aquele irmão a teria queimado no momento em que lhe pusesse as mãos, e a madre esmoler já havia preparado as piras. Esperei até que todos estivessem ocupados no pátio, decidindo o que deveria ser feito, e entrei furtivamente no porão. Soltei-as, ajudei-as a subirem a escada, levei-as ao estábulo e mandei-as embora com dois cavalos.

— Você libertou minhas suspeitas? — perguntou Luca, sem acreditar.

— Pequeno lorde. — Freize abriu as mãos, desculpando-se. — Ia queimar duas inocentes, apanhado na excitação do momento. O senhor teria me dado ouvidos? Não, pois sou conhecido como tolo. Teria dado ouvido a elas? Não, pois a madre esmoler virou sua cabeça e o irmão desta dama era rápido e disposto com um archote. Eu sabia que me agradeceria no final, e aqui estamos: com o senhor grato a mim.

— Não estou grato a você! — exclamou Luca, muito irritado. — Devia dispensá-lo de meu serviço e acusá-lo de interferir numa inquisição papal!

— Então a dama me agradecerá — disse Freize animado. — E, se não o fizer, talvez a linda escrava o faça.

— Ela não é minha escrava — respondeu Isolde, um pouco perdida. — E você verá que ela jamais agradece. Especialmente a um homem.

— Talvez ela passe a me valorizar — disse Freize, com dignidade. — Quando me conhecer melhor.

— Ela jamais o conhecerá melhor, já que está prestes a ser dispensado — disse Luca, furioso.

— É muito rigoroso. — Freize olhou para o irmão Peter. — Não acha? Uma vez que fui eu que impedi que queimássemos duas inocentes, depois salvei a nós cinco dos bandoleiros. Para não falar em ganhar alguns cavalos valiosos?

— Você interferiu no curso de minha inquisição e libertou minhas prisioneiras! — insistiu Luca. — O que posso fazer, além de dispensá-lo e enviá-lo de volta ao mosteiro, em desgraça?

— Para seu próprio bem — explicou Freize. — E o delas. Salvando aos senhores de si mesmos.

Luca virou-se para o irmão Peter.

— Mas por que fechou novamente os grilhões depois de tê-las soltado? — perguntou o clérigo.

Freize parou.

— Para criar confusão — respondeu, com gravidade.

— Para criar mais confusão.

Isolde, apesar da ansiedade, reprimiu o riso.

— E certamente criou. — Os dois trocaram um leve sorriso, que fez Luca franzir o cenho.

— E jura que fez isso? — perguntou, rigidamente. — Por mais ridículo que você seja?

— Juro — disse Freize.

Luca se virou para o irmão Peter.

— Isso as inocenta da acusação de bruxaria.

— O relatório já foi enviado — disse o irmão Peter, pensativo. — Dissemos que as cativas estavam desaparecidas, acusadas de bruxaria, mas seus acusadores eram sem dúvida culpados. A questão está encerrada, a não ser que queira reabri-la. Não temos de relatar que as reencontramos, não é nosso trabalho prendê-las se não há provas de bruxaria. Agora não estamos numa inquisição, a inquisição está encerrada.

— Cães adormecidos — ofereceu Freize.

Luca se virou para ele.

— Mas o que quer dizer agora?

— É melhor deixá-los deitados. É como diz o povo. Que cães adormecidos continuem deitados. Sua inquisição está concluída, todos estão satisfeitos. Estamos partindo em outra missão tola, e as duas mulheres que foram erroneamente acusadas estão livres como passarinhos. Por que criar problemas?

Luca estava prestes a argumentar, mas parou. Virou-se para Isolde. Depois do intenso olhar azul que ela lançara a Freize quando ele confessou ter libertado as duas, ela voltara a examinar as mãos em seu colo.

— É verdade que Freize as soltou? Ele as deixou ir, como diz?

Ela assentiu.

— Por que não disse logo?

— Não queria metê-lo em problemas.

Luca suspirou. Era improvável, mas, se Freize sustentasse sua confissão e Isolde não desse outra explicação, ele não via o que mais poderia fazer.

— Quem vai acreditar nisso?

— Melhor assim que tentar contar a todos que derretemos e passamos por algemas e grilhões — observou ela. — Quem acreditaria nisto?

Luca olhou para o irmão Peter.

— Você escreverá que estamos satisfeitos que nosso criado as soltou, indo além de seus deveres, mas acreditando que fazia o que era certo? Que agora temos certeza de que não houve bruxaria e que elas estão livres para partir?

O irmão Peter tinha um olhar amargo.

— Se me instruir a isso — disse, com pedantismo. — Creio que há mais nisso do que seu criado intrometendo-se em suas funções. Mas, como ele sempre se intromete e você sempre permite... E, como você parece decidido a deixar estas mulheres livres, posso escrever isto.

— Limpará meu nome? — pressionou Isolde.

— Não a acusarei de escapar por bruxaria — especificou o irmão Peter. — É o que estou disposto a fazer. Não sei se a senhora é inocente de tudo. Mas, como nenhuma mulher é inocente desde o pecado de Eva, estou disposto a concordar que não há provas e nenhuma acusação contra a senhora, por ora.

— Isso basta — ordenou Luca. — De qualquer modo — ele se virou para Isolde —, o que vai fazer agora?

Ela suspirou.

— Estive pensando no que fazer. Creio que irei ao filho do amigo de meu pai, seu companheiro constante nas cruzadas e meu padrinho. Posso confiar nele, que tem a reputação de ser um guerreiro tenaz. Pedirei que limpe meu nome e marchar comigo contra meu irmão. Parece que ele fez tudo isso para roubar minha herança, para me matar, então tomarei a herança dele. Terei de volta o que é meu.

— Há mais do que a senhorita sabe — disse Luca. — É pior do que pensa: ele ordenou à madre esmoler que fizesse as freiras garimparem ouro no regato de suas terras.

Ela pareceu confusa.

— Ouro?

— Provavelmente era por isso que seu irmão estava tão determinado a tirá-la da abadia. Pode haver uma fortuna em ouro nas colinas, descendo pelo regato em forma de pó.

— Elas estavam garimpando ouro?

Ele assentiu.

— Ele usou a madre esmoler para roubar o ouro das terras da abadia. Agora que ela está morta, e a senhora, foragida, a abadia, as terras e o ouro são dele.

Ele viu o queixo de Isolde endurecer.

— Ele ficou com minha casa, minha herança e uma fortuna também?

Luca assentiu.

— Ele deixou que a madre esmoler morresse, e fugiu.

Ela se virou para o irmão Peter.

— Mas o senhor não o acusou! Não o perseguiu pelos pecados desde Adão! E eu sou a responsável por tudo que fez Eva?

Ele deu de ombros.

— Ele não cometeu crime que tenhamos visto, na época. Agora garimpa seu próprio ouro em suas próprias terras.

— Eu o responsabilizarei. Voltarei e recuperarei minhas terras. Não estou mais presa por obediência ao testamento de meu pai, quando meu irmão é um guardião tão ruim da honra da família. Eu o expulsarei, como ele me expulsou. Irei ao filho de meu padrinho e pedirei ajuda.

— Seu padrinho era um homem de recursos? Seu irmão tem o próprio castelo e um pequeno exército sob seu comando.

— Ele era o conde Wladislaw da Valáquia — disse ela, com orgulho. — O filho dele é o novo conde. Irei até ele.

Irmão Peter virou a cabeça de repente.

— A senhora é afilhada do conde Wladislaw? — perguntou, com curiosidade.

— Sim, e meu pai sempre disse para procurá-lo se tivesse problemas.

O irmão Peter baixou os olhos e balançou a cabeça, assombrado.

— Ela tem um amigo poderoso — murmurou para Luca. — Ele pode esmagar o irmão dela num átimo.

— Onde ele mora?

— É uma longa jornada — admitiu Isolde. — Para o leste. Mora na corte da Hungria.

— Isso não fica além da Bósnia? — Freize abandonou qualquer tentativa de ficar em silêncio junto à porta e entrou na sala.

— Sim.

— Um pouco mais a oriente?

Ela assentiu.

— Como duas meninas bonitas como a senhora e a escrava conseguirão fazer a jornada sem que alguém as roube... ou coisa pior? — perguntou Freize, com simplicidade. — Serão esfoladas vivas.

Ela olhou para Freize e sorriu.

— Não crê que Deus nos protegerá?

— Não — rebateu ele, sem rodeios. — Segundo minha experiência, Ele raras vezes cuida do óbvio.

— Então viajaremos com companheiros, com guardas, o que conseguirmos. E nos arriscaremos quando não pudermos. Porque preciso ir, não tenho a quem pedir ajuda. Terei minha vingança contra meu irmão e recuperarei minha herança.

Freize virou-se para Luca, animado.

— Podia muito bem tê-las queimado quando teve a oportunidade — comentou. — Pois as está enviando para a morte de qualquer forma.

— Ah, não seja ridículo — disse Luca, com impaciência. — Nós as protegeremos.

— Temos nossa missão! — protestou o irmão Peter.

Luca se virou para Isolde.

— Pode viajar conosco, sob nossa proteção, até que nossos caminhos divirjam. Estamos numa missão de inquisição, nomeada pelo Santo Padre em pessoa. Ainda não sabemos nossa rota, mas podem viajar conosco até que nossos caminhos se separem.

— Muito importantes — complementou Freize, virando-se para a jovem. — Somos muito importantes.

191

— Podem nos acompanhar e, quando encontrarem viajantes seguros e respeitáveis, podem passar a viajar com eles.

Ela baixou a cabeça.

— Agradeço. Agradeço por mim e por Ishraq. E não os atrasaremos nem os distrairemos.

— E é certo que as duas o farão — protestou o irmão Peter, com amargura.

— Podemos ajudá-las em sua jornada para o leste — determinou Luca.

— Eu devo lhe dar meu nome — disse a jovem. — Não sou mais a abadessa.

— Naturalmente — disse Luca.

— Sou Lady Isolde de Lucretili.

Luca lhe fez uma mesura, mas Freize se aproximou numa reverência exagerada, quase tocando os joelhos com a cabeça, para depois endireitar-se, batendo com o punho fechado sobre o coração.

— Lady Isolde, estou a suas ordens — disse, grandiloquente.

Ela ficou surpresa e riu por um momento. Freize a olhou com censura.

— Era de se pensar que compreenderia a oferta dos serviços de um cavaleiro quando lhe oferecem, não?

— Ele agora é cavaleiro? — perguntou o irmão Peter a Luca.

— É o que parece. — Foi a resposta irônica.

— Digamos, então, escudeiro — corrigiu-se Freize. — Serei seu escudeiro.

Lady Isolde se levantou e estendeu a mão a Freize.

— Fez bem em me lembrar de responder com elegância a uma nobre oferta de serviços. Aceito seus serviços e fico feliz com eles, Freize. Obrigada.

Com um olhar triunfante a Luca, Freize se curvou e tocou com os lábios os dedos dela.

— Estou a suas ordens — disse.

— Posso concluir que vai abrigá-lo, vesti-lo e alimentá-lo? — perguntou Luca. — Ele come feito dez cavalos.

— Meus serviços, como a dama compreendeu, são de coração — disse Freize, com dignidade. — Estou às ordens dela se houver uma busca cavalheiresca ou aventura arrojada. No resto do tempo, naturalmente agirei como seu criado.

— Fico-lhe muito grata — murmurou Isolde. — E o informarei assim que eu tiver uma aventura arrojada ou busca cavalheiresca a ser feita.

Quando Isolde entrou no quarto, Ishraq dormia. Mas, assim que ouviu os passos leves, a moura abriu os olhos e falou.

— Como foi o jantar? Estamos presas?

— Estamos livres — disse Isolde. — Freize de repente contou ao seu senhor que foi ele quem nos soltou do porão embaixo da portaria.

Ishraq se apoiou em um dos cotovelos.

— Ele disse isso? Por quê? E acreditaram?

— Ele foi convincente. Insistiu. Não creio que tenham acreditado de todo, mas, de qualquer modo, aceitaram.

— Ele disse por que confessou tal coisa?

— Não. Creio que foi para nos ajudar. E, melhor ainda, disseram que podemos viajar com eles enquanto nossa estrada for a mesma.

— Aonde eles vão?

— Eles seguem ordens, vão aonde são ordenados. Mas só há uma saída da aldeia, então iremos para o leste, por ora. Podemos viajar com eles e estaremos mais seguras que com estranhos ou sozinhas.

— Não gosto muito do irmão Peter.

— Não há problema com ele. Freize jurou que seria meu cavaleiro errante.

Ishraq riu.

— Ele tem bom coração. Um dia poderá ficar contente com ele. Certamente nos serviu esta noite.

Isolde tirou o vestido e, de chemise, aproximou-se da lateral da cama.

— Quer alguma coisa? Uma cerveja? Que eu limpe seus hematomas?

— Não, estou pronta para dormir novamente.

A cama rangeu suavemente enquanto Isolde se deitava ao lado da amiga.

— Boa noite, minha irmã — disse ela, como fez em quase todas as noites de sua vida.

— Boa noite, querida.

VITTORITO, ITÁLIA,
OUTUBRO DE 1453

O pequeno grupo demorou mais dois dias na aldeia enquanto os hematomas de Ishraq se curavam e ela se fortalecia. Isolde e Ishraq compraram vestidos cor de ferrugem para a viagem e grossas capas de lã para as noites frias. No terceiro dia, eles estavam prontos para partir ao nascer do sol.

Freize colocara selas para mulheres em dois cavalos.

— Pensei que cavalgaria na garupa do lorde — disse ele a Isolde. — E a criada iria comigo.

— Não — disse Ishraq, categórica. — Nós montamos nossos próprios cavalos.

— É cansativo — alertou-a Freize —, e as estradas são acidentadas. A maioria das damas prefere cavalgar atrás de um homem. Pode se sentar de lado, não precisa montar... Ficará mais confortável.

— Cavalgaremos sozinhas — confirmou Isolde. — Em nossos próprios cavalos.

Freize fez uma careta e deu uma piscadela para Ishraq.

— Em outra hora, então.

— Não creio que haverá outra hora em que eu queira cavalgar com você — retrucou ela, com fricza.

Ele soltou a cilha e tirou a sela do dorso do cavalo.

— Ah, diz isso agora — concluiu ele, com confiança —, mas porque nem me conhece. Muitas mulheres foram indiferentes no início, mas depois de um tempo... — Ele estalou os dedos.

— Depois de um tempo o quê? — perguntou Isolde, sorrindo.

— Elas não conseguem evitar — disse Freize, confiante. — Não me pergunte por quê, é um dom que tenho. Mulheres e cavalos, eles me amam. Mulheres e cavalos... Na verdade, a maioria dos animais... gosta de ficar perto de mim. São como eu.

Luca saiu do estábulo, carregando sua sela.

— Ainda não selou?

— Só estou trocando as selas. As senhoras querem cavalgar sozinhas, mas tive o trabalho de comprar duas selas para elas. São umas ingratas.

— Bem, é claro que cavalgarão sozinhas! — disse Luca, com impaciência.

Ele fez uma saudação com a cabeça às jovens, e Freize levou o primeiro cavalo para o bloco de montaria. Luca foi até Isolde e pegou sua mão para ajudá-la a subir no bloco, colocou seu pé no estribo largo, e ela subiu na sela.

Logo os cinco estavam montados e, seguidos pelos outros quatro cavalos e o burro, presos por corda atrás deles, partiram pela pequena trilha que seguia pela floresta.

Luca foi à frente, com Isolde e Ishraq lado a lado, pouco atrás. Depois vinham o irmão Peter e, por fim, Freize, com um porrete numa alça ao lado da sela; os cavalos extras fechavam o cortejo.

Foi uma cavalgada agradável pelo bosque de faias. As folhas acobreadas das árvores ainda estavam nos galhos, protegendo os viajantes do forte sol do outono. A trilha subia, e eles saíram do bosque e pegaram a estrada pedregosa pelos pastos superiores. Era muito tranquilo: às vezes ouviam o tinir de sininhos de um distante rebanho de cabras, mas, na maior parte do tempo, não havia som além do sussurro do vento.

Luca diminuiu o passo até emparelhar com as mulheres, e perguntou a Ishraq sobre o tempo que passou na Espanha.

— O lorde de Lucretili deve ter sido um homem muito incomum para permitir que uma jovem de sua casa estudasse com médicos mouros — observou.

— Ele era — respondeu Ishraq. — Tinha um grande respeito pelo aprendizado de meu povo e queria que eu estudasse. Se estivesse vivo, creio que teria me enviado a universidades espanholas, onde os eruditos de meu povo estudam de tudo, das estrelas no céu ao movimento das águas do mar. Algumas pessoas dizem que todos são governados pelas mesmas leis, então temos de descobrir que leis são essas.

— Você era a única mulher?

Ela negou com a cabeça.

— Não, em meu país as mulheres podem aprender, assim como ensinar.

— E você aprendeu os números? — perguntou Luca, curioso. — E o significado do zero?

Ela balançou a cabeça.

— Não tenho cabeça para a matemática, mas é claro que conheço os números.

— Meu pai acreditava que uma mulher pode compreender tão bem quanto um homem — comentou Isolde. — Ele deixou Ishraq estudar o que quisesse.

— E a senhora? — Luca se virou para ela. — Foi à universidade na Espanha?

Ela negou.

— Meu pai queria que eu fosse uma dama, para dirigir Lucretili — respondeu. — Ensinou-me a calcular os lucros das terras, a merecer a lealdade das pessoas, a administrar as terras e escolher as safras, a comandar a guarda de um castelo sob ataque. — Ela fez uma carinha engraçada. — E me ensinou as habilidades que uma dama deve ter... Gosto por roupas requintadas, dança, música, línguas, escrita, leitura, canto, poesia.

— Ela inveja as habilidades que ele me ensinou — intrometeu-se Ishraq, com um sorriso misterioso. — Ele a ensinou a ser uma dama. A mim, a ser uma potência no mundo.

— Que mulher não gostaria de ser a dama de um grande castelo? — perguntou Luca.

— Eu gostaria — disse Isolde. — Eu queria. Mas também queria ter aprendido a lutar.

Ao pôr do sol da primeira noite, eles pararam os cavalos diante de um mosteiro isolado. Ishraq e Isolde trocaram um olhar ansioso.

— A ordem de busca? — murmurou uma delas.

— Não deve ter chegado aqui. Duvido que seu irmão tenha enviado alguma mensagem depois de sair da abadia. Imagino que assinou a ordem apenas para demonstrar a própria inocência.

Ela assentiu.

— O suficiente para me manter afastada — disse. — Marcando-me como bruxa e declarando minha morte, ele ficará com o castelo e a abadia sob seu controle, o que lhe dá as terras e o ouro. Ele ganha tudo.

Freize desmontou e foi puxar o grande anel na porta fechada. O sino do portão soou alto, e o porteiro abriu as portas duplas.

— Bem-vindos, viajantes, em nome de Deus — disse o homem em tom animado. — Quantos são?

— Um jovem lorde, um clérigo, um criado, uma dama e sua companheira — respondeu Freize. — E nove cavalos e um burro. Eles podem ficar na campina ou nos estábulos, como preferir.

— Pode colocá-los em bom pasto — disse o irmão leigo, sorrindo. — Entrem.

Entraram em um pátio grande, e o irmão Peter e Luca desmontaram. Luca virou-se para o cavalo de Isolde e estendeu os braços para ajudá-la a desmontar. Ela deu um breve sorriso e gesticulou que podia descer sozinha, depois passou a perna pelo cavalo e, leve como um menino, pulou no chão.

Freize foi até Ishraq e estendeu o braço.

— Não pule — disse. — Vai desmaiar no momento em que tocar no chão. Esteve perto disso nos últimos 8 quilômetros.

Ela cobriu a boca com o véu escuro e olhou para ele por cima do tecido.

— E não me olhe feio — respondeu Freize, animado. — Teria se saído melhor em minha garupa, com os braços em minha cintura e apoiada em minhas costas, mas é teimosa feito uma mula. Desça, menina, e deixe-me ajudá-la.

Para surpresa de Freize, ela fez o que ele sugeriu e se curvou para ele, deixando-se cair em seus braços. Ele a pegou

199

com gentileza e a colocou de pé, amparando-a pelos braços para mantê-la firme. Isolde se aproximou e a escorou.

— Eu não tinha notado...

— É só cansaço.

O porteiro lhes deu uma luz para a casa de hóspedes, indicou os aposentos das mulheres de um lado da parede alta, e a entrada para o dos homens, do outro. Mostrou-lhes o refeitório e disse que podiam jantar com os monges depois das Vésperas, quando as damas seriam servidas na casa de hóspedes. Depois os deixou com velas acesas e uma bênção.

— Boa noite — disse Isolde a Luca, depois baixou a cabeça em cumprimento ao irmão Peter.

— Eu as verei pela manhã — disse Luca às duas mulheres. — Depois partiremos logo em seguida à Prima.

Isolde assentiu.

— Estaremos prontas.

Ishraq fez uma mesura para os dois homens e gesticulou com a cabeça para Freize.

— Amanhã irá na sela feminina? — perguntou ele.

— Sim — disse ela.

— Por que ficou cansada demais de cavalgar hoje? — insistiu Freize, enfatizando que tinha razão.

Ela abriu um sorriso caloroso e franco antes de cobrir o rosto com o véu.

— Não se gabe — disse. — Estou cansada até os ossos. Você tinha razão, eu estava errada e fui uma tola orgulhosa. Irei à garupa amanhã e ficarei feliz com isso. Mas, se zombar de mim, vou beliscá-lo o caminho inteiro!

Freize baixou a cabeça.

— Nem uma palavra — prometeu. — Verá que sou muito reticente.

— Reticente?

Ele assentiu.

— É minha nova ambição. Minha nova palavra: reticente.

Eles partiram logo depois da Prima e do café da manhã, e o sol já ia alto à direita ao seguirem para o norte.

— O caso — comentou Freize a Ishraq em voz baixa, enquanto ela cavalgava às costas dele, sentada de lado, com os pés apoiados no suporte da sela e uma das mãos na cintura, apoiada em seu cinto —, o caso é que nunca sabemos aonde iremos. Simplesmente seguimos, firmes como burros, que não sabem mais que nós, mas prosseguem. Até que aquele vigarista pomposo de repente pega uma folha de papel e nos diz que vamos a um lugar inteiramente diverso, metendo-nos Deus sabe em que problemas.

— Mas é claro — respondeu ela. — Porque estão viajando como inquisidores. Têm de ir fazer a inquisição.

— Não vejo por que não podemos saber aonde vamos — devolveu Freize. — Assim um homem pode ter a chance de tentar parar em uma boa estalagem.

— Ah, a questão é o jantar — zombou ela, sorrindo por trás do véu. — Agora entendo.

Freize deu um tapinha na mão que segurava seu cinto.

— Há muito poucas coisas mais importantes que o jantar para um homem com um trabalho árduo — concluiu, com segurança. — Ooooaaa! Mas o que é isso?

Na estrada à frente havia meia dúzia de homens, com forcados e açoites, lutando em vão para prender um animal preso a uma rede, amarrado e se contorcendo. Freize parou, e Isolde, Luca e Peter estancaram atrás dele.

201

— O que têm aí? — gritou Luca.

Um dos homens saiu da peleja e veio na direção deles.

— Agradeceríamos a ajuda. Se pudermos amarrar a criatura a dois de seus cavalos, talvez possamos avançar pela estrada. No momento, não podemos ir nem para a frente, nem para trás.

— O que é isso? — perguntou Luca.

O homem fez o sinal da cruz.

— Deus nos proteja, é um lobisomem — respondeu. — Atormenta nossa aldeia e florestas durante as luas cheias há um ano. Na noite passada, meu irmão, eu, nossos amigos e um primo saímos e o aprisionamos.

O irmão Peter se benzeu, e Isolde o imitou.

— Como conseguiram pegá-lo?

— Planejamos por meses, vários meses. Não nos atreveríamos a sair à noite, tínhamos medo que seu poder fosse grande demais sob a lua. Esperamos até que ela minguasse, quando sabíamos que seu poder estaria enfraquecido e escasso. Depois, cavamos um buraco fundo na trilha para a aldeia e prendemos um quarto traseiro de carneiro na ponta. Pensamos que ele iria à aldeia, como sempre, e sentiria o cheiro de carne. Tínhamos esperança de que ele seguiria a trilha até a carne, e assim ele fez. Cobrimos o buraco com galhos leves e folhas, e ele não pôde vê-lo: a cobertura desabou sob seu peso, e ele caiu lá dentro. Mantivemos o monstro aqui por dias, sem nada para comer, para enfraquecê-lo. Depois jogamos as redes, o puxamos com força e o tiramos do buraco: agora o temos.

— E o que vão fazer com ele? — Isolde olhou temerosa para o animal que se debatia, coberto de redes, lutando na estrada.

— Nós o deixaremos num cercado na aldeia até fazermos uma flecha de prata, pois só a prata pode matá-lo. Depois atiraremos em seu coração e o enterraremos na encruzilhada. Assim ele ficará quieto, e estaremos seguros em nossas camas de novo.

— Muito pequeno para um lobo — comentou Freize, olhando o animal que se debatia na rede. — Mais parece um cão.

— Fica maior com a lua — disse o homem. — Quando a lua está cheia, ele também cresce, fica enorme, como o maior dos lobos. E, então, mesmo que nossas portas estejam com ferrolhos e as janelas de postigos, fechadas, nós o ouvimos rondar a aldeia, testando as portas, farejando as trancas, tentando entrar.

Isolde estremeceu.

— Pode nos ajudar a levá-lo para a aldeia? Vamos colocá-lo no cercado de ursos da estalagem, onde pegamos ursos com isca, mas fica a um bom quilômetro e meio daqui. Não achamos que ele fosse lutar tanto, e temos medo de chegar perto demais e sermos mordidos.

— Se ele o morder, você também se transforma em lobisomem — disse um homem lá atrás. — Jurei a minha esposa que eu não chegaria perto demais.

Freize olhou por cima de todos para Luca e, a um gesto de seu senhor, desceu do cavalo e andou até a trouxa na estrada. Por baixo da pilha de redes e emaranhados de corda, pôde distinguir um animal agachado e enroscado. Olhos pretos, furiosos, o fitavam, e ele viu pequenos dentes amarelos arreganhados num rosnado. Dois ou três homens seguravam as cordas, e Freize pegou uma de cada lado e as amarrou a dois cavalos sobressalentes.

— Pronto — disse a um dos homens. — Levem o cavalo devagar. Você falou 3 quilômetros até a aldeia?

— Talvez 2 — respondeu o homem.

O cavalo resfolegou de medo e andou de lado enquanto o fardo soltava um uivo. As cordas foram esticadas, e eles partiram, arrastando o fardo indefeso atrás deles. Às vezes a criatura tinha convulsões e rolava, o que fazia com que os cavalos recuassem de medo e os homens que os levavam tinham de segurar as rédeas e acalmá-los.

— Um mau negócio — observou Freize a Luca, ao entrarem na aldeia, seguindo os homens, e virem outros aldeões reunidos por ali com espadas, machados e açoites.

— É exatamente o que nos enviaram para compreender — disse o irmão Peter a Luca. — Vou abrir um relatório, e você pode fazer a inquisição. Podemos fazê-la aqui, antes de continuarmos nossa jornada e nossa missão. Pode descobrir que provas existem de que ele é um lobisomem, meio fera, meio homem, e decidir se deve ser abatido com uma flecha de prata ou não.

— Eu? — Luca hesitou.

— Você é o inquisidor — lembrou-lhe o irmão Peter. — Este é um lugar para entender os temores e mapear a ascensão do Diabo. Dê início a sua inquisição.

Freize o encarou. Isolde esperou. Luca pigarreou.

— Sou um inquisidor enviado pelo Santo Padre em pessoa para descobrir pecadores e pecados na cristandade — disse aos aldeões. Houve um murmúrio de interesse e respeito. — Farei uma inquisição sobre essa fera e decidirei o que será feito dela — continuou. — Quem foi prejudicado pela besta, tem medo dela ou sabe de algo a seu respeito deve ir ao meu quarto na estalagem e dar seu testemunho. Em um ou dois dias lhes direi minha decisão, que será obrigatória e definitiva.

Freize assentiu.

— Onde está o cercado de ursos? — perguntou a um dos lavradores, que conduzia um cavalo.

— No pátio da estalagem.

O homem indicou os portões duplos e grandes do estábulo ao lado da estalagem. Quando os cavalos se aproximaram, os aldeões correram à frente e abriram os portões. Dentro do pátio, sob as janelas da estalagem, havia uma grande arena circular.

Uma vez por ano, um domador de ursos trazia seu animal acorrentado à aldeia, num dia de festa, e todos apostavam em quantos cães morreriam e o quanto o mais corajoso se aproximaria do pescoço do urso. Até que o domador declarasse o espetáculo encerrado, e a empolgação acabasse, até o ano seguinte.

Uma estaca no meio do cercado mostrava onde os ursos ficavam acorrentados pela perna enquanto os cães eram lançados contra eles. A arena fora reforçada por vigas e tábuas para ficar mais alta, de modo que o muro interno era quase da altura das janelas do segundo andar da estalagem.

— Eles podem pular — disse o lavrador. — Os lobisomens pulam, todos sabem. Construímos alto demais até para o próprio Diabo.

Os aldeões desamarraram as cordas dos cavalos e puxaram o fardo na rede até a arena. O animal parecia lutar com mais vigor, resistindo. Dois aldeões pegaram seus forcados e o espetaram de frente, o que o fez ganir de dor, rosnar e se debater.

— E como o soltarão dentro do cercado? — perguntou Freize, em voz alta.

Fez-se silêncio. Claramente, essa fase não fora prevista.

— Vamos trancar e deixar que ele se solte sozinho — sugeriu alguém.

205

— Não chegarei perto dele — disse um homem.

— Se ele o morder, uma vez que seja, você também se transformará em lobisomem — alertou uma mulher.

— Nada disso, morrerá com o veneno de seu bafo — discordou outro homem.

— Se ele sentir o gosto de seu sangue, vai persegui-lo até acabar com você — propôs alguém.

O irmão Peter, Luca e as duas mulheres entraram pela porta da frente da estalagem e alugaram quartos para si e estábulos para os cavalos. Luca também alugou uma sala de jantar com vista para a arena no pátio e foi à janela ver seu criado, Freize, na frente do cercado, com a fera que se contorcia na rede. Como Luca esperava, Freize não fora capaz de deixar nem mesmo um monstro preso na rede e sozinho.

— Pegue um balde de água para ele beber e um naco de carne para comer quando se soltar — disse Freize ao cavalariço da estalagem. — E talvez uma fatia de pão, caso ele goste.

— Esta é uma besta do inferno — protestou o cavalariço. — Não vou servir nada a ela. Não entrarei na arena com ela. E se bafejar em mim?

Freize o encarou por um momento, como se fosse discutir, mas assentiu.

— Que seja — disse. — Alguém aqui tem alguma compaixão pelo animal? Não? Têm coragem para pegá-lo e atormentá-lo, mas não para lhe dar de comer, hein? Bem, eu mesmo o alimentarei e depois, quando ele tiver se soltado desses nós e se recuperado de ser arrastado pela estrada por 2 quilômetros, terá direito a um gole de água e um pedaço de carne.

— Cuidado, ou ele o morderá! — gritou alguém, e todos riram.

— Ele não me morderia — respondeu Freize, com frieza. — Pois ninguém toca em mim sem minha permissão e eu não sou tão burro a ponto de entrar lá quando ele se soltar. Ao contrário de alguns, que viveram ao lado dele e se queixaram de tê-lo ouvido farejar em sua porta, mas levaram meses para capturar o pobre animal.

Um coro de protestos irritados se elevou, mas Freize ignorou.

— Alguém me ajudará? — perguntou de novo. — Bem, nesse caso pedirei que todos saiam: não sou de um espetáculo itinerante.

A maioria deles saiu, mas alguns mais novos ficaram em seus lugares, na plataforma construída fora da arena para que um espectador pudesse ver por cima da barreira. Freize não falou mais nada, apenas ficou ali parado, esperando pacientemente, até se mexerem, xingando-o por interferir, e partirem.

Quando o pátio estava vazio, Freize pegou um balde de água na bomba e foi à cozinha buscar um pedaço de carne crua e uma fatia de pão. Colocou-os dentro da arena, olhando para a janela de onde Luca e as duas mulheres observavam.

— Logo saberemos o que o pequeno lorde fará de você — comentou para o calombo na rede, que se mexeu e ganiu. — Mas Deus o guiará a tratá-lo com justiça, mesmo que você seja de Satã e deva morrer com uma flecha de prata no coração. E eu continuarei alimentando-o e lhe dando água, porque você é uma das criaturas de Deus. Mesmo que seja um dos Caídos, o que duvido que tenha sido decisão sua.

A inquisição sobre o lobisomem começou logo após a refeição. As duas mulheres foram para o quarto enquanto os dois homens, o irmão Peter e Luca, receberam uma testemunha atrás da outra para dizer como o lobisomem atormentara a aldeia.

Durante toda a tarde, ouviram histórias de barulhos à noite, de maçanetas de portas trancadas serem testadas suavemente e perdas nos rebanhos de ovelhas que andavam pelos pastos sob a guarda dos meninos locais. Os garotos falaram de um lobo enorme, que corria sozinho, saía da floresta e arrebanhava um cordeiro que se afastara para longe demais da mãe. Diziam que o lobo, às ve zes, corria sobre as quatro patas e, outras vezes, se erguia como um homem. Estavam apavorados e não levavam mais as ovelhas para os pastos mais altos, insistindo em ficar perto da aldeia. Um garoto, um pastorzinho de 6 anos, disse-lhes que o irmão mais velho fora devorado pelo lobisomem.

— Quando foi isso? — perguntou Luca.

— Há pelo menos sete anos — respondeu o menino. — Pois não o conheci: ele foi apanhado um ano antes de eu nascer, e minha mãe nunca parou de se lamentar.

— O que aconteceu? — perguntou Luca.

— Esses aldeões contam todo tipo de história — murmurou o irmão Peter para Luca. — Aposto que o menino está mentindo ou o irmão morreu de alguma doença repugnante que eles não querem admitir.

— Minha mãe estava procurando um cordeiro, e ele foi junto, como sempre fazia — contou o menino. — Ela diz que se sentou apenas por um momento, com ele no colo. Estava tão cansada que fechou os olhos só por um minutinho, e, quando acordou, ele tinha sumido. Pensou que ele houvesse apenas se afastado um pouco e chamou por ele, procurando ao redor, mas nunca mais o encontrou.

— Uma estupidez absoluta — observou o irmão Peter.

— Mas por que ela crê que o lobisomem o pegou? — indagou Luca.

— Ela viu as marcas de um lobo no chão úmido perto do regato — respondeu o menino. — Correu e gritou sem parar. Como não o encontrou, voltou correndo para casa e falou com meu pai. Ele saiu por dias, seguindo o rastro da alcateia, mas nem ele, que é o melhor caçador da aldeia, conseguiu encontrar os lobos. Foi quando souberam que foi um lobisomem que levou meu irmão. Levou-o e desapareceu, como sempre fazem.

— Falarei com sua mãe — decidiu Luca. — Pode pedir a ela que venha a mim?

O menino hesitou.

— Ela não virá — respondeu. — Ainda está de luto por ele. Não gosta de falar nisso. Não quer falar sobre isso.

O irmão Peter se curvou para Luca e murmurou.

— Já ouvi histórias parecidas uma dezena de vezes. É provável que houvesse alguma coisa de errado com a criança e que a mãe o tenha afogado no regato, voltando com uma história estapafúrdia para contar ao marido. Ela não gostará de ser questionada a respeito, e não há vantagem alguma em desenterrar a verdade. O que está feito está feito.

Luca se virou para o clérigo e ergueu os papéis, ocultando o rosto dos olhos do menino.

— Irmão Peter, estou conduzindo uma inquisição a respeito de um lobisomem. Falarei com todos que tiverem algum conhecimento de tal visitante satânico. Sabe que é meu dever. Se, durante o inquérito, descobrir uma aldeia condescendente com o assassinato de um bebê, também investigarei isso. É minha tarefa investigar todos os medos da cristandade: todos, dos maiores aos menores pecados. É meu trabalho saber o que está acontecendo e se isto indica o fim dos tempos. A morte de um bebê, a chegada de um lobisomem... tudo isso são evidências.

— Precisa saber de tudo? — perguntou o irmão Peter, cético. — Não podemos deixar de lado coisas menores?

— Tudo — assentiu Luca. — E é a maldição que carrego, assim como o lobisomem. Ele precisa de selvageria e violência. Eu preciso de conhecimento. A diferença é que estou a serviço de Deus. Ele está a serviço do Diabo e, portanto, condenado à morte.

Ele se virou para o menino.

— Irei até sua mãe.

Ele se levantou. Os dois homens e o menino, que ainda protestava um pouco e estava vermelho até as orelhas, desceram a escada e saíram da estalagem. Ao passarem pela porta da frente, deram com Isolde e Ishraq, que desciam a escada.

— Aonde vão? — perguntou Isolde.

— Visitar a esposa de um lavrador, a mãe deste jovem — respondeu Luca.

As meninas olharam para o irmão Peter, cujo rosto estava impassível, mas com sinais claros de desaprovação.

— Podemos ir também? — perguntou Isolde. — Iríamos dar um passeio.

— Isso é uma inquisição, não uma visita social — resmungou o irmão Peter.

Mas Luca interveio:

— Ora, por que não?

Isolde caminhava ao lado do inquisidor. O pequeno pastor, dividido entre constrangimento e orgulho por toda aquela atenção, foi à frente. Seu cão, que estivera deitado na sombra de uma carroça em frente à estalagem, levantou as orelhas ao vê-lo e correu em seus calcanhares.

Ele os guiou para fora da empoeirada praça do mercado, subindo por um pequeno lance de escadas rudimentares até uma trilha sinuosa, na encosta da montanha, que seguia o curso de uma corredeira. Acabaram em uma pequena fazenda. Havia um lindo lago de patos para além do terreno e uma cascata no pequeno penhasco atrás dele. Um telhado desmantelado de lajotas avermelhadas cobria uma parede tosca de pau-a-pique, que fora caiada muitos anos antes e, agora, tinha uma leve cor amarelada. Não havia vidro nas janelas, mas os postigos estavam abertos para o sol da tarde. Galinhas ciscavam no jardim, e um porco com leitões ficava na horta cercada ao lado. No campo atrás, havia duas preciosas vacas, uma delas com um novilho. Enquanto subiam o caminho calçado de pedras, a porta da frente se abriu e de lá saiu uma mulher de meia-idade com o cabelo preso por um lenço e um avental de estopa sobre o vestido simples. Ela parou, surpresa, ao ver os riscos estranhos.

— Bom dia a todos. — Olhou de um a outro. — O que houve, Tomas, para trazer essa gente tão elegante aqui? Ele não se meteu em problemas, não é, senhor? Posso lhes oferecer um refresco?

— Este é o homem da estalagem que trouxe o lobisomem — disse Tomas, num fôlego só. — Ele veio vê-la, mesmo que eu tenha dito para não vir.

— Não devia ter contado nada disso a ele — retrucou ela. — Não cabe a meninos pequenos, meninos pequenos e sujos, falar com superiores. Vá pegar um jarro da melhor cerveja no alambique e não diga nem mais uma palavra. Senhores, senhoras... querem se sentar?

A mulher indicou um banco junto a um murinho de pedra na frente da casa. Isolde e Ishraq se sentaram e sorriram para ela.

— É raro termos companhia por aqui — comentou. — E nunca damas.

Tomas saiu da casa carregando dois bancos rudemente entalhados para o irmão Peter e Luca, então saiu correndo para pegar o jarro de cerveja, um copo e três canecas. Timidamente, ofereceu o copo a Isolde e serviu a cerveja nas canecas para os outros.

Luca e o irmão Peter se sentaram, e a mulher ficou de pé diante deles, torcendo o canto do avental.

— Ele é um bom menino — repetiu. — Não teve intenção de dizer tolices. Peço desculpas se ofendeu os senhores.

— Não, não, ele foi educado e prestativo — disse Luca.

— Ele é motivo de orgulho para a senhora — garantiu Isolde.

— E ficará muito grande e forte — observou Ishraq.

O rosto da mãe irradiava orgulho.

— É, é sim — disse ela. — Todos os dias, agradeço ao Senhor por tê-lo em minha vida.

— Mas a senhora teve outro filho, antes dele. — Luca baixou a caneca e falou com gentileza. — Ele nos contou que tinha um irmão mais velho.

Uma sombra passou pelo rosto largo e bonito da mulher, e ela pareceu muito cansada.

— Tinha. Deus me perdoe por ter tirado os olhos dele por um momento. — Ao pensar no outro filho, a mulher não conseguiu mais falar: virou a cabeça.

— O que aconteceu? — perguntou Isolde.

— Ai, ai, eu o perdi, saiu de minhas vistas por um segundo. Deus me perdoe por aquele segundo, mas eu era uma jovem mãe e estava tão cansada que adormeci. Em um instante, ele desapareceu.

— Na floresta? — incitou Luca.

Um gesto silencioso com a cabeça confirmou o fato.

Isolde levantou-se e empurrou a mulher com gentileza, para que ela se sentasse no banco.

— Ele foi levado pelos lobos? — perguntou, em voz baixa.

— Creio que foi — disse a mulher. — Havia rumores de lobos na mata naquela época. Foi por isso que saí para procurar o cordeiro, na esperança de encontrá-lo antes do cair da noite. — Ela apontou para as ovelhas no campo. — Não temos um grande rebanho, cada animal é importante para nós. Sentei-me por um instante, o menino estava cansado, então paramos para repousar. Ele ainda não tinha 4 anos, Deus o abençoe. Sentei-me com ele por um momento e adormeci. Quando acordei, ele tinha sumido.

Isolde colocou a mão no ombro da mulher, num gesto reconfortante.

— Encontramos a pequena camisa que usava — continuou a mulher, com a voz trêmula pelas lágrimas contidas.

— Mas só meses depois. Um dos garotos a achou quando procurava ninhos de aves na floresta. Estava sob um arbusto.

— Havia sangue nela? — perguntou Luca.

Ela negou com a cabeça.

— Fora lavada pela chuva — respondeu. — Mas a levei ao padre e rezamos um serviço por sua alma inocente. O padre disse que eu deveria enterrar meu amor por ele e ter outro filho. Foi quando Deus me deu Tomas.

— Os aldeões capturaram uma fera que dizem ser um lobisomem — comentou o irmão Peter. — A senhora acusaria essa fera de ter matado seu filho?

Ele esperava que ela explodisse, que soltasse uma acusação aos gritos, mas ela o encarou, cansada, como se já tivesse pensado e se preocupado com isso por muito tempo.

— Claro que, quando soube que havia um lobisomem, pensei que pudesse ter levado meu Stefan. Mas não sei. Nem mesmo posso dizer que foi um lobo que o pegou. Ele pode ter andado para longe, caído no rio e se afogado, ou despencado numa ravina... Ou ter apenas se perdido na floresta. Vi rastros de lobos, mas não vi pegadas do meu filho. Penso nisso em cada dia da minha vida e ainda não sei.

O irmão Peter assentiu e franziu os lábios. Então olhou para Luca.

— Quer que eu escreva a declaração e a faça colocar sua marca nela?

Luca negou.

— Mais tarde, se julgarmos necessário. — Ele fez uma mesura à mulher. — Obrigado por sua hospitalidade, senhora. Por que nome devo chamá-la?

Ela esfregou o rosto com o canto do avental.

— Meu nome é Sara Rossi — disse. — Esposa de Raul Rossi. Temos um bom nome na aldeia, todos podem dizer quem sou.

— A senhora testemunharia contra o lobisomem?

Ela abriu um sorriso fraco que ocultava um mundo de tristeza.

— Não me agrada falar nisso — respondeu, apenas. — Procuro não pensar no assunto. Tentei fazer o que o padre sugeriu, e enterrei minha tristeza com aquela pequena camisa. Agradeço a Deus por meu segundo filho.

O irmão Peter hesitou.

— Nós o colocaremos em julgamento, e, se for provado que é um lobisomem, ele morrerá.

Ela assentiu.

— Isso não traria meu menino de volta — murmurou em resposta. — Mas ficarei feliz em saber que meu filho e todas as crianças estarão seguros no pasto.

Eles se levantaram e foram embora. O irmão Peter deu o braço a Isolde enquanto caminhavam pela trilha pedregosa, e Luca ajudou Ishraq.

— Por que o irmão Peter não acredita nela? — Ishraq aproveitou para perguntar enquanto tinha a mão de Luca em seu braço e estava perto o suficiente para falar em voz baixa. — Por que ele é sempre tão desconfiado?

— Não é sua primeira inquisição. Já viajou e viu muito. Sua dama, Isolde, foi muito branda com ela.

— Ela tem o coração mole — disse Ishraq. — Crianças, mulheres, mendigos... sua bolsa está sempre aberta para eles, e seu coração sempre os acompanha. A cozinha do castelo preparava duas dúzias de jantares aos pobres, todos os dias. Ela sempre foi assim.

— E ela um dia amou alguém em particular? — perguntou Luca, despreocupado. Havia uma pedra grande no caminho e ele passou por cima dela, virando-se para ajudar Ishraq.

Ela riu.

— Isso não lhe diz respeito — respondeu. Quando ela percebeu que ele corava, disse: — Ah, inquisidor! Realmente precisa saber de tudo?

— Eu só estava interessado...

— Ninguém. Ela devia se casar com um homem gordo, pecaminoso e complacente, a quem jamais teria considerado. Jamais teria cedido a ele. Fez os votos de celibato com facilidade, isso não é problema para ela. Ela ama suas terras e seu povo, nenhum homem foi objeto de suas fantasias. — A mulher fez uma pausa, como se para provocá-lo. — Até agora — admitiu.

Luca olhou para o outro lado.

— Uma jovem tão bela e já comprometida...

— É bem verdade — disse Ishraq. — Mas fale-me do irmão Peter. Ele é sempre tão infeliz?

— Ele suspeitava daquela mãe — explicou Luca. — Acha que ela talvez tenha matado o próprio filho e tentado culpar um ataque de lobos. Eu não penso assim, mas, naturalmente, nessas aldeias longínquas, tais coisas acontecem.

Ela balançou a cabeça, decidida.

— Não ela, essa é uma mulher com horror a lobos — disse. — Não é por acaso que não foi à aldeia, embora todos os outros estivessem lá para vê-los trazer o animal.

— Como sabe disso?

Ishraq o encarou como se ele fosse cego.

— Não viu o jardim?

Luca tinha uma vaga lembrança de um jardim bem cuidado, cheio de flores e ervas. Havia um canteiro de verduras e ervas próximo da porta da cozinha, e flores e lavanda ondulavam pelo caminho. Havia algumas abóboras gordas crescendo em um canteiro, uvas roliças na parreira que se torcia em volta da porta. Era um típico jardim de chalé: plantado em parte pelos remédios e em parte pela cor.

— Claro que vi, mas não me lembro de nada especial.

Ela sorriu.

— Ela cultiva uma dúzia de espécies diferentes de acônito, em meia dúzia de cores, e o filho tinha um ramo fresco dessas flores no chapéu. Ela o cultiva em cada janela e em cada porta. Nunca vi tal coleção, e em todas as cores que existem, entre rosa, branco e roxo.

— E daí? — perguntou Luca.

— Não conhece as ervas? — perguntou Ishraq, provocando. — Um grande inquisidor como o senhor?

— Não como você. O que é acônito?

— O nome vulgar do acônito é veneno-de-lobo. As pessoas o usam contra lobos e lobisomens há centenas de anos. O pó de suas flores secas e maceradas é veneno para lobos, e um lobisomem se transforma em humano outra vez se comer essas flores. Numa dose letal, pode matar um lobisomem imediatamente, tudo depende da destilação da erva e da quantidade que o lobo pode ser obrigado a ingerir. Certamente, nenhum lobo tocará na erva, nenhum lobo se aproximará dela. Eles não deixam que sua pelagem sequer roce nos arbustos. Nenhum lobo pode entrar naquela casa, ela construiu uma fortaleza de acônito.

— Acredita que isto prove que sua história é verdadeira e que ela teme o lobo? Que ela plantou a erva para se proteger do lobo, caso ele volte?

Ishraq indicou com a cabeça o menino, que saltitava à frente deles como um cordeiro, levando-os de volta à aldeia. Havia um ramo fresco de acônito na faixa de seu chapéu.

— Acho que a mãe está protegendo o garoto.

Uma pequena multidão estava reunida em torno do portão do pátio quando Luca, o irmão Peter e as mulheres voltaram à estalagem.

— O que é isso? — perguntou Luca, abrindo caminho até a frente da multidão.

Freize mantinha o portão entreaberto e admitia uma pessoa de cada vez, mediante o pagamento de meio groat. As moedas tilintavam em sua mão.

— O que está fazendo? — perguntou Luca, lacônico.

— Deixando que as pessoas vejam a fera — respondeu Freize. — Como havia tanto interesse, decidi permitir. Pensei que seria para o bem de todos, acho possível demonstrar a majestade de Deus mostrando este pobre pecador ao povo.

— E o que o faz pensar que tem o direito de cobrar por isso?

— O irmão Peter sempre fica angustiado demais com as despesas — explicou Freize, tentando ser agradável, indicando o copista. — Pensei que seria bom se a besta fizesse uma contribuição para os custos de seu julgamento.

— Isso é ridículo — disse Luca. — Feche o portão. As pessoas não podem ficar entrando para ver o animal. Isso é uma inquisição, não um espetáculo mambembe.

— As pessoas vão querer vê-lo — opinou Isolde. — Se pensam que foi ele quem andou ameaçando a elas e a seus rebanhos por anos. Elas vão querer ver que foi capturado.

— Bem, que vejam. Mas não pode cobrar por isso — concluiu Luca, irritado. — Não foi você que o apanhou, por que se intitulou seu guardião?

— Porque eu soltei as amarras e o alimentei — respondeu Freize, soando sensato.

— Ele está solto? — perguntou Luca, e Isolde lhe fez eco, nervosa:

— Você o soltou?

— Cortei as cordas e saí do cercado a toda velocidade. Depois ele rolou e se arrastou para fora da rede — disse Freize. — Bebeu um pouco, comeu um pedaço da carne e agora está deitado de novo, descansando. Não é lá um grande espetáculo, mas essas são pessoas simples e não acontece muita coisa por aqui. E eu cobro metade do preço a crianças e idiotas.

— Só vejo um idiota aqui — respondeu Luca, sério. — E não é da aldeia. Deixe-me entrar, quero vê-lo. — Ele passou pelo portão, e os outros o seguiram. Freize cobrou as moedas dos outros aldeões em silêncio e abriu o portão para todos.

— Eu posso apostar que não é um lobo — sussurrou Freize a Luca.

— O que quer dizer?

— Quando ele se soltou da rede, pude ver. Agora está enroscado sob a sombra, então é mais difícil de distinguir. Mas não é um animal que eu já tenha visto nessa vida. Tem garras longas e juba, mas se apoia tanto nas pastas traseiras quanto nas quatro de uma vez, bem diferente de um lobo.

— Mas que tipo de animal ele *é*? — perguntou Luca.

— Não sei bem — admitiu Freize. — Mas não é nada parecido com um lobo.

Luca assentiu e foi à arena. Havia alguns degraus toscos de madeira e, instalado na plataforma, um arco de cavaletes para que os espectadores do açulamento de ursos pudessem ficar fora da arena e olhar por cima da cerca.

Luca subiu a escada e andou entre os cavaletes para que o irmão Peter, as duas mulheres e o pequeno pastor também pudessem subir.

A fera estava agachada contra o muro mais distante, as pernas metidas por baixo do corpo. Tinha uma juba longa

219

e grossa, uma pelagem marrom escurecida pelas intempéries, descolorida pela lama e pelas cicatrizes. No pescoço, havia duas novas queimaduras de corda, e, de quando em quando, o animal lambia uma pata ferida. Dois olhos negros fitavam por entre a juba embaraçada, e, sentindo o olhar de Luca, a fera arreganhou os dentes e rosnou.

— Devíamos amarrá-lo e tirar um pedaço de pele — sugeriu o irmão Peter. — Se for um lobisomem, por baixo haverá pelo, será prova suficiente.

— Deviam matá-lo logo com uma flecha de prata — sugeriu um dos aldeões —, antes que a lua fique maior. Ele ficará mais forte, eles crescem com a lua. Melhor matar agora enquanto está preso e sem seu poder pleno.

— Quando será a lua cheia? — perguntou Luca.

— Amanha à noite — respondeu Ishraq. O menino ao lado dela pegou o acônito no chapéu e jogou para o animal enroscado. Ele se retraiu.

— Aí está! — disse alguém na multidão. — Viram? Ele teme o veneno-de-lobo. É um lobisomem! Devemos matá-lo agora mesmo, não podemos nos demorar! Devemos matá-lo enquanto está fraco!

Alguém pegou uma pedra e a atirou. Acertou o animal no dorso, e ele se encolheu, rosnou e se afastou, como se quisesse cavar uma saída pelo muro alto da arena de urso.

Um dos homens se virou para Luca.

— Excelência, não temos prata suficiente para fazer uma flecha. Teria alguma prata em seu poder que possamos comprar e forjar numa ponta de flecha? Ficaríamos muito gratos. Caso contrário, teremos de ir ao usurário de Pescara, o que levará dias.

Luca olhou para o irmão Peter.

— Temos alguma prata — disse o copista, com cautela. — É propriedade sagrada da Igreja.

— Podemos vendê-la — determinou Luca. — Mas vamos esperar pela lua cheia antes de matarmos a fera. Quero ver a transformação com meus próprios olhos. Quando eu a vir se transformar em um grande lobo, saberemos
que é a fera de que falam, e poderemos matá-la enquanto
estiver na outra forma.

O homem assentiu.

— Faremos a flecha de prata agora, para que fique pronta. — Ele foi à estalagem com o irmão Peter, discutindo um
preço justo pela prata, e Luca se virou para Isolde e respirou fundo. Sabia que estava nervoso como um menino.

— Eu ia lhe perguntar, pretendia mencionar mais
cedo... Só há uma sala de jantar ali... Jantará conosco
essa noite?

Ela ficou um tanto surpresa.

— Pensei que Ishraq e eu comeríamos em nosso quarto.

— As duas podem comer conosco à mesa grande da
sala de jantar — disse Luca. — Fica mais perto da cozinha, e a comida estará mais quente e fresca, direto do
forno. Não pode haver objeções.

Ela desviou os olhos, corando.

— Eu gostaria de...

— Por favor, aceite — disse Luca. — Queria seus conselhos sobre... — Ele emudeceu, incapaz de pensar em
alguma coisa.

Ela logo percebeu sua hesitação.

— Meus conselhos sobre o quê? — perguntou, com o
riso se insinuando pelos olhos. — Já decidiu o que fazer
com o lobisomem e logo terá as ordens para a próxima
missão. Para que pode precisar de minha opinião?

221

Ele sorriu com tristeza.

— Não sei. Não tenho nada a dizer. Só queria sua companhia. Estamos viajando juntos, a senhorita e eu, o irmão Peter e Ishraq, Freize, que jurou ser seu escudeiro... Só achei que podiam jantar conosco.

Ela sorriu pela franqueza.

— Ficarei feliz em passar o jantar com vocês — disse, com sinceridade.

Estava consciente de que queria tocá-lo, colocar a mão em seu ombro ou mesmo se aproximar dele. Não julgava que fosse desejo o que sentia. Era mais um anseio de ficar perto dele, de ter a mão dele em sua cintura, de ter sua cabeça morena perto da dela, de ver um sorriso brilhar em seus olhos castanhos.

Ela sabia que estava sendo tola, que se aproximar dele, um noviço preparado para o sacerdócio, era um pecado. Ela própria já estava infringindo os votos que fizera quando ingressou na abadia. Então recuou um passo.

— Ishraq e eu iremos cheirosas ao jantar — comentou ao acaso. — Ela pediu ao estalajadeiro para levar a tina a nosso quarto. Eles pensam que somos loucas e imprudentes por nos banharmos quando nem mesmo é Sexta-Feira da Paixão, quando tomam o banho anual. Mas insistimos que não adoeceríamos por isso.

— Esperarei vocês no jantar, então — respondeu ele —, limpas como se fosse Páscoa.

Ele pulou da plataforma e estendeu as mãos para ajudá-la. Ela o deixou baixá-la e, enquanto ele a colocava de pé, segurou-a por um segundo mais que o necessário, para se certificar de que ela estava firme. Ele sentiu que Isolde se curvava um pouco para ele, não parecia ter feito algo de errado. Mas ela se afastou e Luca teve certeza de ter cometido um erro. Não conseguia interpretar seus movimentos, não imaginava o que ela estava pensando. Além disso, estava preso a votos de celibato e não podia se aproximar dela. De qualquer modo, ela dissera que iria ao jantar e também que gostaria de jantar com ele. Pelo menos disso ele tinha certeza enquanto a via entrar pela porta escura da estalagem com Ishraq.

Luca levantou a cabeça, constrangido, mas Freize não tinha visto o pequeno diálogo. Estava atento ao lobisomem que não parava de rodar, como fazem os cães antes de se deitar. Quando se acomodou e não se mexeu, Freize anunciou à pequena plateia:

— Agora ele vai dormir. O espetáculo acabou. Podem voltar amanhã.

— E amanhã o veremos de graça — reivindicou alguém. — É nosso lobisomem, nós o pegamos, não há motivo para que nos cobre para vê-lo.

— Ah, mas eu o alimentei — disse Freize. — E meu senhor paga por sua manutenção. E ele examinará a criatura e a executará com nossa flecha de prata. Isso o torna nosso.

Eles resmungaram sobre o custo de ver a fera enquanto Freize os enxotava do pátio e fechava o portão as suas costas. Luca entrou na estalagem, e Freize foi à porta dos fundos da cozinha.

— Tem alguma coisa doce? — perguntou à cozinheira, uma mulher roliça de cabelos pretos, que já fora alvo da bajulação mais descarada de Freize. — Ou melhor dizendo, teria algo com metade da doçura de seu sorriso? — corrigiu-se.

— Fora! — reclamou ela. — O que está querendo?

223

— Uma fatia de pão fresco com uma colherada de geleia seria muito bem-vindo — respondeu Freize. — Ou umas ameixas cristalizadas, quem sabe?

— As ameixas são para o jantar da senhora — negou ela, com firmeza. — Mas posso lhe dar uma fatia de pão.

— Ou duas — sugeriu Freize.

Ela balançou a cabeça, em fingida censura, mas cortou duas grossas fatias de um pão de centeio, completou com duas colheradas de geleia e as uniu face a face.

— Pronto, e não volte para pedir mais. Estou preparando o jantar e não posso lhe dar comida na porta da cozinha ao mesmo tempo. Nunca tive tantos hóspedes ilustres de uma só vez, e um deles nomeado pelo Santo Padre! Já tenho muito que fazer sem você na porta dia e noite.

— Você é uma princesa. — assegurou-lhe Freize. — Uma princesa disfarçada. Não me surpreenderia se um dia alguém aparecesse e a levasse para ser princesa num castelo.

Ela riu, deliciada, e o empurrou para fora da cozinha, batendo a porta. Freize subiu outra vez à plataforma de observação e olhou para a arena de urso, onde o lobisomem estava estendido e deitado, imóvel.

— Ei. — Freize agitou a fatia de pão com geleia. — Ei... Quer pão com geleia? Eu quero.

A fera levantou a cabeça e olhou desconfiada para Freize. Ergueu os lábios num rosnado mudo. Freize deu uma dentada nas duas fatias, depois partiu um pedaço pequeno e o jogou para o animal.

A fera se retraiu quando o pão caiu, mas sentiu o cheiro e se inclinou para ela.

— Ande — sussurrou Freize, estimulando-o. — Coma. Experimente. Pode gostar.

224

A fera farejou o pão com desconfiança e avançou furtivamente para a comida, primeiro nas grandes patas dianteiras, uma de cada vez, depois com todo o corpo. Farejou-a, lambeu-a e, em seguida, devorou-a com único movimento rápido e faminto. Depois ficou sentado como uma esfinge, olhando para Freize.

— Muito bem — disse Freize, estimulando-o. — Quer mais?

O animal assistiu a Freize dar uma pequena mordida, comer com prazer e mais uma vez partir um pedaço e jogar no cercado. Desta vez ele não se retraiu, seguindo atentamente o arco do lançamento, e foi depressa para onde o pão caiu, no meio da arena. Se aproximava cada vez mais de Freize, curvado sobre o muro.

— Muito bem. — Freize usou o mesmo tom gentil.

— Agora, um pouquinho mais perto. — Ele largou o último pedaço de pão muito perto de onde estava, mas o lobisomem não se atreveu a se aproximar. Desejava o pão com geleia de cheiro doce, mas temia Freize, embora ele estivesse imóvel e sussurrasse palavras de estímulo.

— Muito bem — disse, com brandura. — Você chegará mais perto para o jantar mais tarde, não tenho dúvidas. — Ele desceu da plataforma e encontrou Ishraq, que o observava da porta da estalagem.

— Por que o está alimentado assim? — perguntou.

Freize deu de ombros.

— Queria vê-lo direito — disse. — Pensei em ver se ele gostava de pão com geleia.

— Todos o odeiam — observou ela. — Planejam sua execução para daqui a duas noites. E você lhe dá pão com geleia.

— O pobre bicho. — Foi a resposta. — Duvido que ele quisesse ser lobisomem, deve ter simplesmente acontecido. E agora vai morrer por isso. Não me parece justo.

Ele foi recompensando com um sorriso rápido.

— Não é justo — concordou ela. — E você tem razão, talvez seja apenas a natureza dele. Pode ser somente uma espécie de animal diferente de qualquer outro que já vimos. Como uma criança trocada: não pertence ao lugar onde por acaso está.

— E não vivemos num mundo que gosta de diferenças — lembrou Freize.

— Isso é verdade — concordou a mulher, que fora diferente de todos desde o nascimento, com a pele escura e os olhos negros e oblíquos.

— Ora essa — disse Freize, passando o braço pela cintura de Ishraq. — Você é uma menina de coração gentil. Que tal um beijo?

Ela ficou imóvel, nem cedendo à pressão suave, nem fugindo. Sua imobilidade era mais perturbadora do que se ela tivesse dado um salto, aos gritos. Ela parecia uma estátua, e Freize postou-se ao seu lado, sem avançar e com vontade de tirar o braço, mas agora não podia fazer isso.

— É melhor me soltar imediatamente — ameaçou ela, com voz muito baixa. — Freize, estou avisando. Deixe-me ir ou será pior para você.

Ele tentou dar uma risada confiante. Não se saiu muito bem.

— O que faria? — perguntou. — Bateria em mim? Eu aceitaria com prazer murros na orelha de uma mulher como você. Farei uma proposta: esmurre minhas orelhas e depois me dê um beijo para melhorar!

— Eu o jogarei no chão — disse ela, calma e determinada. — Doerá, e você se sentirá um tolo.

Ele intensificou o aperto, aceitando o desafio.

— Ah, linda donzela, nunca deve ameaçar com o que não pode cumprir. — Ele riu, colocando a outra mão sob o queixo de Ishraq, tentando virar o rosto para um beijo.

Tudo aconteceu tão rápido que ele não entendeu bem como se deu. Num instante tinha o braço em sua cintura e se reclinava para beijá-la, no outro ela havia usado esse mesmo braço para girá-lo, agarrá-lo e jogá-lo de costas nas pedras duras do pátio enlameado. A cabeça dele estava vibrando por causa da queda, e ela estava parada em frente à porta aberta da estalagem.

— Eu nunca ameaço se não posso cumprir — disse ela, sem perder o fôlego. — E é melhor que se lembre de nunca tocar em mim sem meu consentimento.

Freize sentou-se, colocou-se de pé, espanou o casaco e os calções, e sacudiu a cabeça tonta. Quando olhou para cima de novo, ela havia sumido.

O criado da cozinha trabalhava na escada, carregando baldes de água quente até a porta do quarto das mulheres para que Ishraq ou Isolde os pegassem e os despejassem na tina instalada diante da lareira do quarto. Era uma grande tina de madeira, metade de um barril de vinho, e Ishraq a forrara com um lençol e despejara um pouco de óleo aromático. Elas fecharam e aferrolharam a porta na cara do menino, despiram-se e entraram na água vaporosa. Isolde passou gentilmente a esponja no ombro e nos braços cheios de hematomas de Ishraq, depois a girou e virou a cabeça para trás para lavar o cabelo preto.

O fogo brilhava em suas peles molhadas e reluzentes, e as mulheres conversavam em voz baixa, deleitando-se com a água quente e o calor bruxuleante da lareira. Isolde penteou o cabelo preto e cheio de Ishraq com óleos, depois o prendeu no alto da cabeça.

— Pode lavar o meu? — Ela se virou para que Ishraq ensaboasse suas costas e ombros, e lavasse seu emaranhado cabelo dourado.

— Sinto como se toda a terra da estrada estivesse em minha pele — disse Isolde, pegando um punhado de sal do prato ao lado da tina e esfregando-o com óleo nas mãos e nos braços.

— Bem, tem mesmo uma pequena floresta em seus cabelos — respondeu Ishraq, tirando gravetos e folhas da cabeça loura.

— Ah. Tire! — exclamou Isolde. — Penteie tudo, quero que fique bem limpo. Pretendo deixar os cabelos soltos essa noite.

— Enrolados nos ombros? — perguntou Ishraq, puxando um cacho.

— Creio que posso usar meu cabelo como preferir — respondeu, virando a cabeça de leve. — Não é da conta de mais ninguém como uso meu cabelo.

— Ah, é verdade — concordou Ishraq. — E certamente o inquisidor não tem interesse algum se seu cabelo está cacheado, limpo e espalhado nos ombros, ou preso sob o véu.

— Ele é jurado à Igreja, assim como eu — disse Isolde.

— Seus votos foram forçados na época e nada representam. E, pelo que sei, o caso dele é o mesmo — respondeu Ishraq, franca.

Isolde se virou e a encarou enquanto a espuma de sabão escorria por suas costas nuas.

— Ele é jurado à Igreja — repetiu ela, hesitante.

— Ele foi colocado na Igreja quando era criança, antes que entendesse a que estava sendo prometido. Mas agora é um homem e olha para você como se fosse livre

Isolde ficou vermelha dos pés à cabeça.

— Ele olha para mim?

— Você sabe que sim.

— Ele olha para mim...

— Com desejo.

— Não pode dizer isso! — exclamou, rejeitando a ideia.

— Pois digo... — insistiu Ishraq.

— Não, não diga...

Luca saiu ao pátio para dar uma última olhada no lobisomem antes do jantar. De pé na plataforma e de costas para a estalagem, ele percebeu que podia ver as mulheres na tina por um reflexo na janela oposta. Sabia que devia virar o rosto. Mais que isso, deveria entrar na estalagem imediatamente, sem olhar para cima outra vez. Sabia que a imagem das duas lindas mulheres, nuas no banho, arderia em sua mente como ferro em brasa, e que ele jamais seria capaz de esquecer aquela visão: Ishraq torcendo um dos cachos louros de Isolde nos dedos castanhos, passando unguento em cada curva e prendendo-o delicadamente no alto para depois ensaboar as costas peroladas da amiga com delicadeza. Luca ficou paralisado, incapaz de desviar o olhar, sabendo que cometia uma violação imperdoável ao espioná-las, que aquilo era um insulto terrível a elas e, ainda pior, um pecado venial. Por fim, ao saltar da plataforma e entrar na estalagem aos tropeços, sabia que fora muito além do apreço, do respeito e do interesse por Isolde: ardia de desejo por ela.

O jantar foi insuportavelmente embaraçoso. As mulheres desceram de bom humor, com o cabelo molhado preso em tranças. As roupas limpas as deixavam alegres, como se fossem a uma festa. Foram recebidas por dois homens calados. O irmão Peter reprovava os quatro jantando juntos, e Luca não conseguia pensar em nada além do vislumbre das duas mulheres à luz da lareira, com o cabelo solto, como sereias.

Ele soltou uma saudação engasgada a Isolde e baixou a cabeça em silêncio para Ishraq. Então cercou Freize, na porta, enquanto este pegava cerveja e servia o vinho.

— Copos! As senhoritas devem usar copos.

— Estão na mesa, como qualquer tolo pode ver — respondeu Freize, ríspido. Não olhou para Ishraq, mas esfregou o ombro como se apalpasse um hematoma dolorido.

Ishraq sorriu para ele, sem se constranger.

— Machucou-se, Freize? — perguntou, com doçura.

O olhar que ele lhe lançou teria enchido qualquer outra mulher de remorso.

— Levei um coice de uma mula — respondeu. — Mulas são teimosas e estúpidas, não sabem o que é melhor para elas.

— Então é melhor deixá-la em paz — sugeriu a moura.

— Eu o farei — disse Freize, sério. — Ninguém precisa falar duas vezes com Freize, em especial se falam com violência.

— Você foi avisado — lembrou, categórica.

— Pensei que talvez fosse tímida — respondeu ele. — Aquela mula estúpida. Pensei que no início poderia resistir. Não me surpreenderia com um beliscão recatado à guisa de censura, mas ainda estimulando. O que eu não esperava era que desse coices como uma maldita jumenta.

— Bem, agora sabe — respondeu Ishraq, muito calma.

Ele baixou a cabeça, era a imagem da dignidade ferida.

— Agora sei — concordou.

— De que se trata tudo isso? — perguntou Isolde, intrometendo-se.

— Terá de perguntar a essa dama — respondeu Freize, com ênfase no substantivo.

Isolde ergueu uma sobrancelha para Ishraq, que desviou os olhos, pedindo silêncio. Nada mais foi dito entre as duas.

— Vamos esperar a noite toda pelo jantar? — indagou Luca. De repente, pensou ter falado alto demais. De qualquer modo, parecia um pirralho mimado. — Quero dizer: está pronto, Freize?

— Trarei num instante, meu senhor — respondeu Freize, com o orgulho ferido.

Ele foi ao alto da escada pedir para que o jantar fosse servido, usando a técnica simples de chamar a cozinheira aos berros.

Foram as duas mulheres que mais conversaram durante o jantar, falando do menino pastor, de sua mãe e da beleza da pequena fazenda. O irmão Peter falou pouco, mantendo um silêncio de desaprovação. Luca tentou fazer observações despreocupadas e indiferentes, mas ainda fracassava ao pensar no dourado-escuro do cabelo molhado de Isolde, no brilho quente de sua pele úmida.

— Perdoem-me — disse, de repente. — Estou muito distraído esta noite.

— Aconteceu alguma coisa? — perguntou Isolde.

O irmão Peter encarou-o por um longo tempo.

— Não. Tive um sonho, apenas isso. Ele deixou minha mente repleta de imagens, sabe como é? Quando não se consegue parar de pensar numa coisa.

— Como foi o sonho? — perguntou Ishraq.

Luca ruborizou.

— Não me lembro. Só vejo as imagens.

— Do quê?

— Também não me lembro delas — gaguejou Luca. Ele olhou para Isolde. — Deve me achar um tolo.

Ela sorriu educadamente e assentiu.

— Ameixas cristalizadas — disse Freize, trazendo-as à mesa. — Causaram um rebuliço na cozinha. E cada criança da aldeia espera na porta dos fundos por qualquer coisa que vocês deixem.

— Creio termos causado muitos problemas — comentou Isolde.

— Normalmente um grupo com senhoras vai a uma cidade maior — respondeu o irmão Peter. — Por isso vocês deveriam estar com um grupo maior de viajantes, que já tenham senhoras entre eles.

— Assim que encontrarmos tal grupo, nos uniremos a ele — garantiu Isolde. — Sei que abusamos de sua gentileza ao viajarmos com vocês.

— E como conseguirão dinheiro? — perguntou o irmão Peter, sem a menor amabilidade.

— Na verdade, temos algumas joias para vender — disse Isolde.

— E elas têm cavalos — atreveu-se Freize, da porta. — Quatro bons cavalos para vender se precisarem.

— Não pertencem a elas — protestou o irmão Peter.

— Ora, tenho certeza de que o *senhor* não os roubou dos salteadores. O pequeno lorde nunca rouba, e eu não toco em carne de cavalo roubada, então devem ser propriedade das senhoras e elas podem vendê-los — concluiu Freize, de maneira decisiva.

As duas riram.

— Que gentileza a sua — disse Isolde. — Mas talvez devêssemos dividi-los com vocês.

— O irmão Peter não pode levar bens roubados — disse Freize. — Tampouco pode cobrar uma taxa para mostrar o lobisomem, pois fere sua consciência.

— Ah, pelo amor de Deus! — exclamou Peter, com impaciência.

Luca levantou a cabeça, como se ouvisse a conversa pela primeira vez.

— Freize, pode ficar com o dinheiro por mostrar o lobisomem, mas não cobre mais do povo. Só causará ressentimento na aldeia e precisamos do consentimento e da boa vontade deles para a inquisição. E, naturalmente, as senhoras devem ficar com os cavalos.

— Então, estamos bem providas — disse Isolde, sorrindo para o irmão Peter e lançando um olhar caloroso a Luca. — Agradeço muito.

— Obrigada, Freize — murmurou Ishraq. — Pelos cavalos que vieram a um assovio seu e o seguiram.

Freize esfregou o ombro, como quem sente uma dor forte, e desviou os olhos, sem dizer nada.

Todos foram dormir cedo. A estalagem tinha apenas algumas velas, e as mulheres levaram uma luz para o quarto. Quando se aproximaram do fogo no cômodo e apagaram a luz, Ishraq abriu o postigo e olhou para o cercado de urso abaixo da janela.

No brilho quente da lua amarelada e quase cheia, ela distinguiu Freize, sentado no muro da arena com as pernas penduradas para dentro, segurando um punhado de ossos vindos do jantar.

— Venha. — Ela o ouviu sussurrar. — Sabe que gosta de ossos, deve gostar ainda mais que de pão com geleia. Guardei um pouco de gordura para você, ainda está quente e crocante. Agora venha.

Como uma sombra, o animal arrastou-se para ele e parou no meio da arena. Estava sentado sobre as pernas traseiras como um cachorro, virado de frente para o criado, com o peito claro iluminado pela luz da lua e a juba caindo da cara. Esperou, os olhos fixos em Freize, observando os pedaços em sua mão sem se atrever a se aproximar.

Freize largou um osso junto de seus pés, atirou outro um pouco mais adiante e outro ainda mais longe. Ficou parado como uma pedra enquanto o animal se contorcia até o osso mais distante. Ishraq o ouviu lamber e depois triturar o osso enquanto comia. Ele parou, lambeu os lábios e olhou com desejo para o osso seguinte, jogado no chão de terra da arena.

Incapaz de resistir ao cheiro, ele se aproximou um pouquinho e pegou o segundo osso.

— Aí está — disse Freize, tranquilizador. — Não fez mal algum, e você conseguiu seu jantar. Agora, que tal esse último?

O último estava quase abaixo de seus pés descalços e pendurados.

— Venha — disse Freize, incentivando o animal a confiar nele. — Agora venha, o que me diz? O que me diz?

234

A fera se esgueirou pelos poucos passos até o último osso, devorou-o e se afastou, mas só um pouco. Olhou para Freize. O homem, sem medo, encarava a fera.

— O que me diz? — perguntou Freize novamente. — Gosta de um corte de cordeiro? O que me diz, bichinho?

— Bom — respondeu a fera, na voz aguda de uma criança. — Bom.

Ishraq esperava que Freize saísse em disparada do muro da arena e entrasse às pressas na estalagem com a maravilhosa notícia de que a fera dissera uma palavra, mas, para sua surpresa, ele não se mexeu. Ela mesma bateu a mão na boca para reprimir um murmúrio de surpresa. Freize parecia petrificado no muro do cercado. Não se mexeu nem falou, e, por um momento, ela se perguntou se ele não teria ouvido, ou se ela ouvira errado, se, de algum modo, se enganara. Freize ainda estava sentado, parecia a estátua de um homem, e a fera sentava-se como uma estátua animal, olhando-o. Houve um longo silêncio à luz da lua.

— Bom, hein? — perguntou o criado, a voz baixa e tranquila como antes. — Ora, você é um bom animal. Mais amanhã. Talvez um pão com queijo de desjejum, veremos o que posso conseguir para você. Boa noite, bicho... Ou como devo chamá-lo? Por que nome atende, bichinho?

Ele esperou, mas a fera não respondeu.

— Pode me chamar de Freize — disse gentilmente. — E talvez eu possa ser seu amigo.

Freize passou as pernas para o lado seguro do muro e pulou. A fera ficou sobre as quatro patas, escutando, por um momento. Depois foi até o abrigo na parede mais distante, rodou ali três vezes, como um cachorro, e se enroscou para dormir.

Ishraq olhou a lua. Amanhã estaria cheia, quando os aldeões pensavam que a fera teria mais poder. O que a criatura poderia fazer, então?

Uma delegação da aldeia chegou na manhã seguinte, dizendo de maneira firme e respeitosa que não queria que a inquisição atrasasse a justiça contra o lobisomem. Não viam sentido no inquisidor falar com as pessoas e escrever coisas. Em vez disso, toda a aldeia queria ir à estalagem ao nascer da lua para ver as transformações no lobisomem e matá-lo.

Luca se reuniu com eles no pátio, e Ishraq o acompanhou, enquanto Freize, escondido no estábulo, escovava os cavalos e ouvia atentamente. O irmão Peter estava na casa, concluindo o relatório.

Três homens vieram da aldeia: o pai do menino pastor, Raul Rossi; o chefe da aldeia, Guglielmo Mugnaio e o irmão deste. Estavam convictos de que queriam ver o animal na forma de lobo, matá-lo e dar um fim à inquisição. O ferreiro estava malhando a forja na aldeia e produzindo a flecha de prata naquele instante, segundo disseram.

— Além disso, estamos preparando sua cova — disse Guglielmo Mugnaio. Era um homem de cara vermelha e redonda, com cerca de 40 anos, pomposo e presunçoso, como qualquer homem de grande importância em um pequeno vilarejo. — Fontes seguras me informaram de que um lobisomem deve ser enterrado com certas precauções, para que não ressuscite. Assim, para termos certeza de que a besta permanecerá ali depois de morta e não se mexerá em sua cova, dei ordens aos homens de abrir um buraco na encruzilhada nos arredores da aldeia. Vamos enterrá-lo com uma estaca cravada no coração e encheremos a cova de veneno-de-lobo. Uma das mulheres da aldeia, uma boa mulher, cultiva essa planta há anos. — Ele balançou a cabeça para Luca, como se quisesse tranquilizá-lo. — A flecha de prata e a estaca atravessarão seu coração, e será enterrado em uma cova de veneno-de-lobo. É assim que deve ser feito.

— Pensei que eram os mortos-vivos — disse Luca, irritado. — Pensei que os mortos-vivos é que eram enterrados em encruzilhadas.

— Precaução nunca é demais — disse o Sr. Miller, muito confiante do próprio julgamento. — Não tem sentido não fazer o que é certo, agora que finalmente o apanhamos e podemos matá-lo quando quisermos. Pensei em matá-lo à meia-noite, com a flecha de prata. Podíamos fazer um evento. Eu mesmo estarei aqui. Podemos entregar a flecha de prata a um arqueiro, e eu talvez pudesse fazer um pequeno discurso.

— Isso não é um açulamento de urso — respondeu Luca. — É uma inquisição respeitável, e fui delegado como inquisidor por Sua Santidade. Não posso ter toda a aldeia aqui, nem a sentença de morte proferida antes de ter preparado meu relatório, ou patifes vendendo assentos por um penny.

— Só havia um patife fazendo isso — comentou o Sr. Miller, com dignidade. O barulho de Freize escovando os cavalos e assoviando entre os dentes ficou mais alto. — Mas toda a aldeia deve ver a fera, vê-la morrer. Talvez o senhor não entenda, já que vem de Roma. Mas vivemos

237

com medo por tempo demais. Somos uma comunidade pequena, queremos saber que estamos a salvo. Precisamos ver que o lobisomem morreu e que podemos voltar a dormir em paz.

— Perdoe-me, senhor, mas já é demais a fera ter levado meu primogênito. Gostaria de ver seu fim, de poder contar a minha esposa que a fera está morta. — Raul Rossi, o pai do menino pastor, dirigiu-se a Luca. — Se Sara souber que a besta morreu, talvez sinta que nosso filho, Tomas, pode levar o rebanho para pastar sem medo. Poderá dormir uma noite inteira novamente. Há sete anos ela acorda com pesadelos, todas as noites. Quero que tenha paz. Se o lobisomem for morto, ela poderá se perdoar.

— Podem vir à meia-noite — decidiu Luca. — Se o animal se transformar em lobo, será nessa hora. E, se virmos uma mudança, serei o juiz e decidirei se ele se transformou em lobo. Apenas eu farei o julgamento e apenas eu determinarei a execução.

— Serei seu conselheiro? — perguntou o Sr. Miller, com esperanças. — Como homem de experiência, de posição na comunidade? O senhor me consultará? Eu o ajudarei a tomar sua decisão?

— Não. — Luca o reprimiu. — Esse não será um julgamento em que a aldeia se voltará contra um suspeito e o matará por medo e fúria. Será uma ponderação das provas e da justiça. Sou o inquisidor, eu decidirei.

— Mas quem vai disparar a flecha? — perguntou o Sr. Miller. — Temos um velho arco que a Sra. Louisa encontrou em seu sótão e refizemos a corda, mas ninguém na aldeia é treinado no uso do arco longo. Quando convocados à guerra, vamos como infantaria e usamos açoites. Não temos um arqueiro na aldeia há dez anos.

Houve um breve silêncio enquanto eles consideravam a dificuldade.

— Sei atirar com um arco longo. — Ishraq se ofereceu.

Luca hesitou.

— É uma arma poderosa. — Ele se curvou para ela e disse, baixinho. — Muito pesada de retesar. Não é como o arco feminino. Você pode ter habilidades em arco e flecha, um esporte para mulheres, mas duvido que possa retesar um arco longo. É muito diferente de atirar em alvos.

A cabeça de Freize apareceu por cima da porta do estábulo, para escutar, mas ele não disse nada.

Em resposta, ela estendeu a mão esquerda para Luca. No nó do dedo médio havia um calo duro, a marca de um arqueiro, que o identificava como uma tatuagem. Era uma antiga bolha, endurecida e gasta pela tensão da haste da flecha pelo dedo guia. Só quem atirara muitas flechas tinha aquela marca na mão.

— Sei atirar — disse ela. — Com um arco longo, não um arco feminino.

— Como aprendeu? — perguntou Luca, afastando a mão de seus dedos quentes. — E por que pratica o tempo todo?

— O pai de Isolde queria que eu tivesse as habilidades das mulheres de meu povo, embora eu fosse criada longe — respondeu. — Somos um povo guerreiro, e as mulheres sabem combater tão bem quanto os homens. Somos um povo duro, vivemos no deserto, viajamos o tempo todo. Podemos cavalgar o dia inteiro. Localizamos água pelo cheiro. Sabemos encontrar a caça na virada do vento. Vivemos da caça, da falcoaria e do arco e flecha. O senhor verá que, quando digo que sei atirar, é porque sei atirar.

239

— Se ela diz que sabe, deve saber mesmo — comentou Freize de dentro do estábulo. — Eu, por exemplo, posso atestar que ela sabe lutar como um bárbaro. Deve ser uma arqueira experiente. Certamente não é uma dama.

Luca olhou da cara ofendida de Freize, espiando da porta do estábulo, para Ishraq.

— Se sabe fazer isso, nomearei você a executora e lhe darei a flecha de prata. Não é uma habilidade que eu tenha, não há necessidade dela no mosteiro, e vejo que mais ninguém aqui pode fazer isso.

Ela assentiu.

— Posso acertar na fera, mesmo pequena, do muro da arena. A flecha irá até onde ela fica agachada, do outro lado.

— Tem certeza?

Ela assentiu, tranquila e confiante.

— Sem errar.

Luca virou-se para o chefe e para os outros dois.

— Observarei a besta durante o dia e enquanto a lua nasce. Se ela se transformar em um lobo completo, mandarei chamá-los. De qualquer modo, podem vir à meianoite. Se eu julgar que é um lobo na forma e na natureza, esta jovem aqui servirá de executora. Vocês trarão a flecha de prata, e nós o mataremos à meia-noite. Poderão enterrá-lo como bem entenderem.

— Concordamos — disse o chefe. Ele se virou para sair, mas parou de repente. — Mas o que acontecerá se ele não se transformar? Se não se tornar lobo? E se continuar como está agora, meio lupino, mas pequeno e selvagem?

— Então teremos de julgar que animal é e o que podemos fazer com ele — respondeu Luca. — Se for um animal natural, um ser inocente ordenado por Deus a correr livre, posso determinar que seja solto na mata.

— Devemos experimentar torturas — propôs alguém.

— Eu tentarei com a Palavra — disse Luca. — Esta é minha inquisição, fui nomeado a fazê-la. Tomarei provas, examinarei as escrituras e decidirei o que é. Além disso, quero saber, para satisfação própria, de que animal se trata. Mas pode ficar tranquilo, não os deixarei com um lobisomem em suas portas. A justiça será feita, seus filhos ficarão seguros.

Ishraq olhou para o estábulo, esperando que Freize dissesse que era uma besta falante, mas o olhar que ele sustentava acima da porta era do criado mais burro, aquele que não sabe de nada e nunca fala fora de hora.

Ao meio-dia, o bispo da região chegou da catedral de Pescara, depois de uma viagem de um dia. Estava acompanhado por quatro padres, cinco sábios e alguns criados. Luca o recebeu na porta da estalagem e o cumprimentou com a maior elegância que conseguiu. Não pôde deixar de se sentir inferiorizado por um bispo experiente, todo vestido de púrpura e montando uma mula branca. Não pôde deixar de se sentir diminuído por um homem de 50 anos que trazia nove conselheiros e o que parecia ser um séquito interminável de criados.

Freize tentou animar a cozinheira, explicando que tudo se acabaria, de um jeito ou de outro, naquela noite, e que ela teria de providenciar um grande jantar apenas uma vez para aquela reunião ímpar de grandes homens.

— Nunca tive tantos ilustres na casa de uma vez só. — Ela se afligia. — Terei de mandar buscar frangos, e Jonas terá de me deixar ficar com o porco que matou na semana passada.

— Eu servirei o jantar e também ajudarei na cozinha — prometeu Freize. — Levarei os pratos e os colocarei diante dos cavalheiros. Anunciarei cada comida e farei com que pareçam extraordinários.

— Deus sabe que só o que você faz é comer e roubar comida para o animal no pátio. Aquele bicho está me causando mais problemas aqui do que solto na floresta.

— Devemos soltá-lo, então, é o que pensa? — perguntou Freize, brincalhão.

Ela fez o sinal da cruz.

— Que os santos nos protejam, não! Não depois de ele levar o filho da pobre Sra. Fairley. Ela jamais se recuperou da tristeza. Na semana passada foi um cordeiro, e, na anterior, uma galinha aqui do terreiro. Não, o quanto antes morrer, melhor. E é melhor que seu senhor ordene que ele seja morto, ou haverá tumulto. Pode dizer isso a ele, por mim. Há homens vindo para a aldeia, pastores das fazendas mais altas, que não aceitam com tranquilidade um estranho que chegue aqui e diga que nosso lobisomem deve ser poupado. Seu senhor precisa saber que só pode haver um final: a besta terá de morrer.

— Posso levar esse osso de presunto para ele? — perguntou Freize.

— Não é disso que será feita a sopa do jantar do bispo?

— Não tem nada nele — insistiu. — Dê a mim, para a fera. Receberá outro osso do porco que Jonas destrinchar.

— Leve, leve — disse a cozinheira, impaciente. — E me deixe continuar.

— Voltarei para ajudar assim que tiver alimentado a fera — prometeu Freize.

Ela o afugentou da porta da cozinha para o pátio, e Freize subiu na plataforma, olhando por cima do muro

242

da arena. A fera estava deitada, mas, quando viu Freize, ergueu a cabeça e o observou.

Freize escalou o muro, passando as pernas compridas para o outro lado, e se sentou confortavelmente, as pernas penduradas para dentro da arena.

— E então — disse ele, com gentileza. — Bom dia para você, bicho. Espero que esteja bem esta manhã.

O animal se aproximou um pouco mais, foi até o meio do palco, e olhou para Freize. Este se curvou para dentro da arena, segurando-se no muro com uma das mãos, curvando-se até que o osso de presunto estivesse pendurado pouco abaixo de seus pés.

— Venha — disse gentilmente. — Venha pegar isto. Não faz ideia do problema que me custou arrumá-lo para você, mas vi o presunto destrinchado ontem à noite e o desejei para você.

O animal virou a cabeça um pouco para um lado e depois para o outro, como se tentasse entender a sequência de palavras. Claramente, compreendia o tom de voz gentil, pois era atraído para a silhueta de Freize, pendurado no muro.

— Venha — disse Freize. — É bom.

Cauteloso como um felino, o animal se aproximou de quatro. Chegou ao muro e se sentou bem abaixo dos pés de Freize. O criado esticou-se, e, aos poucos, o animal se desenroscou, colocou as patas dianteiras no muro da arena e se ergueu. Era alto, talvez tivesse mais de 1,20 metro. Freize resistiu à tentação de se retrair, imaginando que o animal sentiria seu medo. Ele também era impelido pelo desejo de ver se conseguia alimentá-lo com a mão, se era capaz de estreitar a separação entre este animal e o homem. E, como sempre, era impelido pelo amor aos estúpidos, aos vulneráveis e aos feridos. Ele se esticou um pouco mais. A fera estendeu a cabeça desgrenhada e gentilmente pegou o osso de presunto com a boca, como se tivesse sido alimentado por uma mão amorosa por toda a vida.

Assim que a carne estava em suas mandíbulas fortes, ele disparou para longe de Freize, caiu de quatro e correu até o outro lado da arena. Freize se endireitou, descobrindo os olhos escuros de Ishraq fixos nele.

— Por que lhe dar comida se atirarei nele esta noite? — perguntou em voz baixa. — Por que ser gentil com ele se não passa de um animal morto esperando pela flecha?

— Talvez você não tenha de atirar esta noite — respondeu Freize. — Talvez o pequeno lorde descubra que é um animal que não conhecemos, uma pobre criatura que se perdeu de uma feira. Talvez ele determine que é estranho, mas não é um instrumento de Satã. Talvez vá dizer que é das fadas, colocado entre nós por um povo estranho. Não parece mais símio que lobo? Que animal é este? Você, em suas viagens, com todo seu estudo, já viu uma fera dessas?

Ela pareceu hesitar.

— Não, nunca. O bispo está falando com seu senhor agora. Eles analisarão toda sorte de livros e papéis para julgar o que deve ser feito, como deve ser examinado e testado, como deve ser morto e como deve ser enterrado. O bispo trouxe todo tipo de sábios que dizem saber o que deve ser feito. — Ela fez uma pausa. — Se ele pode falar como um cristão, isso muda tudo. Seu senhor, Luca Vero, deveria ser informado.

O olhar de Freize não se abalou.

— Por que acha que ele sabe falar?

Ela sustentou seu olhar com afetação.

— Você não é o único interessado nele — respondeu.

Durante todo o dia Luca fechou-se com o bispo, os padres e os sábios, em frente à mesa de jantar coberta de papéis com registros de julgamentos contra lobisomens e histórias de lobos que remontavam aos primórdios dos tempos: registros de relatos de filósofos gregos, traduzidos pelos árabes para sua língua e, depois, para o latim.

— Só Deus sabe do que eles estão falando — confidenciou Luca ao irmão Peter. — As palavras trazem uma dúzia de inclinações, há meia dúzia de sábios para cada relato, e todos têm uma opinião diferente.

— Precisamos de um veredito claro para nossa inquisição — disse o irmão Peter, preocupado. — Não basta ter uma história de qualquer coisa que alguém pensa ter visto, há centenas de anos. Devemos examinar os fatos aqui, e você deve determinar a verdade. Não queremos mexericos antigos, queremos provas e um julgamento.

Eles limparam a mesa para a refeição do meio-dia, e o bispo recitou longas graças. Ishraq e Isolde foram banidas do conselho de homens e fizeram sua refeição no quarto, olhando para o pátio. Viram Freize sentado no muro da arena, com um prato de madeira equilibrado no joelho, dividindo sua comida com a fera, que sentava abaixo dele e olhava para cima de vez em quando, procurando restos. Era leal e submisso como um cão, mas de algum modo diferente de um cachorro: tinha certa independência.

— É um macaco, estou certa disto — disse Isolde. — Vi uma imagem de um deles num livro que meu pai tinha em casa.

245

— Eles sabem falar? — perguntou Ishraq. — Os macacos? Eles falam?

— Parece que podem falar, têm lábios e dentes como nós, e olhos que fitam como se pensassem e quisessem se comunicar.

— Não creio que esse animal seja um macaco — disse Ishraq, com cautela. — Creio que seja um bicho que fala.

— Como um papagaio? — perguntou Isolde.

As duas observaram Freize se abaixar e o animal se esticar para cima. Viram Freize passar um naco de pão e maçã para o animal, que os pegou com a pata, não com a boca. Pegou com a pata, sentou-se nas pernas traseiras e comeu, segurando o alimento na boca como um esquilo gigante.

— Não como um papagaio — respondeu Ishraq. — Creio que ele fala como um cristão. Não podemos matá-lo, não podemos ficar aqui, vendo-o ser morto antes de sabermos o que é. Claramente não é um lobo, mas o que será?

— Não nos cabe julgar.

— Cabe — disse Ishraq. — Não porque sejamos cristãs, pois eu não sou; nem porque sejamos homens, pois não somos. Mas porque somos como a fera: intrusas que os outros temem. As pessoas não compreendem as mulheres que não são esposas, mães, filhas ou enclausuradas. As pessoas temem as mulheres passionais, educadas. Sou uma jovem instruída, de cor, de religião desconhecida e tenho minha própria fé: sou uma estranha às pessoas desta aldeia, como a fera. Devo ficar parada e vê-las matarem-na porque não entendem o que é? Se eu deixar que a matem sem protestar, o que os impediria de atacarem a mim?

— Dirá isso a Luca?

Ishraq deu de ombros.

— De que adiantaria? Ele está ouvindo o bispo, não ouvirá a mim.

Eram cerca de duas da tarde quando os homens concordaram no que seria feito e o bispo passou pela soleira da estalagem para anunciar a decisão.

— Se a fera se transformar em um lobo completo à meia-noite, a herege atirará nela com a flecha de prata — ordenou. — Os aldeões a enterrarão em um caixote recheado de veneno-de-lobo na encruzilhada, e o ferreiro cravará uma estaca em seu coração.

— Minha esposa trará o veneno-de-lobo — ofereceu Raul Rossi. — Deus sabe que ela cultiva o suficiente para tanto.

— Se a fera não se transformar... — O bispo ergueu a mão e elevou a voz, contra o murmúrio de incredulidade. — Eu sei, minha boa gente, que estão certos de que isso acontecerá, mas suponham que não aconteça. Então, iremos entregá-la às autoridades da aldeia, ao lorde e ao Sr. Miller, que podem fazer o que lhe aprouverem. O homem tem domínio sobre os animais, concedido por Deus. O Próprio Deus decretou que vocês podem fazer o que quiserem com ele. Era uma fera descontrolada rondando sua aldeia, vocês a apanharam e prenderam. Deus deu a vocês o domínio de todos os animais, farão com ela o que desejarem.

O Sr. Miller balançou a cabeça, sério. Não havia dúvida, para todos, que a fera não duraria muito depois de ser entregue à aldeia.

247

— Eles vão despedaçá-la — murmurou Ishraq para Isolde.

— Podemos impedi-los? — perguntou a outra, aos sussurros.

— Não.

— E agora — determinou o bispo —, aconselho a todos que cuidem de suas vidas até a meia-noite, quando todos veremos a fera. Eu mesmo irei à igreja, onde rezarei as Vésperas e as Completas, e sugiro que todos façam suas confissões e uma oferta à Igreja antes de comparecerem para assistir à grande visão imposta a esta aldeia. — Ele fez uma pausa. — Deus sorrirá para aqueles que fizerem doações à Igreja esta noite. O anjo do Senhor passou entre vós, devem oferecer sua gratidão e suas preces de maneira apropriada.

— O que isso quer dizer? — perguntou Ishraq, apenas para Isolde.

— Quer dizer: "Paguem pelo privilégio da visita de um bispo" — traduziu a loura.

— Bem que pensei que fosse isso.

Não havia nada a fazer senão esperar até meia-noite. Depois do jantar, Freize alimentou o animal, que veio sentar-se aos pés dele e o olhou de baixo, como se quisesse falar, mas não encontrasse as palavras. Freize, por sua vez, queria avisar a fera, mas, ao ver aqueles olhos castanhos espiando-o em meio à juba embaraçada com confiança, ele se viu incapaz de explicar o que iria acontecer. Enquanto a lua nascia, homem e animal mantiveram-se em vigília, assim como o bispo fazia uma vigília na igreja. A cabeça leonina estava virada para Freize, uma silhueta escura contra o céu estrelado, empoleirado no muro e murmurando baixinho, na esperança de que o bicho falasse de novo. Mas ele nada disse.

— Agora seria uma boa hora para você me dizer seu nome, querido — murmurou. — Um "Deus o abençoe" salvaria sua vida. Ou apenas "bom" de novo. Fale, bicho, antes da meia-noite. Ou fale à meia-noite. Fale quando todos estiverem olhando para você, mas fale. Trate de falar.

O animal o encarou com as sobrancelhas erguidas, a cabeça virada de lado e os olhos castanhos brilhando através do pelo emaranhado.

— Fale, bicho — insistiu Freize mais uma vez. — Não tem sentido ser estúpido se você sabe falar. Se disser "Deus o abençoe", eles considerarão um milagre. Pode dizer isso? Repita comigo: "Deus o abençoe."

Às onze horas, o povo começou a se reunir na frente da porta do estábulo, alguns trazendo açoites, outros foices e machados. Estava claro que, se o bispo não ordenasse que o animal fosse alvejado por uma flecha de prata, os homens fariam a lei. Iriam cortá-lo com suas ferramentas ou dilacerá-lo com as próprias mãos. Freize espiou pela porta e viu alguns homens no fundo da multidão erguendo o calçamento com a cabeça do machado e guardando as pedras nos bolsos.

Ishraq saiu da estalagem para encontrar Freize, pendurado na arena a fim de dar ao animal um pedaço de pão com queijo.

— Eles certamente o matarão — disse ela. — Não vieram para um julgamento, vieram vê-lo morrer.

— Eu sei.

— Seja qual for esse animal, duvido que seja um lobisomem.

Ele deu de ombros.

— Nunca vi um, não posso dizer. Mas esse é um animal que busca contato com humanos, não é assassino por natureza, como um lobo. É mais sociável que isso. É como um cachorro em sua disposição de se aproximar, como um cavalo em seu orgulho desconfiado, como um gato em sua indiferença. Não sei que bicho é esse, mas apostaria meu salário de um ano que é afetuoso, carinhoso e leal. É um animal que pode aprender, um bicho que pode mudar seu jeito de ser.

— Eles não vão poupá-lo por suas palavras nem pelas minhas — disse ela.

Ele meneou a cabeça.

— Nem por qualquer palavra, de nenhum de nós. Ninguém dá ouvidos a quem não é importante. Mas o pequeno lorde pode salvá-lo.

— Ele tem contra si o bispo e os sábios.

— Sua senhora não falaria pela fera?

Ela deu de ombros.

— E quem dá ouvidos a uma mulher?

— Nenhum homem de juízo — respondeu depressa, satisfeito ao ver o brilho do sorriso de Ishraq.

Ela olhou para o animal. Ele a olhou de volta, o rosto feio e cortado parecia quase humano.

— Pobre bicho — disse ela.

— Se fosse um conto de fadas, você o beijaria — propôs Freize. — Poderia se curvar e dar-lhe um beijo, ele viraria um príncipe. O amor pode fazer milagres com as feras, pelo que dizem. Ah, não! Perdoe-me, lembro-me

250

agora de que você não beija. Até jogou um bom homem na lama por sequer pensar que você o faria.

Ela não respondeu à provocação, mas pareceu muito pensativa por um momento.

— Sabe, você tem razão. Só o amor pode salvá-lo. É o que você tem demonstrado desde o instante em que o viu: amor.

— Eu não diria que... — começou Freize, mas ela se fora.

Pouquíssimo tempo depois, o chefe da aldeia, o Sr. Miller, bateu no portão da estalagem, e Freize e o criado abriram os portões do pátio do estábulo. Os aldeões entraram de uma vez e assumiram seus lugares às mesas que cercavam o muro externo da arena, como fariam num açulamento de urso. Os homens trouxeram cerveja forte, e suas esposas bebericavam de seus copos, risonhas. Os jovens da aldeia vieram com suas amadas, e a cozinheira vendia bolinhos e tortas na porta da cozinha enquanto as criadas percorriam o pátio vendendo cerveja e vinho condimentados. Era uma execução e uma festa: os dois ao mesmo tempo.

Ishraq viu Sara Rossi chegar, com uma grande cesta de veneno-de-lobo nos braços. O marido vinha atrás, trazendo o burrico carregado com a erva. Eles amarraram o animal na arcada e adentraram o pátio, o filho usava o habitual ramo de acônito no chapéu.

— A senhora veio — disse Isolde calorosamente, aproximando-se. — Fico feliz que esteja aqui. Que bom que se sentiu disposta.

— Meu marido pensou que deveríamos — respondeu Sara, com o rosto muito pálido. — Pensou que eu ficaria satisfeita em ver a fera morta, enfim. E todos os outros estão aqui. Eu não podia deixar que a aldeia se reunisse sem mim, eles compartilharam de minha tristeza. Querem ver o fim da história.

— Fico feliz por ter vindo — repetiu Isolde. A mulher subiu à mesa de armar ao lado de Ishraq, e Isolde a seguiu.

— Está com a cabeça de flecha? — perguntou a mulher, dirigindo-se a Ishraq. — Vai atirar?

Sem uma palavra, a jovem assentiu e mostrou o arco longo e a flecha com ponta de prata.

— Pode acertá-lo daqui?

— Sem erro — respondeu Ishraq, muito séria. — Se ele se transformar em lobo, o inquisidor verá a transformação, ordenará que eu o mate, e assim o farei. Mas creio que ele não é um lobo, nem nada parecido. Nem lobisomem ou qualquer animal que conheçamos.

— Se não sabemos o que é, ou não podemos dizer o que é, é melhor que esteja morto — disse o homem, com firmeza, mas Sara Rossi olhou da fera para a flecha de prata e estremeceu de leve. Ishraq olhou-a fixamente, e Isolde pôs a mão nos dedos trêmulos da mulher.

— Não quer a fera morta? — perguntou Isolde.

Ela meneou a cabeça.

— Não sei. Não tenho certeza se ela levou meu filho, não tenho certeza se é o monstro de que todos falam. E há algo nela que me inspira piedade. — Ela olhou para as duas jovens. — Vocês devem me achar uma tola, mas lamento pelo animal.

Ela ainda falava quando as portas da estalagem se abriram e saíram Luca, o irmão Peter, o bispo, os sábios e os padres. Isolde e Ishraq trocaram um olhar urgente.

252

— Falarei com ele — disse Isolde, pulando da plataforma e indo à porta da estalagem, abrindo caminho pela multidão até Luca.

— Já se aproxima a meia-noite? — perguntou o bispo.

— Ordenei que o sino da igreja anunciasse a hora — respondeu um dos padres.

O bispo inclinou a cabeça para Luca.

— Como vai examinar o suposto lobisomem?

— Pensei em esperar até meia-noite e observar — respondeu Luca. — Se ele se transformar em lobo, poderemos ver com clareza. Talvez devamos apagar os archotes para que a fera sinta o pleno efeito da lua.

— Concordo. Apaguem os archotes! — ordenou o bispo.

Assim que a escuridão envolveu o pátio, todos ficaram em silêncio, como se temessem o que faziam. As mulheres murmuravam e se persignavam, e as crianças mais novas se agarravam às saias das mães. Uma delas chorava baixinho.

— Não consigo enxergar! — reclamou alguém.

— Não, lá está!

A fera tinha se encolhido no lugar de sempre enquanto o pátio se enchia de pessoas ruidosas. Mas agora, na escuridão, era difícil enxergar sua juba escura contra a madeira preta do muro da arena e a pele escura oculta na lama do chão de terra. As pessoas piscavam e esfregavam os olhos, esperando que o torpor dos archotes cessasse, até que o Sr. Miller disse:

— Está se mexendo!

A fera tinha se erguido nas quatro patas e olhava em volta, balançando a cabeça como se temesse o perigo por vir, mas não soubesse o que estava prestes a acontecer.

253

Houve um sussurro, como de um vento blasfemo percorrendo a arena, e todos o viram se mexer. Muitos homens praguejaram que o animal devia ser morto imediatamente. Freize viu as pessoas tateando as pedras que tinham metido nos bolsos e percebeu que iriam apedrejar o animal até a morte.

Isolde foi para o lado de Luca e pegou em seu braço; ele baixou a cabeça para ouvir.

— Não mate a fera — sussurrou.

Ao lado da arena, Freize trocou um olhar de apreensão com Ishraq. Ele reparou no brilho da flecha de prata e em sua mão firme no arco, depois voltou o olhar para o animal.

— Devagar, agora — disse ele, mas a fera não podia ouvir sua voz com todos os xingamentos que ecoavam à volta e virou a cabeça para trás, recurvando os ombros como se estivesse com medo.

De modo lento e agourento, como se anunciasse a morte, o sino da igreja começou a dobrar. A fera se encolheu com o barulho, sacudindo a juba como se o som ecoasse em sua cabeça. Alguém riu, mas a voz estava aguda de medo. Todos observavam enquanto as últimas notas do sino da meia-noite esmoreciam no ar e a lua cheia, brilhando como um sol frio, subia lentamente sobre o telhado da estalagem, lançando sua luz sobre a fera acuada, imóvel, transpirando de pavor.

Não havia sinal de crescimento dos pelos, ou de que a fera ficasse maior. Seus dentes não cresceram, nem brotou um rabo. Ela ficou sobre quatro patas, mas os observadores, olhando atentamente, viam que ela tremia, como um pequeno cervo treme quando é enregelado pela geada.

254

— Está se transformando? — perguntou o bispo a Luca. — Não estou vendo nada. Não consigo enxergar se está fazendo alguma coisa.

— Só está parado e olhando em volta — respondeu Luca. — Não vejo nenhum pelo crescendo, e a lua está cheia sobre ele.

Alguém na multidão soltou um uivo cruel, numa imitação jocosa de lobo, e a fera rapidamente virou a cabeça para o som, como se esperasse que fosse real, mas se retraiu ao perceber que era um gracejo grosseiro.

— Está se transformando agora? — perguntou o bispo de novo, com urgência.

— Não estou vendo — disse Luca. — Creio que não. — Ele levantou a cabeça. Uma nuvem, do tamanho aproximado de um punho fechado, começou a cobrir a lua cheia, seus filetes já escureciam a arena. — Acho que devemos acender os archotes de novo — completou, ansioso. — Estamos perdendo a luz.

— A fera está se transformando em lobo? — exigiu saber o bispo, com mais urgência. — Teremos de pronunciar nossa decisão ao povo. Pode ordenar à mulher que atire?

— Não posso — disse Luca severamente. — Em justiça, não posso. Não está se transformando em lobo. Está sob a lua cheia, sob o brilho da lua, e não se transforma.

— Não atire — sussurrou Isolde, com urgência.

Escurecia depressa à medida que a nuvem cobria a lua. A multidão berrou, um ruído fundo e medonho.

— Atire! Atire nela rápido! — gritou alguém.

Agora estava escuro feito breu.

— Archotes! — gritou Luca. — Acendam alguns archotes!

De repente houve um grito horrível e penetrante e o barulho de alguém caindo. Houve um baque quando a pessoa atingiu o chão e um som de madeira sendo arranhada, em desespero enquanto ela lutava para ficar de pé.

— Que foi isso? — Luca esforçou-se para chegar à frente da multidão e forçou a vista, estudando o escuro da arena. — Acendam os archotes! Em nome de Deus, o que houve?

— Salvem-me! — gritou Sara Rossi, em pânico. — Deus de misericórdia, salve-me! — Ela caíra do muro na arena e estava sozinha ali, com as costas pressionadas no muro de madeira, os olhos forçando a visão no escuro, procurando a fera.

O animal agora estava de pé, fitando-a com os olhos cor de âmbar. Ele enxergava no escuro, embora todos os outros estivessem cegos. Via a mulher, de mãos estendidas, como se ela pensasse que podia se defender de presas e garras que a atacassem.

— Ishraq! Atire! — gritou Luca.

Ele não enxergava seu capuz escuro ou seus olhos negros, mas viu o brilho da flecha prateada, na corda, apontada firmemente para a sombra escura da fera farejando o ar, avançando hesitante. Depois ele ouviu a voz da mulher, mas ela não chamava por ele: gritava para uma Sara Rossi petrificada de terror, presa no muro da arena.

— Chame-o! — gritou Ishraq para Sara. — Chame a fera.

O borrão branco da cara apavorada de Sara virou-se para Ishraq.

— O quê? — Ela estava surda de terror, com medo demais para entender qualquer coisa. — O quê?

— Não sabe o nome dele? — perguntou Ishraq, com delicadeza. A flecha de prata estava firmemente apontada para a fera, que se aproximava de mansinho.

— Como vou saber o nome da fera? — sussurrou ela para cima. — Tire-me daqui! Levante-me. Pelo amor de Deus! Salve-me!

— Olhe para ele. Olhe para ele com seu amor. De quem sentiu falta esse tempo todo? Qual era o nome dele?

Sara olhou para Ishraq como se ela falasse árabe, depois se virou para o animal. Ele estava ainda mais perto, de cabeça baixa, movendo o peso do corpo de um lado a outro, como se estivesse se preparando para atacar. Aproximava-se, sem dúvida. Rosnava, mostrando os dentes amarelos. Sua cabeça se ergueu, farejando o medo: estava pronto para atacar. Deu três passos com as pernas rígidas, agora baixaria a cabeça e correria, investindo contra o pescoço de Sara.

— Ishraq! Atire na fera! — gritou Luca. — É uma ordem!

— Chame-o — insistiu Ishraq, desesperada. — Chame-o pelo nome que você mais ama no mundo.

Fora da arena, Raul Rossi correu aos estábulos pedindo por uma escada aos gritos, deixando o filho imóvel de pavor na cerca da arena, vendo a mãe enfrentar a fera.

Todos se calaram. Podiam ver a fera na luz bruxuleante de dois archotes, viam que se aproximava da mulher devagar, com o andar clássico de um lobo, a cabeça baixa no nível dos ombros arqueados, os olhos fixos na presa, avançando sinuosamente.

Freize meteu um archote na mão de Luca e se preparava para pular na arena com outro ardendo na mão quando Sara falou.

257

— Stefan? — perguntou, num sussurro. — Stefan? É você?

A fera parou, virando a cabeça de lado.

— Stefan? — sussurrou. — Stefan, meu filho? Stefan... Meu filho?

Freize ficou imóvel ao lado da arena, assistindo em silêncio enquanto o animal erguia-se nas patas traseiras, como se estivesse se lembrando de como se caminha. Como se ele se lembrasse da mulher que segurara suas mãos em cada passo que dera. Sara se afastou do muro e avançou para ele, com as pernas fracas e as mãos estendidas.

— É você — disse ela, assombrada, mas com certeza absoluta. — É você... Stefan. Meu Stefan, venha a mim.

Ele deu um passo na direção dela, depois outro. Então desatou a correr, de um modo que fez os espectadores ofegarem de medo e a mãe gritar de alegria. Correu para ela e se atirou em seus braços.

— Meu menino! Meu menino! — exclamava ela, envolvendo o corpo marcado com os braços, puxando a cabeça embaraçada para seu ombro. — Meu filho!

Ele a olhou, os olhos escuros brilhando através da cabeleira.

— Mamãe — disse ele, com sua voz de garotinho. — Mamãe.

O bispo agarrou Luca, questionando-o, aos sussurros, muito irritado.

— Sabia disso?

— Não.

— Foi sua criada que tinha uma flecha no arco e não disparou. Foi um criado seu quem alimentou a fera e a atraiu. Ele devia saber, mas nos deixou entrar numa armadilha.

— Ela estava preparada com a flecha, o senhor mesmo viu. E meu criado estava prestes a pular na arena e se colocar entre a fera e a mulher.

— Por que ela não disparou? Ela disse que sabia atirar. Por que não o fez?

— Como vou saber? Ela não é minha criada. Perguntarei o que ela pensava que estava fazendo e escreverei em meu relatório.

— O relatório é a última de suas preocupações!

— Perdoe-me, eminência, é minha principal preocupação.

— Mas a fera! A fera! Viemos matá-la e mostrar um triunfo da Igreja sobre o pecado! Agora não pode haver a morte da fera.

— Claro que não — disse Luca. — Como meu relatório mostrará. Ele não é um animal, e a mãe o reclamou de volta. Ela o levará e lhe dará banho, cortará o cabelo e as unhas e lhe ensinará a usar roupas e a falar.

— E o que pensa que vai dizer em seu relatório? — perguntou o bispo, com acidez. — Estava de posse de um lobisomem e descobriu agora que nada tem além de um menino selvagem e sujo. Não saiu dessa muito bem, não mais que nós.

— Direi que sua erudição nos revelou o que houve aqui — respondeu Luca, tranquilamente. — Entre os outros relatos que seus sábios prepararam, o senhor nos trouxe a história clássica de Rômulo e Remo, que foram criados por uma loba e fundaram a cidade de Roma, nosso amparo. O senhor nos contou outras histórias de crianças que se perderam na floresta e foram encontradas, criadas

259

por lobos. Sua biblioteca contém tais histórias, sua erudição as reconheceu, sua autoridade nos alertou do que poderia estar acontecendo aqui.

O bispo parou, abrandado, inchando a barriga redonda de vaidade.

— O povo espera por uma execução — avisou ele. — Não compreenderiam o milagre que acaba de acontecer. Querem uma morte, e você lhes oferece uma restauração.

— Este é o poder de sua autoridade — disse Luca, mais que depressa. — Só o senhor pode explicar a eles o que houve, só o senhor tem erudição e habilidade para lhes dizer. Pregará agora? Creio ser o tema do Filho Pródigo: a volta daquele perdido cujo pai o vê de longe e corre para recebê-lo, amando-o com ternura.

O bispo ficou pensativo.

— Eles precisarão de orientação — considerou, com um dedo roliço nos lábios. — Esperam um julgamento para a morte. Desejarão uma morte. É um povo selvagem e iletrado. Esperam uma execução e desejarão uma morte. A Igreja mostra seu poder levando os pecadores à morte. Temos de ser vistos como os conquistadores do pecado. Não há nada que leve mais pessoas à igreja que uma fogueira de bruxas ou uma execução.

— Eminência, eles estão perdidos nas trevas de sua própria confusão. São seu rebanho. Leve-os à luz. Diga-lhes que aconteceu um milagre aqui. Uma crianci nha foi perdida na mata e criada por lobos, tornou-se como um lobo. Mas, como Sua Eminência observou, ele reconheceu a mãe. Quem pode duvidar que a presença de um bispo fez toda a diferença? Estas são pessoas ignorantes e temerosas, mas o senhor pode pregar um sermão que se lembrarão para sempre. Sempre se recor-

260

darão do dia em que o bispo de Pescara veio a sua aldeia e aconteceu um milagre.

O bispo se levantou e ajeitou o hábito.

— Pregarei a eles da janela aberta da sala de jantar — disse. — Farei isso agora enquanto estão reunidos diante de mim. Farei o sermão da meia-noite, de improviso. Pegue archotes para me iluminar e tome nota.

— Imediatamente — respondeu Luca. Ele saiu correndo da sala e deu a ordem a Freize. A sacada brilhava de archotes, e o povo, alvoroçado de especulação e medo, voltou o rosto para cima. Enquanto sua atenção se voltava para o bispo, glorioso em seu hábito púrpura e a mitra na janela, Freize, Ishraq, Raul Rossi e seu jovem filho abriram a única porta de entrada para a arena e foram pegar Sara Rossi, que tinha o filho mais velho agarrado aos braços.

— Quero levá-lo para casa — disse ao marido. — Este é nosso filho Stefan, devolvido a nós por um milagre.

— Sei disso — respondeu Raul. Seu rosto queimado pelo vento estava molhado de lágrimas. — Também o reconheci. Assim que ele disse "mamãe", eu percebi. Reconheci sua voz.

Stefan mal conseguia andar. Cambaleava e se apoiava na mãe, com a cabeça suja em seu ombro.

— Podemos colocá-lo no burrico? — sugeriu Freize.

Eles retiraram os cestos de veneno-de-lobo do lombo do burrico, mas a erva ainda estava grudada na crina e no dorso do animal. Sara o ajudou a subir, e ele não se retraiu com o toque da erva nem com o cheiro das flores. Ishraq, observando em silêncio no escuro, assentiu.

Freize levou o burrico para fora da aldeia, subindo a pequena escada, enquanto Sara ficava ao lado do filho, soltando arrulhos suaves.

— Logo chegaremos em casa — disse ela. — Você se lembrará de sua casa. Sua cama está como sempre foi, com os lençóis e o travesseiro esperando por você. Seu boneco Roos, lembra-se dele? Ainda está em seu travesseiro. Em todos esses anos, nunca mudei seu quarto. Sempre esteve esperando por você. Eu sempre estive esperando por você.

Do outro lado do burrico, Raul Rossi mantinha o filho firme, com uma das mãos em sua perninha bronzeada e a outra nas costas cobertas de cicatrizes. Ishraq e Isolde vinham atrás com o irmão mais novo, Tomas, e o cão em seus calcanhares.

A casa de fazenda estava fechada para a noite, mas eles levaram o menino-lobo pelo corredor e ele olhou em volta, semicerrando os olhos contra a luz do fogo, sem medo, como se pudesse se lembrar, como num sonho, de quando aquele era seu lar.

— Podemos cuidar dele agora — disse o pai às mulheres e a Freize. — Minha esposa e eu agradecemos de todo o coração por tudo que fizeram.

Sara os acompanhou à porta.

— Você me deu meu filho — disse a Ishraq. — Fez por mim o que pedi à Virgem Maria que fizesse. Tenho uma dívida de toda a vida com você.

Ishraq fez um gesto estranho: pôs as mãos em prece e, com a ponta dos dedos, tocou a própria testa, os lábios e o seio. Depois fez uma mesura para a mulher do fazendeiro.

— *Salaam*. O grande feito foi seu. Foi a senhora que teve a coragem de amá-lo por tanto tempo — disse. — Foi a senhora que viveu no luto e tentou enterrar sua tristeza, mas ainda manteve o quarto e o coração abertos para ele. Foi a senhora quem não acusou a fera quando toda a aldeia berrava por vingança. Foi a senhora que teve piedade dele e que teve a coragem de dizer seu nome quando pensou estar diante de um lobo. Só o que fiz foi empurrá-la para dentro da arena.

— Espere um momento — interrompeu Freize. — Você a jogou na arena para enfrentar uma fera?

Isolde fez que sim com a cabeça. Claramente reprovava, mas não ficou nada surpresa.

Ishraq encarou Freize.

— Temo que sim.

Raul Rossi, com um braço segurando a esposa e outro nos ombros de Tomas, olhou para Ishraq.

— Por que fez isso? — perguntou. — Assumiu um grande risco, tanto para a vida de minha esposa quanto para a sua. Se você estivesse enganada e ela se ferisse, a aldeia teria cercado você. Se ela morresse ali, atacada pela fera, eles a teriam matado e jogado seu corpo para que o lobo comesse.

Ishraq assentiu.

— Eu sei. Mas, no momento em que tive certeza de que era seu filho e de que me mandariam atirar, foi a única coisa que pude pensar em fazer.

Isolde riu alto, pôs o braço nos ombros da amiga e a abraçou com força.

— Só você pensaria que não restava nada a fazer além de jogar uma boa mulher numa arena de urso para enfrentar um animal!

— Amor — disse Ishraq. — Eu sabia que ele precisava de amor. E sabia que ela amava o filho. — Ela se virou para Freize. — Você também sabia disso. Sabia que o amor veria através da pior das aparências.

263

Freize concordou com a cabeça e saiu ao luar.

— Duvido muito — disse, dirigindo-se ao céu que mudava de cor. — Duvido muitíssimo que um dia eu venha a entender como as mulheres pensam.

Na manhã seguinte, eles viram o bispo partir com sua pompa, os padres diante dele montados em mulas brancas, os sábios carregando os registros, e os clérigos já escrevendo e copiando seu sermão sobre "O Filho Pródigo", que disseram ser um modelo do gênero.

— Foi muito comovente — disse-lhe Luca, na escada.

— Mencionei em meu relatório. Citei muitas passagens. Foi inspirador, sobretudo no que se refere à autoridade.

Assim que o bispo se foi, eles fizeram a refeição do meio-dia e pediram os cavalos no estábulo. Freize mostrou seu cavalo a Ishraq, encilhado e selado.

— Sem sela feminina — disse. — Sei que gosta de cavalgar sozinha. E Deus sabe que pode cuidar de si mesma e, eu diria, também de um cavalo.

— Mas irei a seu lado se puder — disse ela.

Freize semicerrou os olhos e a examinou com atenção, procurando sarcasmo.

— Não — disse, depois de pensar por um momento. — Sou apenas um criado, você é uma dama. Irei atrás.

O sorriso dele brilhou com a consternação do rosto de Ishraq.

— Freize, eu não pretendia ofendê-lo...

— Ora veja só! — vociferou ele, triunfante. — Agora veja o que acontece quando você joga um bom homem de costas no chão, quando atira uma boa mulher numa arena de urso. Você só é meio forte, eu diria. Só é meio teimosa, proporia. Orgulhosa demais de sua opinião para ser uma boa amada ou esposa de qualquer homem. Tem um pé na cova fria, como uma solteirona, penso eu. Isso se não queimar como uma bruxa, como já sugeriram.

Ela ergueu as mãos, rendendo-se.

— Está claro que o ofendi... — começou ela.

— Pois sim — disse Freize, com grandiloquência. — Cavalgarei atrás, como um criado, e você pode ir à frente, como uma dama cheia de opiniões e muito poderosa. Como uma mulher que não sabe seu lugar no mundo, nem o de ninguém mais. Como uma mulher que ri dos homens pelas costas, ri das mulheres em arenas de ursos, e causa todo tipo de perturbações. Você irá à frente, com toda sua pompa, fútil como o bispo, e sabemos qual de nós estará mais feliz.

Ishraq baixou a cabeça com a tempestade de palavras e montou em seu cavalo sem responder. Era óbvio que não havia como lidar com Freize naquele estado de ultraje.

Isolde saiu da estalagem, e Freize a ajudou a subir na sela. Depois veio Luca, seguido do irmão Peter.

— Para onde? — perguntou Ishraq.

Luca montou em seu cavalo e foi até junto do dela.

— Para o leste, creio eu — respondeu. Olhou para o irmão Peter. — Não é verdade?

O irmão Peter tocou a carta no bolso do casaco.

— Diz aqui que é noroeste e, no desjejum amanhã, em Pescara, se Deus quiser que cheguemos lá, abrirei suas ordens.

— Teremos outra missão? — perguntou Luca.

— Teremos — confirmou o irmão Peter. — Tudo que tenho são informações para chegar a Pescara, não sei que instruções terá a carta nem aonde nos levará. — Ele

265

olhou para Isolde e Ishraq. — Imagino que as senhoras viajarão conosco para Pescara?

Luca assentiu.

— E nos deixarão lá? — instigou o irmão Peter.

— Quanto antes, melhor — resmungou Freize do bloco de montaria, endireitando o cinturão e subindo em seu cavalo. — Caso ela meta na cabeça que deve me atirar no rio... Ou no mar, quando chegarmos lá. O que claramente ela pode fazer se lhe der na cabeça teimosa.

— Elas nos deixarão quando encontrarem companheiros seguros — decidiu Luca. — Como combinamos. — Mas ele levou o cavalo para o lado de Isolde e colocou as mãos nas dela, enquanto ela segurava as rédeas. — Ficará conosco? — perguntou em voz baixa. — Enquanto nossas estradas estiverem unidas?

O sorriso que ela lhe deu mostrava que sim.

— Ficaremos com vocês — prometeu. — Enquanto nossas estradas estiverem unidas.

A pequena cavalgada de Luca, Isolde, irmão Peter e Ishraq, com Freize na retaguarda, cercada pelos amados cavalos sobressalentes, saiu pelo portão da estalagem fazendo barulho. Ainda não sabiam aonde iriam nem o que fariam, mas seguiam rumo a noroeste, a Pescara e o que quer que houvesse depois.

NOTA DA AUTORA

Foi uma alegria escrever este livro, e espero que você tenha gostado de ler tanto quanto amei trabalhar nele. O personagem de Luca Vero é inteiramente imaginário, assim como Isolde e Freize. Já o personagem de Ishraq, embora inventado, baseia-se nos muitos homens e mulheres corajosos e aventureiros que circulavam entre o mundo da cristandade e os mundos das outras religiões: judeus, muçulmanos e até os mais distantes.

O que o livro significa para você, leitor, caberá a você decidir. A maioria das pessoas o lerá, assim espero, por prazer e com prazer. Se divertirão ao se unir aos jovens e apaixonados personagens numa jornada em um mundo desconhecido, onde enfrentarão seus temores e experimentarão seus poderes. Talvez alguns leitores queiram saber um pouco mais sobre o mundo da Ordem das Trevas.

A Ordem das Trevas baseia-se na Ordem do Dragão do século XV, criada para defender a cristandade contra a ascensão aparentemente irreprimível do Império Otomano muçulmano. Um dos personagens que entrará na história nos livros subsequentes foi introduzido nesta Ordem por seu pai, quando era apenas um menino, e ascendeu, tornando-se comandante, travando batalhas nas fronteiras da cristandade.

A investigação confiada a Luca, encontrar os sinais do fim dos tempos, é uma versão fictícia da ansiedade sentida pela maioria cristã depois da queda de Constantinopla. O surgimento de toda sorte de fenômenos estranhos na Europa desta época mostra que muitos temiam que qualquer coisa pudesse acontecer — e acontecia. Além disso, eram tempos de profundas superstições. As pessoas genuinamente acreditavam que havia outro mundo, invisível, poucas vezes visto, mas quase sempre interferindo em suas vidas. Para aqueles de nós que agora vivem num mundo onde se tenta medir e entender tudo, é difícil imaginar como teria sido não ter explicações para acontecimentos cotidianos como a doença, o trovão ou um eclipse, ainda tendo seu mundo abalado pela morte de um ente querido, sua casa atingida por um raio ou seu dia transformado em noite enquanto uma lua escura devorava o sol.

Isolde é uma típica menina da época, no sentido de que sua vida seria completamente determinada pelo pai e, com a morte dele, pelo irmão ou por qualquer parente homem. Legalmente, ela não podia comprar nem vender terras ou propriedades, e o que quer que herdasse pertenceria automaticamente a seu marido ao se casar. Ela não teria direitos próprios: o pai ou marido teria o direito de espancá-la; podia cuidar dela bem ou mal, como preferisse. Nessas circunstâncias, a vida num convento provavelmente era preferível a um mau casamento, como Isolde decidiu. No convento, havia a possibilidade de uma carreira (como a madre esmoler, que ingressa quando menina e ascende) e a chance de organizar a própria vida dentro das regras estritas da Ordem. Muitas mulheres apreciavam a educação e muitas tiveram profundas experiências religiosas.

Os meninos pobres tinham uma oportunidade semelhante de melhorar de vida se fossem aceitos num mosteiro. Alguém como Luca, dotado de habilidades excepcionais, teria uma boa possibilidade de ascender e passar a clérigo ou secretário de um grande senhor de terras, que procurava seus administradores nas fileiras da Igreja. Se Luca permanecesse no clero, poderia se tornar padre. O irmão Peter é um clérigo de carreira: vem de uma família pobre, mas ascendeu na Igreja. Luca não toma este caminho porque descobre as muitas fraudes que acontecem nas igrejas medievais. As pessoas querem ver milagres, e os desonestos do clero produziam relíquias de santos que não podiam ser autênticas e brinquedos mecânicos falsos, como estátuas que vertiam lágrimas. Isto fazia parte das superstições da época, mas era estimulado pela Igreja, que ganhava dinheiro com os pagamentos dos fiéis.

Freize, à primeira vista, é um menino pobre mais normal. Ingressa no mosteiro como trabalhador leigo: não um padre, mas alguém que trabalha no mosteiro, assim como poderia trabalhar em uma grande casa. Tem o dom de lidar com os animais e do bom senso. Teria sido muito pobre no mundo medieval. Se não conquistasse um lugar no mosteiro, provavelmente teria de trabalhar nos campos e seria considerado servo, quase uma propriedade do senhor de terras local, que governava tudo.

Ishraq talvez seja o personagem mais incomum dos quatro. Levada do Oriente Médio à Europa pelo lorde de Lucretili, foi criada como companheira e protetora da filha deste, que a treinou em habilidades de luta, medicina e outras disciplinas. Ela permanece à margem da sociedade, como herege. Os cristãos medievais pensavam que qualquer um que não aceitasse a Bíblia como eles era um incrédulo e sua alma estava condenada ao inferno. Se alguém decidisse processá-la por heresia, ela poderia ser queimada pela Igreja — mas, como não fazia inimigos, passava pela sociedade e por pessoas que mostravam pouco mais que curiosidade. Provavelmente havia mais hereges, mouros, africanos e gente de outras raças e religiões na Europa do que se contava.

Se estiver interessado na história que forma o cenário do livro, inclusive alguns adoráveis detalhes medievais sobre os calçados, roupas, comida, hábitos de higiene, corte — quase tudo! — pode visitar meu site "orderofdarkness.com" ou pode fazer sua própria pesquisa. A maioria das coisas que menciono pode ser encontrada em livros ou na Internet, e há também um pacote de notas de professores disponível para partilhar em sala de aula que pode ser baixado no site "orderofdarkness.com" ou "simonandshuster.co.uk".

Por que este livro é diferente de meus romances históricos? Minhas histórias de ficção baseiam-se principalmente em tudo que sabemos sobre uma pessoa real, sua vida e sua época. Este romance é baseado em quatro jovens puramente fictícios e no mundo em que vivem. Reflete a realidade histórica de seu tempo, mas naturalmente ninguém além de um herói fictício tem uma vida cotidiana tão excitante! E por que o escrevi? Não porque tenha terminado de escrever ficções biográficas — meu novo romance, *The King maker's Daughter*, acaba de ser lançado, mas pensei que seria divertido escrever algo menos atrelado aos registros históricos. Escrevi este livro pelo prazer, e torço para que você também goste.

PHILIPPA GREGORY

Este livro foi composto na tipologia Sabon
LT Std, em corpo 11/15, e impresso em
papel off-white no Sistema Cameron da
Divisão Gráfica da Distribuidora Record.